狄德罗
08
作品集

**DENIS
DIDEROT**

狄德罗戏剧

THÉÂTRES DE DIDEROT

德尼·狄德罗 —— 著　罗湉　余中先 —— 译　罗芃 —— 主编

上海译文出版社

目　录

私生子或道德考验 1
关于《私生子》的谈话 81
一家之主 177
他是好人？还是恶人？ 299

私生子或道德考验

罗湉/译

有时戏剧因其意蕴而生辉,剧情恪守道德规范,
乃至既缺美感又少力度亦无技巧,
但较之底蕴缺乏的诗句和节奏美妙的小品,
更强烈地取悦吸引大众。

贺拉斯,《诗艺》

前　言

彼时《百科全书》第六卷刚刚出版[①]，我到乡间去休养。那段时间里发生了一件事。此事的来龙去脉与当事人一样引人关注，震动乡里，成为一方谈资。本地人闲聊的话题都离不开那位奇男子，他在一天之内有幸为友人奉上生命，并勇敢地为之献出自己的爱情、财富与自由。

我希望结识此君。我认识了他，发现他正如旁人所言，阴沉而忧郁。悲伤与痛苦在心中驻留过久，离开后仍留下忧伤的痕迹。他的言谈举止无不郁郁寡欢，除非是谈起美德或是感觉到美德在热爱它的人身上引发了激情。此时你会说他变了个样子。宁静安详浮上他的面庞。他的眼睛闪烁着温柔的光芒。他的声音充满难以言传的魅力。他的话语变得委婉动人。这是因为一连串庄严的思想和动人的形象使他全神贯注，内心喜悦。然而，仿佛阴云密布的秋夜，月光从云隙间透过，闪耀片刻，隐没入阴沉的天幕中,他的快乐也转瞬即逝,随即重新陷入沉默与忧郁之中。

这就是多华尔。或许有人对他讲了我的好话,或许如常言所道,有些人天生投缘,一见如故。他敞开心扉接纳了我,除我之外,旁人都深感意外。第二次见面,我就认定可以同他谈他的家庭以及最近的事件而不至唐突。他对我有问必答,讲述了自己的经历。看到正人君子有时要面临那般考验,我与他一道不寒而栗。我对他说,倘若有一个剧本以这些考验为主题,那么所有内心敏感、品行端正、对人性弱点有所了解的人都会产生兴趣。

"唉,"他叹息着答道,"您同我父亲的想法一致。他到来一段时间之后,激动的心情被更宁静温柔的喜悦所代替,我们品味出相依而坐的快乐,此时他对我说:

——多华尔,每天我都对上天讲起罗萨丽和你。感谢老天保佑你们完好无损,直到我归来那天,尤其是保住你们清白无辜。啊!吾儿,每当我的目光投向罗萨丽,都为你曾经遭遇的危险而颤栗。我越看她,就越觉得她真挚美丽,这危险也愈发严重。可是,上苍今天还在眷顾我们,明天也许就将我们抛弃。世间有谁能了解自己的命运。我们只知道,随着岁月流逝,我们躲开了身后的厄运。每每回忆起你的经历,我都会如

---

① 一七五六年秋季。

此反省。在我时日不多的余生里,这些想法给我带来慰藉。你若是愿意,把我们的部分经历写成剧本,这些便是道德寓意,我们也可以私下,表演……

——一个剧本,我的父亲!……

——是的,我的孩子。绝非要在此间搭台唱戏,而是要把一件发生在我们身上的事保留在记忆中,并还之以本来面目……每年在这座房子的客厅里,我们自己把它重演一遍。我们说过的话要再说一遍。你的孩子也要照办,他们的孩子乃至子子孙孙亦然。我会通过自己的角色长存,经过一代代子侄们流传下去……多华尔,倘若一部作品能够传达我们本人的想法、真实情感以及我们在人生关键情形下所说的话,你认为它难道不比那些仅仅表现我们片刻面貌的家庭肖像画更有价值吗?

——这就是说,您盼咐我描写出您的内心,还有我、贡斯丹丝、克莱维尔以及罗萨丽的内心。啊!我的父亲,这项任务是我力所不及的,您非常清楚!

——听着,在我去世前,我期望在戏里演一次我自己。为此,我已经嘱咐安德烈把我们在牢里穿过的衣服收藏进箱子。

——我的父亲……

——我的孩子们从未拒绝过我;他们不会到我晚年才违抗我罢。"

讲到此处,多华尔转过脸掩饰泪水,用强忍痛苦的语气对我说："……剧本写好了……要我写剧本的人却不在了……"沉默片刻，他补充道："……它就搁在那儿，这个剧本。我几乎把它忘了。可是他们不断地跟我说，这样做违背我父亲的意愿，终于把我说服了。他们都将此事视为己任，下周日我们会第一次把它完成。"

"啊，多华尔，"我对他说，"假如我不揣冒昧！……"

"我明白您的意思，"他答道，"可是您认为这种建议能向贡斯丹丝、克莱维尔和罗萨丽提出来吗？您知道剧本的主题，所以不难相信，其中几场戏如果有外人在场是非常令人尴尬的。不过负责布置客厅的是我。我不向您作任何承诺，也不拒绝您。看情况吧。"

多华尔和我互相道别。这天是星期一。整整一周他音讯全无。然而周日早晨，他给我写来便条："……今天三点整，花园门口……"我准时赴约，从窗户翻进客厅。多华尔提前打发走所有人，把我安顿在一个角落，在那儿我不会被人发现，视角却很好，又能听见他们朗诵，只除了最后一场戏。之后我再讲自己为何没有听到最后一场。

以下便是剧中真实人物的姓名以及可以扮演他们的演员名单①

李西蒙,多华尔和罗萨丽之父　萨拉赞先生

多华尔,李西蒙的私生子,贡斯丹丝的好友　格朗瓦尔先生

罗萨丽,李西蒙的女儿　戈森小姐

朱斯蒂娜,罗萨丽的侍女　丹若维尔小姐

安德烈,李西蒙的仆人　勒格朗先生

夏尔,多华尔的男仆　阿尔芒先生

克莱维尔,多华尔的好友,罗萨丽的情人　勒堪先生

贡斯丹丝,年轻寡妇,克莱维尔的姐姐　克莱蓉小姐

西尔维斯特,克莱维尔的男仆

克莱维尔家的其他仆人们

地点在圣日耳曼昂莱。

情节始于清晨,在克莱维尔家的客厅里。

---

① 这是理想的角色分配。一七七一年剧本最终上演时,克莱蓉小姐、丹若维尔小姐和戈森小姐都已退出舞台。狄德罗请到佩维尔小姐扮演罗萨丽,萨拉赞先生扮演李西蒙。

第一幕

第一场

多华尔，独自一人

［故事发生在一个客厅里。可以看见一架羽管键琴，几把椅子，几张牌桌；其中一张桌子上摆着一副双六棋，另一张桌子上摊着几本册子，客厅一侧放着一架织毯机，等等，布景深处有一张沙发，等等。

多华尔（身着乡间服装，头发凌乱，坐在一张扶手椅上，旁边桌上摊着册子。他神色烦躁，做了几个粗鲁的动作，随后靠在椅子扶手上，仿佛要睡去。他马上又脱离这个状态，掏出怀表）刚刚六点。（倒向靠椅另一侧的扶手，没一会儿又站起身）我睡不着。（拿起一本书随手翻开，须臾又合上）我避免不了……必须从这儿出去……从这儿出去！我被拴住了！我爱……（仿佛吓住了）我爱谁！……我竟敢说出口，可耻，我还留在这儿。（猛然喊道）夏尔！夏尔！

第二场

本场进展很快

多华尔，夏尔

［夏尔以为主人要帽子和佩剑，他把东西拿来，放在一张靠椅上。

夏　尔　先生，您不需要其他东西了吗？

多华尔　备马，我的马车。

夏　尔　什么！咱们要走？

多华尔　马上。

［他坐在一张靠椅上，一边说话一边收拾书、纸张和卷册，仿佛要把它们捆成一包。

夏　尔　先生，这儿的人还在睡呢。

多华尔　我谁也不见。

夏　尔　这样合适吗？

多华尔　必须如此。

夏　尔　先生……

多华尔　（转向夏尔，神情忧郁颓丧）怎么！夏尔！

夏　尔　这家人对咱们盛情款待，个个把咱们奉若上宾，无微不至，咱们却不辞而别，恕我冒昧，先生……

多华尔　我都明白。你说得对。但我要走了。

夏　　尔　您的朋友克莱维尔会怎么说？他姐姐贡斯丹丝呢？为了让您过得舒心，她可是什么都想到了。（压低声音）还有罗萨丽呢？……您不想再见他们了？（多华尔长叹一声，双手捧住头，夏尔则接着往下说）有您当他们的证婚人，克莱维尔和罗萨丽引以为荣。罗萨丽高兴地要介绍您认识她父亲。您应该陪伴他们步入婚堂。（多华尔叹息，躁动，如此等等）老先生来了，您倒走了！哎，我亲爱的主人，斗胆跟您讲：奇怪的举动很少是明智的……克莱维尔！贡斯丹丝！罗萨丽！

多华尔　（猛然起身）备马，备车，我跟你说。

夏　　尔　在罗萨丽的父亲不远万里赶来之际！在您的好友结婚前夕！

多华尔　（怒火中烧，对夏尔）可恶的家伙！……（咬着嘴唇，捶着胸口，自言自语）我多么……你在浪费时间，我还没走成。

夏　　尔　我就去。

多华尔　让人快点。

第三场

多华尔，独自一人

多华尔　（仍在踱来踱去，继续沉思）不辞而别！他说得对，这么做很古怪，不合逻辑……但这些词有什么意义？这跟我的信念，跟行为正派扯得上关系吗？……不过话说回来，我为何不见克莱维尔和他姐姐？我不能不作任何解释就离开他们……罗萨丽呢？我不再见她了吗？……不……此时爱情和友谊要求不同的责任；尤其是这份爱情有悖常理，无人知晓，必须及时制止……可她会怎么说？她会怎么想？……爱情，害人的诡辩家，我听见了你的声音。

〔贡斯丹丝身着晨褛上台，她也被情感折磨，难以入眠。不一会儿，仆人们进来收拾客厅，把属于多华尔的物品收拾起来……去驿站雇马的夏尔也回来了。

第四场

多华尔，贡斯丹丝，众家仆

多华尔　怎么！夫人，这么早！

贡斯丹丝　我失眠了。可您自己呢，都穿戴整齐了！

多华尔　（急促地）我刚刚接到几封信。有件急事召我回巴黎。这件事需要我在场。我喝点茶。夏尔，上茶。替我拥抱克莱维尔。感谢你们二位的款待。我得赶快上车走了。

贡斯丹丝　您要走！这怎么可能？

多华尔　不巧，此事十万火急。

〔仆人们收拾完客厅，整理好多华尔的物品，离开。夏尔把茶放在一张桌子上。多华尔端起茶。贡斯丹丝一个胳膊肘支着桌子，头靠在一只手上，保持着思考的姿势。

多华尔　贡斯丹丝，您在沉思。

贡斯丹丝　（激动，或者不如说冷静但稍显拘束）是的，我在沉思……不过我错了……这儿的生活使您厌倦……我不是今天才察觉。

多华尔　使我厌倦！不，夫人，不是这样。

贡斯丹丝　那您怎么了？……我看您神色阴郁……

多华尔　苦难会留下印迹……您知道……夫人……我向您发誓，在这儿品尝到的温柔滋味对我是久违了的。

贡斯丹丝　倘若如此，您肯定还会回来。

多华尔　我不知道……难道我曾经知道自己会变成什么样子吗？

贡斯丹丝　（踱了一会儿）那么这就是我剩下的唯一时机了。必须说出来。（稍停片刻）多华尔，听我说。六个月前，您在这儿见到平静幸福的我。我经历过不和谐婚姻造成的种种不幸。从这桩婚姻中解脱之后，我发誓要永远独立。我躲开各种社会关系，在离群索居的安宁之中经营我的幸福生活。长期的苦闷之后，孤独是那么诱人！我在孤独中自由呼吸，自得其乐，享受曾经的痛苦。我觉得痛苦似乎净化了我的头脑。白天我总是过得很单纯，有时很愉快，不是阅读、散步，就是同弟弟聊天。克莱维尔不停地跟我谈起他严肃而高尚的好友。听到这些我感到多么愉快呀！我多么希望结识此人！我弟弟爱他，有诸多理由尊敬他，是他在我弟弟心中培养出智慧的萌芽。不仅如此。尚未与您谋面，我已经踩着您的脚印前行了。正如克莱维尔曾经是您培养的对象，您在这儿见到的小罗萨丽也是我细心栽培的对象。

多华尔（感动而温情地）罗萨丽！

贡斯丹丝 我察觉到克莱维尔喜爱她，这个孩子有朝一日会嫁给我弟弟，便着手培养这个孩子的头脑，特别是她的个性。他轻率大意，我就教她谨慎细心。他性格粗暴，我就培养她温柔的天性。我愉快地想着，等您到来之后，我将与您一起筹备这或许是世上最幸福的结合。唉！……（此处贡斯丹丝的语气变得温柔，略为降低）您的出现本应启发我、鼓励我，结果却出乎我的意料。渐渐地，我的注意力从罗萨丽身上转移开来。我不再教她取悦……至于原因，没过多久我就明白了。多华尔，我了解美德对您具有强大的支配力量，而我对美德的爱似乎更有甚之。我希望同美德一道走进您的心，我相信自己从未产生过如此衷心的企望。我对自己说，假如一个女人吸引意中人的唯一办法，便是让自己愈来愈值得敬重，在自己眼中不断地自我提升，那么她该多幸福啊！我没有使用其他任何办法。倘若我没有等待成功到来，倘若我现在吐露实情，那是因为我缺少时间，而非信心。我从不怀疑，待到时机成熟，美德会促生爱情。（稍停片刻）下面的话由我，贡斯丹丝这样的女人说出口并不容易。但要我向您承认对我来说最困难的是什么吗？那就是向您掩饰那些如此温柔而又不由自主的举动，它们几乎总在泄露一个恋爱中女人的秘密。理智的声音间或响起，烦乱的心却说个不停。多华尔，有无数次，关于我内心筹划的那句要命的话已经跑到嘴边，好几次都脱口而出，您却丝毫没有听见，而我总是暗自庆幸。这就是贡斯丹丝。倘若您躲开她，至少她问心无愧。远离您之后，她会重归美德的怀抱。许多女人痛恨为错爱对象发出第一声叹息的瞬间，而贡斯丹丝回忆起多华尔，只会为结识他高兴。或者，若是她的回忆中掺杂了些许苦涩，您在她心中激起的情感总会给她温柔而有力的慰藉。

第五场

多华尔，贡斯丹丝，克莱维尔

多华尔 夫人，您弟弟来了。

贡斯丹丝 （神情忧郁）弟弟，多华尔要离开我们了。

　　　　［她走出去。

克莱维尔 我刚刚得知。

第六场

多华尔，克莱维尔

多华尔（踱了几步，语无伦次，神情尴尬）巴黎来信了……有些急事……一位银行家有难……

克莱维尔　我的朋友，您走之前总不会连交谈片刻的时间都不留给我吧。我从未如此迫切地需要您的帮助。

多华尔　愿为您效劳，可假如您对我公平点，就不会怀疑我有十足充分的理由……

克莱维尔（痛苦地）我有过朋友，他却弃我不顾。罗萨丽爱过我，她却不再爱了。我绝望……多华尔，您要丢下我吗？

多华尔　我能为您做什么？

克莱维尔　您了解我是否爱罗萨丽！……啊不，您一无所知。在旁人面前，爱情最令我难以启齿，就算当您的面我也会脸红…是啊！多华尔，假如必要，我会脸红，但我深爱她……我承受的痛苦真是无法向您说清啊！我是如此费尽心机、小心翼翼，逼迫炽热的爱情保持沉默！……罗萨丽同姨母在这附近离群索居。这是位年迈的美洲女人[①]，和

[①]　罗萨丽一家来自马提尼克岛。

贡斯丹丝是好友。那时我天天见到罗萨丽，眼见她一天比一天迷人，我感到内心也日渐凌乱。她的姨母去世了。临终时，她把我姐姐叫去，向她伸出一只衰弱的手，指着床边伤心落泪的罗萨丽，她看着她一言不发，接着看着贡斯丹丝，泪水从双眼中流出来，她叹息着，而我姐姐全都明白了。罗萨丽成为她的女伴，她监护的孤儿，她的学生，而我，我是最幸福的男人。贡斯丹丝看出了我的热情，罗萨丽似乎被打动了。她的母亲忧心忡忡，要求女儿回到身边，这份愿望成为我幸福的唯一阻挠。我已然准备到罗萨丽遥远的出生地去，可她的母亲去世了，她的父亲不顾年事已高，决定回到我们身边。我期盼着他，期盼这位父亲来成全我的幸福，他就快到了，却要看到我伤心的模样。

多华尔 我还没明白您伤心的理由。

克莱维尔 一开始我就告诉您了。罗萨丽不爱我了。随着阻止我幸福的障碍消失，她变得矜持、生分、淡漠。从她口中自然吐露出的温柔情感曾令我陶醉，如今代之以彬彬有礼，令我痛不欲生。她觉得一切都索然无味。什么也吸引不了她，什么都不能逗她开心。瞧见我，她的第一反应竟是走开。她父亲快到了，可以说这桩期待、盼望已久的大事对她没有丝毫的触动。抑郁独处成为她仅剩的爱好。贡斯丹丝的待遇并不比我好。倘若罗萨丽还在寻找我们，那是为了躲开我们。而更倒霉的是，我姐姐似乎不再关心我了。

多华尔　这是典型的克莱维尔。他担心，他难过，而他正面临幸福的时刻。

克莱维尔　啊！我亲爱的多华尔，您不相信，看看……

多华尔　在罗萨丽的种种言行中，我只看到出身高贵的女子惯有的变化无常，而有时候原谅她们是多么甜蜜。她们的感情如此细腻，心灵如此敏感，感官如此娇嫩，一点怀疑、一个用词、一种念头都足以使她们受惊。我的朋友，她们的心灵仿佛清澈透明的水波，描绘出大自然的宁静景象。倘若一片落叶搅动水面，所有东西都会晃动起来。

克莱维尔（神色苦恼）您在竭力安慰我，多华尔，可见我完了。我强烈地意识到……失去罗萨丽我无法生活。可是无论怎样的命运在等待着我，我都希望在她父亲到达之前弄清楚。

多华尔　我能为您做什么？

克莱维尔　您必须跟罗萨丽谈谈。

多华尔　让我跟她谈！

克莱维尔　是的，我的朋友。全世界只有您能够把她还给我。我深知她多么敬重您，因此满怀期待。

多华尔　克莱维尔，您要我做什么？罗萨丽几乎不认识我，我也实在不适合进行这种谈话。

克莱维尔　您无所不能，也绝对不会拒绝我。罗萨丽敬畏您。

您的出现使她满怀敬意。这是她亲口说的。她绝不敢在您眼里显得蛮不讲理、任性或者寡情薄义。美德就有这种可敬可畏的特权,周围每个人都不由得肃然起敬。多华尔,去见见罗萨丽吧,她很快就会恢复该有的样子,曾经的样子。

多华尔 (把手放在克莱维尔肩头)啊,可怜的人!

克莱维尔 我的朋友,我的确可怜!

多华尔 您非要……

克莱维尔 我非要……

多华尔 您会满意的。

第七场

多华尔,独自一人

多华尔 怎样的新难题啊!……弟弟……姐姐……狠心的朋友,瞎眼的情人,您要我做什么?……"去见见罗萨丽!"我,到罗萨丽面前,我恨不得从自己眼前消失……要是罗萨丽看透了我,我可怎么办?我怎么掩饰自己的目光、声音和内心?……谁来替我担保?……美德?……我还有吗?

第二幕

第一场

罗萨丽,朱斯蒂娜

罗萨丽 朱斯蒂娜,把我的活计挪过来。

〔朱斯蒂娜把一台织毯机挪过来。罗萨丽忧郁地靠在机子上。朱斯蒂娜坐在另一边。她们动手纺织。只有抹去眼中落下的泪水时,罗萨丽才停下手里的活计。接着她又开始干活。有片刻的沉寂,其间朱斯蒂娜放下活计审视女主人。

朱斯蒂娜 难道这就是等待您父亲大人的快乐心情?这就是准备迎接他的激动情绪?一段时间以来,我听不到您说任何心里话。您的心里肯定有什么不对,因为您瞒着我,瞒得很严实。(罗萨丽一个字也不回答,只是叹气、沉默、流泪)您疯了吗,小姐?在您父亲快到的时候!婚礼前夕!再说一遍,您疯了吗?

罗萨丽 没有,朱斯蒂娜。

朱斯蒂娜 (稍停片刻)难道您父亲遇到了什么不幸?

罗萨丽 没有，朱斯蒂娜。

〔所有这些问题间隔的时间长短不一，其间朱斯蒂娜放下活计，又重拾起来。

朱斯蒂娜（停顿了稍久）难道说您不爱克莱维尔了？

罗萨丽 不爱了，朱斯蒂娜。

朱斯蒂娜（有些愕然）这就是唉声叹气、沉默流泪的原因了？……哦！这下子，那些男人非得说咱们疯了，说咱们朝三暮四。他们爱说什么说什么吧，要是跟他们争，我还不气死……小姐，您不会指望我表扬您的任性吧……克莱维尔对您爱昏了头。对他您没什么可抱怨的。要是还有女人能夸耀自个儿的情郎温柔、忠诚、善良，夸耀迷恋自己的男人聪明、英俊、正派，这女人就是您。德行！小姐！德行！……我，我从来没想过您会停止爱他，更何况停得毫无道理。其中原委我一点也不明白。

〔朱斯蒂娜停了一会儿。罗萨丽继续干活、哭泣。朱斯蒂娜重新开始说话，语气虚伪，声调柔和，一边说一边干活，目光不曾从活计上抬起来。

不管怎么说，如果您不再爱克莱维尔了，这的确遗憾……不过您不必如此绝望……怎么啦！难道除了他，这世上就没有别人可以让您爱了？

罗萨丽 没有了，朱斯蒂娜。

朱斯蒂娜 哦！这个嘛，可很难说。

〔多华尔进来。朱斯蒂娜退下。罗萨丽离开织机，急忙擦干眼泪，换上平静的表情，她先开口：

罗萨丽 哦天哪！是多华尔。

第二场

罗萨丽，多华尔

多华尔 （声音略显激动）小姐，请允许我在出发前（听到此言，罗萨丽吃了一惊）谨遵好友嘱托，前来拜访。我希望能为朋友效劳，此事对他十分重要。没有人比我更关心您和他的幸福了，这您很清楚。因此恕我贸然相问，克莱维尔何处惹您不快，以致您对待他，据他所言，态度冷淡。

罗萨丽 因为我不爱他了。

多华尔 您不爱他了？

罗萨丽 不了，多华尔。

多华尔 他做了什么事，以致飞来横祸呢？

罗萨丽 什么也没做。我爱过他，我不再爱了。显然我过去很轻率，毫无疑问。

多华尔 您忘记克莱维尔是您心中最爱的意中人了吗？……一旦他失去了重获您芳心的希望，您想过他将会痛苦度日吗？……小姐，您难道认为一位良家女子有权拿一位正人君子的幸福开玩笑吗？

罗萨丽　我知道人家会怎么议论我，我一直在谴责自己。我很难过，真不如一死了之。

多华尔　您并不是不讲道理。

罗萨丽　我不再知道自己是怎样的人。我也不再看重自己。

多华尔　但是您为何不爱克莱维尔了？凡事都有原因。

罗萨丽　因为我爱上了别人。

多华尔　（惊讶中含着责备）罗萨丽！您！

罗萨丽　是的，多华尔……会有人给克莱维尔报仇的！

多华尔　罗萨丽……假如不幸得很……您的心出乎意料地……滑向某个方向……而理智使您感到罪恶……我了解这可怕的处境！……我会多么同情您！

罗萨丽　那就同情我吧。

〔多华尔仅以一个表达怜悯的手势作答。

我爱过克莱维尔。在我的坚贞和我们的幸福触礁之前，我没想过自己会爱上另外一个人……他的轮廓、智慧、目光、声音，这个温柔而可怕的人身上的一切仿佛都符合我心中生来便烙下的某个形象。我看见了他。我相信，自己有过的一切完美梦想，都在他身上成为现实。他一开始便得到我的信任……假如我料到自己会对不起克莱维尔！……可是唉！我丝毫没有料到，自己会习惯爱他的情敌……可我怎能不爱他呢？……他的话总是萦绕在我脑际。他总是不失时机地谴责我不喜欢的东西。有时则是我抢先赞美他要称赞的事物。如果说他流露出了某种情愫，我相信他已然看透我的情感……最后跟您说什么呢？我几乎不见其他人了（她垂下双眼，压低声音补充）我总是不停地想念他。

多华尔 那这个该死的幸运儿，他知道自己的幸福吗？

罗萨丽 假如这算是幸福，他应该知道。

多华尔 既然您爱他，他必定也爱您吧？

罗萨丽 多华尔，您知道。

多华尔 （急速地）是的，我知道，我的心感觉得到……我听到了什么？……我说了什么？……谁能把我从我自己手里救出来？……

〔多华尔和罗萨丽默默对视了片刻。罗萨丽辛酸地哭起来。仆人宣告克莱维尔到了。

西尔维斯特 （对多华尔）先生，克莱维尔要求与您谈谈。

多华尔 （对罗萨丽）罗萨丽……有人来了……您想过他吗？……是克莱维尔。他是我的好友，您的意中人。

罗萨丽 别了，多华尔。（向他伸出一只手。多华尔握住它，嘴唇忧伤地贴在这只手上，罗萨丽再次说）别了。多么可怕的字眼！

第三场

多华尔，独自一人

多华尔 她痛苦的时候有多么美！她多么妩媚动人！我真想拿生命来换取一滴她双眸流落的泪珠……"多华尔，您知道"……这几个字仍在我心底回响……我没法这么快忘掉……

第四场

多华尔，克莱维尔

克莱维尔 原谅我性急。那么！多华尔！……（多华尔激动不安。他试图恢复常态，却难以做到。尝试读懂他表情的克莱维尔有所觉察，心生疑窦）您激动不安！您一言不发！您的眼里充满泪水！我明白了，我完了！

[说完这些话，克莱维尔扑到了朋友胸口。他在那里默然停留片刻。多华尔的眼泪落在他身上。

克莱维尔（没有动，声音低沉哽咽）她说了些什么？我犯了什么错？朋友，行行好，给我做个了断。

多华尔 让我给他做个了断！

克莱维尔 她在我的胸口深深扎了一刀！而您，唯一可能拔出刀来的人，却离我而去！您把我丢弃在绝望之中！……被我的情人背叛！被我的朋友抛弃！我会怎么样！多华尔，您什么也不对我说！

多华尔　我对您说什么呢？……我不敢开口。

克莱维尔　我更不敢听见您的话。可您还是开口吧，至少变一种折磨法……这会儿对我来说，您的沉默比什么都残忍。

多华尔　（踌躇不决）罗萨丽……

克莱维尔　罗萨丽？……

多华尔　您对我说过的……我觉得她对于你们即将到来的幸福似乎不再殷切期待了。

克莱维尔　她变心了！……她责怪我什么？

多华尔　她没有变心，要是您愿意这样说……她不责怪您任何事……可是她父亲……

克莱维尔　她父亲反悔了吗？

多华尔　没有。可是她在盼他回来……她担心……您比我更清楚，一位良家女子总是担心这担心那的。

克莱维尔　没什么可担心的。所有障碍都扫除了。她母亲反对过我们，她已经去世了，她父亲到这儿来就是要把女儿嫁给我，和我们住在一起，在祖国，在家里，在朋友们身边安度余生。根据他的信件判断，这位可敬的老人会跟我一样难过。想想看，多华尔，什么也没能阻止他。他在耄耋之年变卖房宅，带着全部家产上船，远渡敌舰肆虐的大海。

多华尔　克莱维尔，一定要等他来。一定要对这位父亲的善意，对他女儿的操守，对您的爱情和我的友谊充满期待。有些人似乎为慰藉和鼓励美德而生，上天不会让这些不该受苦的人全部遭遇不幸的。

克莱维尔　那么说您希望我活着？

多华尔　那还用说！……倘若克莱维尔可以读到我心底的想法！……不过我已经满足了您的要求。

克莱维尔　听您这么说我很遗憾。好了，我的朋友。既然您把我抛弃在这可怜的处境，无论是什么原因召您回去，我都可以相信。我只剩一件事，就是请您稍等片刻。关于罗萨丽的财产和她父亲回来的事儿，本地在传播一些可恨的流言蜚语，我姐姐感到不安，无奈之下出门去了。我向她保证您绝不会在她回家之前动身。您不会拒绝等她吧。

多华尔　对贡斯丹丝我难道不是有求必应吗？

克莱维尔　贡斯丹丝，唉！我有时候想……不过还是等气氛愉快些再说吧……我知道她在哪儿，我去催她回来。

第五场

多华尔，独自一人

多华尔　我可是够倒霉的！……我引得好友的姐姐情愫暗

生……自己却对他的情人怀有荒唐的爱情,而她,又对我……我还留在这个被我搅得一团糟的家里干吗?哪儿还有诚信?我的行为还有诚信可言吗?……(疯了似的叫道)夏尔,夏尔……他不来……我是众叛亲离……(仰倒在一张扶手椅上,陷入沉思。他断断续续地吐出下面的话)……如果这是我第一次给人带来不幸该多好!……然而不是,我走到哪儿霉运跟到哪儿……可怜的俗人,命运的可悲玩物……为您的幸福,为您的美德骄傲吧!……来的时候,我内心纯净……是的,因为它仍然纯净……我在这儿见到三位上天的宠儿:一个贞淑安详的女人,一个爱着也被爱着的情郎,一个清醒而又敏感的恋爱中的姑娘……贞淑的女人失去了宁静。她心生情愫,饱受折磨。情郎陷入绝望。他的恋人变得心意无常,比他还要痛苦……哪个无赖能比这更造孽?……哦,你主宰一切,把我弄到这般田地,你还打算替自己开脱吗?……我不晓得自己怎么了。(又喊道)夏尔,夏尔。

第六场

多华尔,夏尔,西尔维斯特

夏　尔　先生,马备好了,一切就绪。

〔他说完便退下。

西尔维斯特 （进来）夫人刚回家。她就下来。

多华尔 贡斯丹丝?

西尔维斯特 是的,先生。

〔他说完便退下。

夏　尔 （折返,对多华尔讲话。后者面色阴郁,双手抱怀,看着他,听他说着。他一边在口袋里翻寻一边说)先生……您心急火燎,弄得我也心神不定……不,好像理性从这个家里溜走了……上帝保佑咱们把理性从半路上拽回来……有封信被我忘得干干净净,这会儿想起来,却又找不到了。

〔翻来翻去,他终于找到了那封信,交给多华尔。

多华尔 给我吧。

〔夏尔退场。

第七场

多华尔,独自一人

多华尔 （读信)"羞愧与悔恨紧随我不放……多华尔,您了解判定无罪的法律……我有罪吗?……救救我!……唉!还来得及吗?……我多么同情我的父亲!……我的父亲！……而克莱维尔呢？我可以为他献出生命……别了，多华尔；我可以为您献出一千次生命……别了！您走了，我会痛苦而死的。"

〔他用断断续续的声音读完了信，内心极度混乱，他倒在一张靠椅里。沉默了一会儿，随后他恍惚迷离的目光转向颤抖的手中握着的信纸。他又念了其中几句话：
"羞愧与悔恨紧随我不放。"脸红心碎的应该是我……"您了解判定无罪的法律……"我曾经了解……"我有罪吗？……"不，有罪的是我……"您走了，我会死的。"哦天呐！我支撑不住了！……（站起身）我们离开这儿……我不能……我脑子里乱哄哄的……我陷入了怎样的黑暗啊？……哦，罗萨丽！哦，美德！哦，折磨！

〔沉默了片刻，他站起身，然而十分艰难。他慢慢走近一张桌子，艰难地写了几行字。可是，就在他写字的当口，夏尔到了，嘴里喊着：

第八场

多华尔，夏尔

夏　尔　先生，救命啊。杀人了……克莱维尔……

〔多华尔离开写字台，丢下写了一半的信，扑向放置佩剑的扶手椅，跑去救助好友。他做这一系列动作的时候，贡斯丹丝不期而至，十分惊讶地看到主仆二人把自己独自丢下。

第九场

贡斯丹丝，独自一人

贡斯丹丝 这样跑掉意味着什么？……他应该在等我。我到了，他却跑了……多华尔，您不了解我……我能够恢复……（走近桌子，瞧见写了一半的信）一封信！（拿起信念起来）"我爱您，而我要逃走……唉！实在太晚了……我是克莱维尔的朋友……友情应尽的义务，宾主间不可侵犯的法则……"？

天哪！我多么幸福！……他爱我……多华尔，您爱我……（激动地走来走去）……不，您绝对不能走……您的担心站不住脚……您的高尚毫无必要……您拥有我的爱。您既不了解贡斯丹丝也不了解您的朋友……不，您不了解他们……可说不定他正在动身，我说话的时候他已经逃走了。

［她匆匆退场。

第三幕

第一场

多华尔,克莱维尔

〔他们回来时都戴着帽子。多华尔把自己的帽子和佩剑一道放回靠椅。

克莱维尔 放心吧,我做的这事儿,换做任何其他人都会做。

多华尔 我相信。不过我了解克莱维尔,他是急性子。

克莱维尔 我太伤心了,控制不住脾气。那些把贡斯丹丝招去朋友家的流言蜚语,您怎么看?

多华尔 问题不在这儿。

克莱维尔 原谅我。名字对上了,人家谈起一艘遭劫的船、一位名叫梅利昂的老人家……

多华尔 行行好,姑且不谈这艘船、这位老人,咱们说说您自己的事儿。眼下有件事大家议论纷纷,我也该知情,您为何对我闭口不谈?

克莱维尔 我宁肯让别人告诉您。

多华尔 我只愿意相信您。

克莱维尔 既然您一定要我说，那么此事跟您有关。

多华尔 跟我？

克莱维尔 跟您。您帮我对付的是两个坏蛋，两个无赖。一个因为干了见不得人的事儿，被贡斯丹丝赶出了家门；另一个曾经对罗萨丽心怀不轨。在姐姐刚告辞的那个女人家里，我见到了他们。他们在议论您离开的事儿，因为在本地消息传得很快。他们在琢磨到底该恭喜我还是可怜我。他们对此也感到意外。

多华尔 为什么意外？

克莱维尔 因为其中一个说我姐姐爱您。

多华尔 此话令我不胜荣幸。

克莱维尔 另一个说您爱上了我的恋人。

多华尔 我？

克莱维尔 您。

多华尔 罗萨丽？

克莱维尔 罗萨丽。

多华尔 克莱维尔，您会相信……

克莱维尔 我相信您不会背叛。（多华尔激动不安）多华尔心中绝不会有卑鄙的情感，克莱维尔心中也绝不会有任何没来由的疑虑。

多华尔 克莱维尔，饶恕我。

克莱维尔　我替您讨回公道。因此我用愤怒、轻蔑的目光看向他们（克莱维尔用这种眼神注视着多华尔，多华尔无法承受。他转过头，双手捂住脸）我告诉他们，有人天生带着卑鄙的苗头（多华尔心神不宁）所以动不动就怀疑别人；无论在哪里，我都要求别人尊重我的恋人、我的姐姐和我的好友……您赞同我吧，我想。

多华尔　我无法反驳您……无法……可是……

克莱维尔　我这番话并非没有回应。他们走出门，我也走出去。他们攻击我……

多华尔　您会送命的，如果我没有助您一臂之力……

克莱维尔　毫无疑问，我欠您一命。

多华尔　这意味着，我若是晚来片刻，就成了害您的凶手。

克莱维尔　您也想不到啊。您也许会失去朋友，可您总归是您。您能阻止人家恶意揣测吗？

多华尔　也许行。

克莱维尔　阻止别人口出恶言？

多华尔　也许行。

克莱维尔　您对自己太不公道了！

多华尔　清白与美德是那么伟大，而在它们面前阴暗邪恶又是那么渺小！

第二场

多华尔,克莱维尔,贡斯丹丝

贡斯丹丝　多华尔……弟弟……你们让我多担心啊!……瞧我还在浑身发抖,罗萨丽简直半条命都没了。

多华尔和克莱维尔　罗萨丽!

　　〔多华尔突然克制住自己。

克莱维尔　我去看看,我这就跑去。

贡斯丹丝　(伸手拦住他)她和朱斯蒂娜在一起。我看过她,这才走,千万别担心。

克莱维尔　我为她担心……我为多华尔担心……他不知为何心事重重……在他救朋友命的时候!……我的朋友,假如您有伤心事,为何不向一个能够推心置腹的人倾诉呢?此人若是有幸,将只为多华尔和罗萨丽而活。

贡斯丹丝　(从胸口抽出一封信交给弟弟并对他说)拿着,弟弟,这就是他的秘密,我的秘密,显然也是他忧郁的原因。

　　〔克莱维尔拿过信念起来。多华尔听出这是他写给罗萨丽的信,喊道:

多华尔　天呀!这是我的信!

贡斯丹丝　是的,多华尔。您不许走。我都知道了。一切都解决了……您太高尚,竟然与咱们的幸福为敌?……您爱我吗?……您给我写信!……您又跑掉了!……

〔她的每句话都令多华尔激动痛苦。

多华尔　当时别无选择,现在仍然如此。残酷的命运紧随着我。夫人,这封信……(低声说)老天!我该怎么说呀?……

克莱维尔　我读到了什么?我的朋友、我的恩人要变成兄弟了!我心中洋溢着怎样的幸福和感激!

贡斯丹丝　见他如此狂喜,您总算明白他的真情实感,承认您的担心毫无道理了吧。然而,什么隐秘的原因仍在压抑您的情感?多华尔,假如我拥有您的爱,为何得不到您的信任呢?

多华尔　(语气伤感,神情沮丧)克莱维尔。

克莱维尔　朋友,您很伤感。

多华尔　的确如此。

贡斯丹丝　说吧,别再压抑自己……多华尔,信任点您的朋友吧。(多华尔继续沉默,贡斯丹丝补充)我明白有我在您感到拘束。我留您和他单独在一起。

第三场

多华尔,克莱维尔

克莱维尔　多华尔,就剩咱们俩了……您难道怀疑我不赞成您和贡斯丹丝结婚?……为何向我隐瞒您的恋情?我原谅贡斯丹丝,她是女人……可您!……您不回答我。(多华尔听着，低垂着头，抱着双臂）难道您担心我姐姐知道您的身世吗？

多华尔 （姿势不变，只把脸转向克莱维尔）克莱维尔，您冒犯到我了。我心高气傲，不会有这种担心。倘若贡斯丹丝会有这种成见，那么我敢说她与我并不般配。

克莱维尔 原谅我，亲爱的多华尔。我见您心情沉郁，无法自拔，而看起来一切都遂了您的心愿……

多华尔 （苦涩地低声道）可不，我样样都特别顺心。

克莱维尔 您的忧郁使我困惑不安，令我产生各种揣测。您若是对我稍加信任，我会少很多胡思乱想……朋友，您从未对我敞开心扉……多华尔一点也不懂得温柔倾诉……他的心房紧闭……不过，我好像明白您的心事了，难道您担心贡斯丹丝一旦再婚，我那份人家以为可靠实则寒酸的财产又要减少一半，我会没有足够的钱迎娶罗萨丽吗？

多华尔 （忧郁地）她来了，罗萨丽！……克莱维尔，记得维持住您身处危境给她带来的感受。

第四场

多华尔，克莱维尔，罗萨丽，朱斯蒂娜

克莱维尔 （急忙迎向罗萨丽）罗萨丽当真害怕失去我？她会为

我的性命颤抖？倘若我赴死的瞬间在她心头重新点燃关切的火花，那么这一瞬间对我是多么宝贵啊！

罗萨丽　您的鲁莽的确使我颤栗。

克莱维尔　我多有福气啊！

　　　　〔他想亲吻罗萨丽的手，后者把手抽了回去。

罗萨丽　别这样，先生。我深感多华尔对咱们俩的恩情。我很清楚，这些事情无论在男人那儿怎样收场，后果总是教女人伤心。

多华尔　小姐，事出偶然，况且士可杀不可辱。

克莱维尔　罗萨丽，惹您生气，我非常绝望。可是不要呵斥那顶顶温柔顺从的情人吧。或者，假如您决心如此，至少别再折磨一位朋友吧。若非您不公平，他本该非常幸福。多华尔爱贡斯丹丝，贡斯丹丝也爱他。他本来要走。有封信意外透露了一切……罗萨丽，说句话吧，我们都要成一家人了。多华尔娶贡斯丹丝，克莱维尔娶罗萨丽。说句话呀！连老天爷都会回顾这个家的其乐融融。

罗萨丽　（倒在靠椅里）我要死了。

多华尔和克莱维尔　哦，天呐！她要死了。

　　　　〔克莱维尔伏在罗萨丽的膝头。

多华尔　（招呼仆人们）夏尔，西尔维斯特，朱斯蒂娜。

朱斯蒂娜　（照料着女主人）您瞧瞧，小姐……您还想出门……我提醒过您……

罗萨丽 （清醒过来，站起身）行了，朱斯蒂娜。

克莱维尔 （想伸出胳膊扶住她）罗萨丽……

罗萨丽 放开我……我恨您……放开我，我跟您说。

第五场
多华尔，克莱维尔

［克莱维尔放开罗萨丽。他像是疯了，一会儿走来走去，一会儿站住，痛苦而愤怒地叹息。他的双肘支在一张靠椅背上，头垂向双手，双拳捂着眼睛。静默半晌。他终于开口道：

克莱维尔 够了吧？……这就是我牵肠挂肚的代价！这就是爱情结出的果实！放开我，我恨您！啊！（发出含混不清的绝望的声音；激动地走来走去，用各种激烈的语气重复这句话）放开我，我恨您。（跌坐在一张扶手椅上，安静了一会儿。接着用低沉喑哑的声音）她恨我！……（他又沉默了一会儿，站起身，踱着步子，似乎平静了一点）是的，她觉得我面目可憎。我看得出来。多华尔，您是我的至交。我应该离开她……去死吗？说吧。决定我的命运吧。

［夏尔进来。克莱维尔踱来踱去。

第六场

多华尔，克莱维尔，夏尔

夏　　尔 （颤抖着，对激动不安的克莱维尔）先生……

克莱维尔 （斜眼看着他）怎么？

夏　　尔 有个陌生人求见。

克莱维尔 （粗暴地）让他候着。

夏　　尔 （一直颤抖着，非常小声地）这是个可怜人，他已经等了很久了。

克莱维尔 （不耐烦地）叫他进来。

第七场

〔多华尔、克莱维尔、朱斯蒂娜、夏尔、西尔维斯特、安德烈，以及被好奇引来的其他家仆。仆人们分散站在舞台上。朱斯蒂娜比其他人到得稍微迟一点。

克莱维尔 （有点粗鲁）您是谁？您想要什么？

安 德 烈 先生，我叫安德烈，替一位善良的老人效力。我曾陪伴他历经磨难。此番前来是想通报他的女儿，他要回来了。

克莱维尔 通报罗萨丽？

安 德 烈 是的，先生。

克莱维尔　又是灾祸！您主人在哪儿？您怎么不管他？

安德烈　放心，先生。他活着，快到了。倘若我有力气，倘若您好心听我讲，我会把一切都告诉您的。

克莱维尔　说吧。

安德烈　七月六日，我和主人，我们搭乘"拉帕朗"号海轮从罗亚尔堡①启程。主人从来没有这么矍铄，也从没显得这么快乐。有时候，他的脸转向似乎要把我们吹走的海风，双手举向天空，祈祷加速归程。有时候，他充满希望的双眼看着我说道："安德烈，还有十五天，我就要见到我的孩子们，就要拥抱他们了，我临死前至少能得到一次幸福。"

克莱维尔（受到感动，对多华尔）您听见了。他已经用孩子这个温柔的称呼叫我。然后呢！安德烈？

安德烈　先生，我怎么跟您说呢？我们的航行无比愉快。我们靠近了法国海岸。躲过了航海中的各种危难，我们不停地用欢呼来迎接陆地，船长、海军军官、乘客、水手，大家都互相拥抱。而正在此时，有些船只驶向我们，对我们高呼"和平，和平"，凭着这无耻的叫喊，他们登上船把我们俘虏了。

多华尔和克莱维尔（按照各自的个性，以不同的动作表现出惊

---

① Fort-Royal，法兰西堡旧称，马提尼克堡首府。

讶和痛苦）俘虏了！

安德烈　我的主人怎样了呢！他老泪纵横，连声长叹。他调转目光，张开双臂，心似乎奔向离我们越来越远的海岸。可海岸线刚从我们的视野中消失，他便收住了泪水。他的心揪得紧紧的。他的目光盯着水面，陷入凄凉沮丧的痛苦之中，这使我为他的生命担心不已。我几次端给他面包和水，他都推开了。（这时安德烈停顿片刻，哭了起来）我们抵达了敌港……其余的别叫我说了……不行，我实在说不下去。

克莱维尔　安德烈，接着说。

安德烈　他们把我洗劫一空。他们给我的主人戴上镣铐。这时我忍不住喊了起来。我连呼他几次："我的老爷，我亲爱的老爷。"他听见我的声音，看着我，忧郁地垂下双臂，转过身，一言不发地跟着周围的人走了……他们却把衣不蔽体的我扔进一所房子深处，身边挤满了被无情抛弃的可怜人，大家泡在烂泥里，陷入极度可怕的饥饿、干渴和疾病。若要用一句话来描述此地的恐怖，我会说自己瞬间听到了一切痛苦绝望之声，目光所及尽是垂死之人。

克莱维尔　就是这群人，还有人吹嘘他们的才智，不断劝咱们以他们为楷模[①]！他们就这样对待人吗！

[①] 指英国人，故事发生在七年战争期间。

多华尔　这个高贵民族的思想发生了多少变化呀！

安德烈　当我被拎出来的时候，我混在这群死人和垂死者中间已经有三天了，他们都是法国人，是惨遭出卖的牺牲品。人家给我套上破烂的衣裳，把我和几个难友带进城，途经的街道挤满粗野的下等人，争相诅咒辱骂我们，而一些完全不同的人此时被吵闹声吸引到窗前，他们纷纷向我们投下钱币，提供庇护。

多华尔　人性的慈悲和野蛮多么不可思议地掺杂在一起！

安德烈　我不知道人家是放了我们，还是带我们去受刑。

克莱维尔　那您的主人呢，安德烈？

安德烈　我就是去见他。他把我们的悲惨遭遇告诉了一位生意上的老搭档，这是后者给我们帮的第一个忙。我到了城内的一所监狱。有人把一间阴暗的单人牢房的门打开，我走了下去。一个气息奄奄的声音令我浑身一震，这时我已在黑暗中静立了一会儿，这个声音细若游丝，越说越低："安德烈，是你吗？我等了你好久。"我朝声音传来的地方跑去，撞到在黑暗中摸索的赤裸双臂。我一把抓住它们。我亲吻它们。我的泪水打湿了它们。这是我主人的双臂。（喘息片刻）他赤身裸体，躺在潮湿的地面上……"这儿的坏蛋们，"他低声对我说，"欺负我老弱，夺走了我的面包，抢走了我的草垫。"

　　〔说到这里，仆人们都痛苦地叫起来。克莱维尔再也按捺不住痛苦的叫喊。多华尔暗示安德烈暂停片刻。安德烈停下来。随后他哽咽地说下去：

当时我脱下自己的破衣服，把它们垫在主人的身下，他用奄奄一息的声音感谢老天爷慈悲……

多华尔 （低声旁白，语气苦涩）可老天爷把他打入黑牢，让他躺在仆人的破衣服上等死！

安德烈 我想起自己获得的施舍。我叫人来帮忙，把我年迈可敬的主人救醒。力气稍加恢复之后，他对我说："安德烈，要有勇气。你会从这儿出去的。我嘛，我感觉很虚弱，肯定会死在这儿了。"此时我感到他的双臂搂住我的脖子，他的脸靠近我的脸，他的泪水流到我的面颊上。"我的朋友，"他对我说（他经常这样称呼我），"你会看到我咽气。你要把我的遗言带给我的孩子们。唉，这些话他们本该从我这里听到的。"

克莱维尔 （一边望着多华尔一边哭道）他的孩子们！

安德烈 渡海的时候，他说过自己生在法国，原名不叫梅利昂，背井离乡后他改名换姓，其中的原因总有一天会告诉我。唉，他没想到这一天竟来得飞快！他连连叹气，我正要听到更多隐情，却听到牢门开了，有人在叫我们，是那位帮助我们团聚的老搭档，他来解救我们了。当他的目光落到老人家身上，觉得那仿佛是一具抽动的尸体，真是难过极了！他眼中流下了泪水，脱下自己的衣服盖在他身上。于是我们去东道主家里借住下来，得到了无微不至的关怀。就好像这个正派家庭为同胞的残忍无理而感到暗自羞愧。

多华尔 最让人丢脸的就是不讲道义！

安德烈 （擦擦眼睛，换上平静的神情）我的主人很快恢复了健康和精力。人家赠给他一些盘缠，我估计他收下了，因为我们刚出狱，连买块面包的钱都没有。回程安排就绪，我们准备出发，这时我的主人把我拉到旁边（不，我一辈子都忘不了）对我说："安德烈，你在这儿无事可做了吗？""没事了，先生。"我回答说。"老天发慈悲助我们脱离苦海，可咱们那些被丢在水深火热之中的同胞呢，你不惦记他们了吗？拿着，我的孩子，去和他们道别吧。"我朝那里跑去。唉！那么多可怜人啊，只剩下没几个了，筋疲力尽、奄奄待毙，大部分都没有力气伸手接受馈赠。先生，这就是我们倒霉旅行的整个过程。

〔听到这里，大家沉默良久，随后安德烈说了后面的话。而此时心事重重的多华尔踱到客厅深处。

我把主人留在巴黎稍作休整。他本来满心欢喜，要在那里见一位朋友。

〔听到这里多华尔转身朝着安德烈，侧耳聆听。

可是这位朋友都离开几个月了，所以我的主人打算随后就来。

〔多华尔继续踱步、出神。

克莱维尔 您看见罗萨丽了吗?

安德烈 没有,先生。我带来的只有痛苦,没敢在她眼前出现。

克莱维尔 安德烈,去歇着吧。西尔维斯特,您听好了……什么也别让他缺着。

〔仆人们争相接近安德烈,带他离开。

第八场

多华尔,克莱维尔

〔先是一片沉默,多华尔动也不动,垂着头,若有所思,双手抱怀(这是他时常采取的姿势),克莱维尔则躁动地走来走去。随后克莱维尔说道:

克莱维尔 得!我的朋友,今天对正派人而言不是个要命的日子吗?难道您相信,在我同您讲话的时候,这世上还能有一个正人君子是幸福的?

多华尔 您是说坏人吧。不过,克莱维尔,别讲大道理了。人们认为可以怨天尤人的时候,很难把道理讲清楚……您现在有何打算?

克莱维尔 您瞧见了,我是一败涂地。我失去了罗萨丽的心。

唉！这才是唯一令我痛心的财富！我不敢乱揣度，她是否因为我财产微薄才变了心。可假如真是因为我的财产，现在她本人的财产也相当有限了，她跟我有多少差距呢！她会为一个她不再爱的男人去承受几近寒酸的生活吗？我自己呢，我会这样要求她吗？我能吗？我该吗？她父亲会成为她肩头的重担。他不一定愿意把女儿嫁给我。我娶她就是毁了她，这简直是一目了然的事。您看到了，做决定吧。

多华尔 这个安德烈搅得我心神不安。要是您知道，听他讲述的时候，我脑子里闪过了什么念头……这位老人……他的言谈……他的个性……改名换姓……咳，把这萦绕不休的疑虑搁在一边，还是想想您的事情吧。

克莱维尔 想想看，多华尔，克莱维尔的命运就攥在您手里。

第九场

多华尔，独自一人

多华尔 多么苦涩混乱的一天！多少苦恼折磨！我身边仿佛形成厚厚的阴霾，盖住这颗被无数痛苦压垮的心！……哦，老天！你就不容我休憩片刻？……我厌恶谎言、欺瞒；可我马上就要欺骗我的好友、他的姐姐、罗萨丽……她会怎么想我？……我拿她的爱人怎么办？……对贡斯丹丝如何表态？……多华尔，你是继续当正人君子呢，还是就此打住？……祸从天降，罗萨丽破产了。她穷，我有钱。我爱她。她也爱我。克莱维尔不能得到她……可耻的胡思乱想，从我脑子里出去，离开我的心！我可以成为最不幸的人；但我不能当最卑鄙的人……美德啊，美妙而残酷的信念！珍贵而残忍的责任！束缚我并使我心碎的友情啊，我会向你屈服的。哦，美德啊，倘若无需任何奉献，你还有何意义？友情啊，倘若不强加任何戒律，你岂非徒有虚名……所以克莱维尔会娶到罗萨丽！（几乎漠然地倒在扶手椅上；随后站起身）不，我绝不会夺朋友之爱。我绝不会堕落到这步田地。我的内心在附议。不聆听心声的人会遭报应！……可是克莱维尔一贫如洗。罗萨丽也破产了……应当把这些阻碍排除。我能做到。我愿意做。一份慷慨的财产馈赠书，还有什么痛苦不能安慰？啊！我开始感觉轻松！……既然我绝不会娶罗萨丽，要财产又有何用？给我最珍视的两个人享用，还有比这更妥当的处置吗？唉！公平地讲，这种牺牲虽然罕见，却算不得什么……克莱维尔的幸福要靠我！罗萨丽的幸福要靠我！罗萨丽父亲的幸福要靠我！……贡斯丹丝呢？……她会听我说明真相。她会了解我。她会为那个竟想嫁给我的女人感到后怕……周围人都恢复平静之后，我肯定能获得久违的宁静吧？……（叹息）……多华尔，那你为何痛苦？为何我心如刀绞？哦，美德，难道我为你做的还不够吗？可是罗萨丽绝不会接受我的财产。她太明白这份恩惠的代价，不会答应一个她应该憎恨蔑视的男人……所以必须骗她！……尽管我决心已定，怎样做才能成功呢？……赶在她父亲抵达之前？……在报纸上散布消息，说运送她财产的轮船上了保险？……派个陌生人把同她财富等价的证券送给她？……为什么不呢？……这个办法很自然；我觉得不错。只是要抓紧点时间。（呼唤夏尔）夏尔！

〔他坐到桌边写起来。

第十场

多华尔，夏尔

多华尔（递给他一张证券）去巴黎，找我的银行。

第四幕

第一场

罗萨丽,朱斯蒂娜

朱斯蒂娜 行!小姐,您要见安德烈,您见着了。您父亲快到了,可您没钱了。

罗萨丽 (手里攥着条手帕)我对命运又能奈何?我父亲还活着。如果破产没有毁掉他的健康,其余的都不算什么。

朱斯蒂娜 怎么,其余的都不算什么?

罗萨丽 是的,朱斯蒂娜。我会习惯苦日子的。还有比这更糟的事儿呢。

朱斯蒂娜 您可别弄错了,小姐。要说拖垮人,没有比这个更快的。

罗萨丽 有了钱,我的苦恼就会少吗?……清白安详的心灵才有幸福;这样的心灵,朱斯蒂娜,我曾经有过。

朱斯蒂娜 那会儿您心里都是克莱维尔。

罗萨丽 (坐下来哭泣)他曾是我心爱的恋人!我敬重的克莱维尔,我令他心灰意冷!哦,一个远不如你的人,从你手中夺走了我的全部柔情,这下你报仇了!我哭泣,人家却嘲笑我的泪水。朱斯蒂娜,你怎么看多华尔?……他就在那儿,那么温柔的朋友,那么真实的男人,那么高尚的凡人!到头来也不过是个恶棍,跟其他人一样,玩弄爱情、友谊、美德、真理这些最神圣的东西!……我多么同情贡斯丹丝!他骗了我。他也完全可以骗她。(站起身)我听见有人来了……朱斯蒂娜,假如是他!

朱斯蒂娜　小姐,没有人!

罗萨丽　(重新坐下)他们真坏,这些男人!咱们多单纯呀!……瞧瞧,朱斯蒂娜,在他们心里,真话总是与谎言做伴;高贵总是与卑鄙毗邻!……这位多华尔为朋友不惜两肋插刀,同样是他,却又欺骗朋友,欺骗他姐姐,对我温情脉脉。可干吗指责他的温情呢?这是我造的孽。他错在谎话连篇,简直无人匹敌。

第二场

罗萨丽,贡斯丹丝

罗萨丽　(走到贡斯丹丝面前)啊!夫人,我这副样子被您瞧见了!

贡斯丹丝　我来分担您的痛苦。

罗萨丽 但愿您永远幸福！

贡斯丹丝 （坐下，让罗萨丽坐在身边，抓住她的双手）罗萨丽，我只求陪您一道无拘无束地难过。我早已感到世事无常，您也知道我爱您。

罗萨丽 一切都变了。一切都毁于一旦。

贡斯丹丝 您还有贡斯丹丝……和克莱维尔。

罗萨丽 在这家里，我的痛苦惹人讨厌，可我不能太早离开。

贡斯丹丝 我的孩子，要当心。不幸使您变得冷酷又不公平。不过我要责备的绝对不是您。在顺境时我忘记教您如何面对逆境。我自己心满意足，就没去关注受苦的人。为此我遭了报应。应该您来责备我……那您父亲？……

罗萨丽 我为了他流了许多眼泪！……夫人，有朝一日您会当母亲……我多么同情您啊！……

贡斯丹丝 罗萨丽，别忘了您姨母的心愿。她临终时托我照顾好您……不过还是别谈我的监护权了；我期待的是尊重的表示：您要是拒绝，想想我会多恼火！……罗萨丽，千万别把您和我的命运分开。您了解多华尔，他喜欢您。我要向他要求照顾罗萨丽，我会如愿的；对我而言，这将是他为爱情付出的第一件甜蜜的抵押。

罗萨丽 （猛地把双手从贡斯丹丝手中抽出来，怒气冲冲地站起来）多华尔！

贡斯丹丝 他非常看重您。

罗萨丽　一个外人！……一个不相干的家伙！……一个跟咱们没相处多久的男人！……来历不明！……高尚恐怕是装出来的……夫人，请原谅……我忘了……您肯定很了解他？……

贡斯丹丝　我要原谅您。您内心迷惘。请允许我为您点燃一缕希望之光吧。

罗萨丽　我曾经怀有希望。希望落空了。我没指望了。（贡斯丹丝苦笑）唉！要是贡斯丹丝还像从前一样独身，离群索居，或许……话说回来，想也是白想，还让咱俩都落得一场空。闺中好友遭了难，咱们担心对不住人家，起初只想着慷慨相助。可是日子一久啊，日子一久！……夫人，倒霉的人都是既骄傲又缠人还多疑。渐渐地，大家对他们的不幸场景习以为常。很快大家就烦了。咱们不要彼此伤害了。我一无所有了：咱们至少别为这场海难毁了友情……我觉得厄运已经教给我一些东西……罗萨丽一直有您的忠告作后盾，还没做过任何自己引以为荣的事儿。经过贡斯丹丝和厄运的教导，她该明白自己能做什么了。她仅剩的财富就是自知之明，您也想要吗？

贡斯丹丝　罗萨丽，您很激动。这种情绪可要小心。苦难的最初后果就是把您的心肠变硬；最终则会摧毁您的内心……您担心日子一久，您和我之间会如何，难道您对自己就没什么可担心的？……想想看，罗萨丽，苦难把您变得神圣不可侵犯了。万一我对苦难不够重视，您就提醒我，让我平生第一次感到脸红吧……我的孩子，我经历过，也痛苦过。我相信从自身经历中得出了一些经验。而我只求您在勇敢之余，同样信赖我的友情……要是您一切都指望自己，贡斯丹丝的话您一句都不想听，这样做公平吗？……恩惠与感恩的想法让您害怕吗？……对我弟弟恢复温柔吧，要怪就都怪我吧。

罗萨丽 夫人，多华尔来了……请允许我告退……他志得意满，用不着我锦上添花。

〔多华尔进来。

贡斯丹丝 罗萨丽……多华尔，拦住这个孩子……啊，她跑了。

第三场

贡斯丹丝，多华尔

多华尔 夫人，就把这独自伤心的可怜乐趣留给她吧。

贡斯丹丝 应当由您来为她转运。多华尔，我大喜的日子会是她内心平静的开始。

多华尔 夫人，请恕我直言；多华尔要向您袒露最隐秘的心事，但愿他尽量不辜负您为他所做的一切，但愿他起码得到同情与惋惜。

贡斯丹丝 什么，多华尔！说下去。

多华尔 我会说的。我应当告诉您。为了您弟弟我应当说。为我自己我应当说……您希望多华尔幸福；可是您了解多华尔吗？……不过几次举手之劳，一位家世清白的年轻人夸大了它们的价值，他被美德的表象所触动，对我的不幸遭遇产生同情，如此种种都酝酿并造成了您的错觉，而事实要求我打破这错觉。克莱维尔思想不成熟。贡斯丹丝应该对我另行判断。（稍停片刻）我生性率直；这是老天愿意赐我的唯一优点……然而这颗心枯竭了，我呢，如您所见……阴沉忧郁。我有……道德，但它是严厉的；我有品行，但它是孤僻的……我有温柔的心，却在长期不幸之中变得刻薄。我还能流泪，但泪水稀少而无情……不，这种个性的男人绝非贡斯丹丝的佳侣。

贡斯丹丝 多华尔，您放心吧。我心仪您的美德之时，我眼中的您与您描绘的并无二致。我看得出苦难及其可怕的影响。我同情您，或许就从这种感觉开始，我爱上了您。

多华尔 您的苦难已然结束，我背负的苦难却愈发沉重……我真是痛苦，这么长时间！刚出生就被抛弃在荒野与人世边缘，我睁开双眼，想辨认出能把我与人世间联结的纽带，却几乎一无所获。三十年间，夫人，我在人世间游荡，独来独往，默默无闻，无人关心，没有从任何人那里感受到温情，也没遇到任何人向我索求温情，在那时您弟弟遇见了我。我期盼与他赤诚相待。我多年来无处倾诉的情感都对他一吐为快。那一刻我摆脱了长期孤独生活的烦恼，我想不出一生中还能有比这更美好的时刻……为了这片刻的幸福，我付出了多大代价！……如果您知道……

贡斯丹丝 您吃过很多苦；但凡事总有个头，而我敢确信，您就要时来运转，称心如意了。

多华尔 命运与我，我们彼此都受够了。再无幸福可言……我憎恨社交，感到只有离群索居，甚至远离亲近之人，才能心平气和……夫人，但愿上天把我得不到的恩宠都赏赐给您，老天保佑贡斯丹丝成为最幸福的女人！……（略带缓和）或许在避世隐居时，我会听到您的好消息，我会感到欣慰。

贡斯丹丝 多华尔，您错了。要想心平气和，就得心甘情愿，也许还要其他人心悦诚服。假如您远离职守，其他人不会信服，您本人也不会甘心。您才华出众，应当为社会效力。那群在社会上无所事事地闲荡、成事不足败事有余的无用之徒，想走就赶快走吧。可是您，我敢说，您要走了，那真是罪过。让一位爱您的女子把您留下来。让贡斯丹丝为饱受打击的美德提供支持，为狂妄的邪恶备下枷锁，为所有好人保住一位兄弟，为众多苦命人留下他们期待的父亲，为人类保留一位朋友，为无数正当有益的宏伟蓝图留下摆脱偏见的精神与坚强的灵魂，这是它们亟需的，也是您具备的……您，抛弃社会！我呼唤您的内心；扪心自问吧；它会告诉您，君子结群而居，恶人才会形单影只。

多华尔　然而苦难对我如影随形，殃及所有亲近之人。老天使我了无生趣，难道我要把别人也拖下水？我刚来的时候，这家人都很幸福。

贡斯丹丝　天有不测风云；假使我们头顶有乌云，它瞬间聚拢，又瞬间消散。而无论发生什么，智者都守在原地，静待痛苦消失。

多华尔　难道他就不担心，随着依恋的对象增多，痛苦的结束反而遥遥无期？……贡斯丹丝，这种世间共有的美妙情感吸引着每个人，人类也因此生生不息，对此我并不陌生。在我心中，世界对我永远只是广袤的寂寞，没有任何伴侣与我分享幸福与痛苦……忧郁发作之时，我曾呼唤她，这位伴侣。

贡斯丹丝　上天把她送来了。

多华尔　对我的苦难而言太迟了！原本是一颗滴水之恩便会知足的淳朴心灵，老天却让它担惊受怕，让这颗心充满担忧、恐惧并暗藏反感……多华尔竟敢执掌一位女子的幸福！……他会当父亲！……他会有孩子！……孩子！……一想到我们刚出生就被抛弃，被扔进一片充满成见、荒谬、邪恶与苦难的混沌之中,这个念头就令我不寒而栗。

贡斯丹丝 您无法摆脱往事,我并不觉得奇怪。生命的历史鲜有人知,死亡的历史晦暗不明,世间的邪恶却如此清晰可见……多华尔,您的孩子绝不会陷入您担心的混沌中,他们会在您眼前度过生活的最初岁月,这足以保证他们以后的日子。他们将学会像您一样思考。您的情感、趣味与思想会传给他们。对现实的伟大与粗鄙,对实在的幸福与表面的痛苦,您的观点极为精准,他们也会照着学。他们能否拥有和您一样的良知,这就取决于您了。他们会看到您如何为人处事。有时他们会听到我的言语谈吐。(她端庄地微笑着)……多华尔,您的女儿会贤淑端庄。您的儿子会高贵骄傲。您的孩子个个都会可爱迷人。

多华尔 (执起贡斯丹丝的一只手,双手紧握住它,神情感动地向她微笑)假如,不幸得很,贡斯丹丝错了……假如我的孩子,同我见过的其他许多人一样,倒霉又凶恶……我了解自己。我会痛苦死的。

贡斯丹丝 (语调凄婉,神情坚定)美德对灵魂的作用对比美貌对感官的作用,前者的必然性与强烈程度都毫不逊色。人类心中对秩序的爱好比任何深思熟虑的情感都产生得更早,这种爱好使我们具有廉耻心,廉耻心使我们害怕被轻视甚至超过害怕死亡;模仿是我们的天性,没有任何榜样比道德楷模更吸引人,就连邪恶的典型也难以匹敌,倘若您想到这些,难道还会如此担心吗?……啊!多华尔,有多少方法可以使人向善啊!

多华尔 是的,如果我们善加劝导……我希望,不懈的关怀加上快乐的本性,您可以保证他们不走歪路;而这样就没有必要同情他们了吗?初入人世,恐惧与成见就在等待他们,一直跟着他们进入坟墓,您怎样使他们幸免呢?人类的疯狂与苦难使我惊惧。人类时而充当可怕观点的始作俑者,时而又成为牺牲品,这样的观念何其之多?啊!贡斯丹丝,人家把这些可怜虫比作身处阴暗黑牢中的苦役犯,能够彼此救助,却这个煽动那个,举起串连他们的铁镣相互殴斗①。这些可怜虫的数量还在增多,谁能不为之颤栗呢?

贡斯丹丝 我了解狂热造成的痛苦,明白该担心什么……然而,倘若今天出现……在我们中间……一个怪胎,正如在黑暗年代那样,它的疯狂与妄想使大地血流成河……我们看到这魔鬼呼唤着神助,走向最深重的罪孽……它一只手举着它那神律,一只手握着匕首,要给百姓带来长期的伤痛……相信我,多华尔,人们的惊讶会不亚于恐惧……野蛮人无疑是存在的;这种人何时才会消失?然而野蛮年代已成过去。我们的时代经历了启蒙。理性获得了净化。本

---

① 参见伏尔泰《咏自然法则》,第三部分,第371—372行。

民族的著作充满着理性的训导。人们几乎只阅读劝人向善的著作。我们的剧本中回响着这些教导，却又不能太频繁地回响。您向我引用的诗句出自一位哲人，他的成功主要归功于洋溢在他诗歌中的人类情感，归功于诗句对我们心灵的影响力。不，多华尔，倘若一个民族每天都在同情不幸的美德，那么它既不凶恶也不残暴。您的悲观使您看到孩子们无辜的双手捆绑着可怕的铁链，而正是您本人，那些与您相似、全民崇敬、政府应当比任何时候都全力保护的人们，将使您的子孙免遭此难。您和我的责任是什么，不就是培养他们的习惯，使他们单单尊崇我们身上令他们珍视的品质，就算面对造物主也一样？我们要不断告诉他们，人类的法律不可撼动，任何事都不能罔顾法律，那样我们就会看到仁爱之心在他们心中滋长，拥抱宇宙万物……您跟我说过上百次，多愁善感之人往往固执己见，面对于此，温柔的心必然渴望他们幸福，必然尽力促成；我并不担心您的血脉、我的体内会孕育出一颗冷酷的心。

多华尔　贡斯丹丝，养家需要一大笔钱。坦白告诉您，我刚刚失去了一半财产。

贡斯丹丝　日常所需有限，挥霍则是无底洞。无论您积累了多少财富，多华尔，倘若子孙缺少美德，他们就会贫穷一生。

多华尔　美德？大家总是提到它。

贡斯丹丝 这是世人最熟悉、敬畏之事。可是,多华尔,若要保持美德,相信它的魅力还不够,更要为它作出牺牲。倘若一个人没有作充分的牺牲以示对美德的爱超越一切,没有做到只为它存在,只为它呼吸,在它温柔的气息里陶醉,直至生命结束,那么他就该吃苦了!

多华尔 怎样的女人呐!(他感到惊讶,沉默片刻)可爱又狠心的女人,您要把我逼到哪一步?您让我吐露了身世的秘密。您知道我几乎不认识自己的母亲。一位不幸的年轻女子,太温柔,太脆弱,生下我不久便去世了。她的双亲有权有势,盛怒之下把我父亲逼去了外岛。在他自认为能娶她的时候,却收到她的死讯。希望落空之后,他在当地定居下来;但他丝毫没有忘记心爱女人为他生的孩子。贡斯丹丝,这个孩子就是我……我父亲来过几趟法国。我见过他。我原本希望再见到他,可我不再指望了。您瞧,人家觉得我出身低微,我的财产也没了。

贡斯丹丝 出身无法选择,而美德属于我们自己。财富总是造成麻烦,还常常带来危险。老天把财富随便撒向地面,不加区分地落到好人和坏人头上,并亲自教会人们如何评价财富。出身、显爵、财富、荣华,坏人都可以得到,唯独得不到上天的恩宠。早在您向我吐露秘密之前,这些事理我已经悟出了一点。现在就差说明白,我哪天有这个福分把喜事办了。

多华尔　罗萨丽正难过。克莱维尔正灰心丧气。

贡斯丹丝　您的责备使我感到羞愧。多华尔，去看看我弟弟吧。我再去会会罗萨丽。毫无疑问，应该由咱俩来撮合这天造地设的一对儿。我们若是成功了，但愿咱俩的心愿不再有任何遗憾。

第四场
多华尔，独自一人

多华尔　这就是把罗萨丽抚养大的女人！这就是她接受的道德准则！

第五场
多华尔，克莱维尔

克莱维尔　多华尔，我该怎么办？您决定拿我怎么办？

多华尔　希望您对罗萨丽的爱慕更胜从前。

克莱维尔　您劝我这样？

多华尔　我劝您这样。

克莱维尔　（搂住他的脖子）啊！好朋友，您让我活过来了。一天之内我欠了您两条命。我颤抖着过来打探自己的命运。离开您之后我受了多少苦啊！我从没这样清楚过，我注定要爱她的，无论她对我多么不义。在绝望的瞬间，我产生了过激的想法；但转瞬即逝，想法烟消云散，爱情依然如故。

多华尔 （微笑着）这些我都知道。可您家底不丰厚吧？她的财产也微薄吧？

克莱维尔 在我看来，最可悲的状况莫过于生活中失去罗萨丽。我考虑过此事，心意已决。倘若要经受贫困的煎熬，也要由男方，一家之主，所有善良的男人来承担；再说车到山前必有路。

多华尔 您要做什么呢？

克莱维尔 我要经商。

多华尔 以您的家世，您有这个勇气吗？

克莱维尔 您说什么是勇气？这与勇气何干。我心高气傲，脾气倔犟，能否走运获得我需要的财富，实在难说得很。投机发财快，但是缺德；戎马生涯虽然光荣，可是太慢；单凭才华，总是困难重重，而且收入平平。还有其他发财的捷径，但是几乎唯有经商一道，付出多少辛苦，有多大的本事，冒了多少风险，就能获得多少财富，钱财来自正途。告诉您，我要去经商。我只是缺少相关知识和技巧，希望您能教给我。

多华尔　　您的想法是对的。我知道爱情不带偏见。然而您只管打动罗萨丽就行了，完全不必改行。运送她财产的轮船虽然落入敌人手中，却是保过险的，损失可以忽略不计。这条消息登在报纸上了，我建议您去通知罗萨丽。

克莱维尔　　我跑去找她。

第六场

多华尔，夏尔（还穿着靴子）

多华尔　（踱来踱去）他打动不了她……打动不了……但为什么呢，倘若我希望？……诚信、勇气的楷模……为了自己，最后一搏……为了她……

夏　尔　（进来站着，一言不发，直到主人瞧见他）先生，我让人交给罗萨丽了。

多华尔　知道了。

夏　尔　这是收据。

　　　　〔他把罗萨丽的收据递给主人。

多华尔　行了。

　　　　〔夏尔退下。多华尔仍然踱来踱去，停顿片刻，他说道：

第七场

多华尔,独自一人

多华尔　我牺牲了一切。财产!(轻蔑地重复)财产!我的爱情!自由!……不过,我决定牺牲自由了吗?……哦,理性!当你用那女子的声音和魅惑的语调说话时,谁能扛得住?……狭隘的小人物,头脑简单,以为你的错误和不幸对这世间还有几分意义,以为时时刻刻都有无数机缘巧合在酝酿你的不幸,以为你爱上了谁,人家的命运就牵在你手里了,来听听贡斯丹丝怎么说,承认你的想法虚荣……啊!倘若我本人远见卓识,具有这女子征服我心灵的真知灼见,我就去见罗萨丽,她会听我的话,克莱维尔也会得到幸福……贡斯丹丝影响了我,为何我无法同样影响那个温柔顺从的灵魂呢?美德从何时起丧失了威信?……去见她吧,和她谈谈;把一切希望寄托于她的真实个性以及我内心涌动的情感。带她误入歧途的是我;令她深陷痛苦沮丧的是我。我应当向她伸出援手,把她带回幸福坦途。

第五幕

第一场

罗萨丽,朱斯蒂娜

〔罗萨丽,神色黯然,踱来踱去或者呆立不动,没注意朱斯蒂娜说的话。

朱斯蒂娜 您的父亲大难不死!您的财产获得了赔偿!您成为自己命运的主人,您毫发无损!说真的,小姐,您简直要配不上这些好事了。

罗萨丽 ……永恒的姻缘将他们结合!……朱斯蒂娜,安德烈知道了吗?他走了吗?他会回来吗?

朱斯蒂娜 小姐,您要做什么?

罗萨丽 我想做什么……不,我父亲绝不能进这个倒霉的家!……我绝不会在旁边看着他们开心……起码我要逃离把我逼上绝路的友情。

第二场

罗萨丽，朱斯蒂娜，克莱维尔

克莱维尔（匆忙赶来，一边跑向罗萨丽，一边扑到她的膝头）
好吧！狠心的女人，要了我的命吧！我全都知道了。安德烈都告诉我了。您让您父亲离开这里。您到底要他离开谁？离开一个深爱您的男人吗，他曾想义无反顾地离开祖国、家人和朋友，就为了横渡大海，扑到您固执的父母膝前，宁肯死也要娶到您……那时的罗萨丽，温柔、敏感、忠诚，与我分忧；如今，她却在制造烦恼。

罗萨丽（既感动又有点心不在焉）这安德烈是个冒失鬼。我本不想把计划告诉您。

克莱维尔 您竟想骗我。

罗萨丽（激动地）我没骗过任何人。

克莱维尔 那告诉我，您为什么不爱我了。让我失去您的心，等于是判我死刑。您想让我死。您想这样。我看出来了。

罗萨丽 不，克莱维尔，我但愿您幸福。

克莱维尔 您却抛弃了我！

罗萨丽 没有我您就不会幸福吗？

克莱维尔 您伤了我的心。（他一直伏在罗萨丽的膝头。说这些话时，他的头垂下来靠着她，保持片刻沉默）……您绝不能变心！……您发过誓！……我简直疯了，竟然信以为真……啊！罗萨丽，我们曾经每日里情意绵绵，彼此许下诺言，如今它到哪儿去了？您的誓言到哪儿去了？我的心，惯于感受、呵护您贤淑迷人的模样，对您的情感始终如一；您的情感却化为乌有……我作了什么孽，毁了您的感情？

罗萨丽 您什么也没做。

克莱维尔 那为何您的感情不复存在，从您双眸中读出爱情的甜蜜时光也一去不复返了？……那时候，这双手（他握住一只手）还屑于为我擦去泪水，因为担忧或柔情而洒下的泪水啊，时而苦涩时而甜蜜……罗萨丽，别让我心灰意冷！……就算可怜您自己，您不了解自己的心。不，您不了解它。您根本不知道，您在给自己酿下苦酒。

罗萨丽 我已经受了很多苦。

克莱维尔 我会把可怕的形象留在您心底里，让您心烦意乱，痛苦不堪。您忘不掉对我的不公平。

罗萨丽 克莱维尔，别吓唬我。（盯着他）您想要我做什么？

克莱维尔 要您回心转意，否则我就去死。

罗萨丽（停了一会儿）多华尔是您的好友？

克莱维尔 他知道我痛苦，与我分忧。

罗萨丽 他在骗您。

克莱维尔 您的绝情使我肝肠寸断，他百般劝说我才保住一命。没有多华尔，我已然不在人世了。

罗萨丽 他在骗您,我告诉您。这是个坏人。

克莱维尔 多华尔是坏人!罗萨丽,您这样想?在这世上,我心底最珍惜的两个人就是多华尔和罗萨丽。在我内心的港湾指责他们,我会痛不欲生的。多华尔是坏人!这是罗萨丽说的!她!……控诉我的挚友,这是压垮我的最后一根稻草!

第三场

罗萨丽,朱斯蒂娜,克莱维尔,多华尔

克莱维尔 来吧,我的朋友,来吧。罗萨丽,曾经如此温柔体贴,如今却那般狠心。她莫名其妙地指责您,使我陷入无边的绝望。而我呢,宁死也不会伤她一分一毫。

〔说完这话,他藏起泪水,走开坐到客厅深处的沙发上,样子闷闷不乐。

多华尔(让罗萨丽看看克莱维尔)小姐,仔细看看您和我的作品。难道这就是他指望我们带来的命运?致命的绝望,这便是我的友情与您的爱情结出的苦果;我们就放任他这样死去!

〔克莱维尔站起身离去,像个流浪汉。罗萨丽的目光随他移动;多华尔出了一会儿神,继续用低沉的语调说话，没有看罗萨丽一眼。

他虽然伤心，至少是真情流露。他问心无愧，可以尽情表达痛苦……而我们呢，为自己的感情羞愧，不敢向任何人坦白，彼此遮遮掩掩……多华尔和罗萨丽，庆幸躲过了怀疑，也许无耻到为对方偷偷叫好……（说到这里，他突然转向罗萨丽）……啊！小姐，难道咱们惯于这般丢脸？如此卑鄙的生活难道咱们还想长久下去？对我而言，但凡人间有一处地方我理当为人不齿，那我就无法苟活于世。我脱离了险境，现在来救助您。我必须让您恢复初次相见时的状态，否则我会懊悔死的。（停顿了一下）罗萨丽，回答我。美德对您可还有几分价值？您还热爱它吗？

罗萨丽 我把它看得比生命还宝贵。

多华尔 那我就把唯一的方法告诉您，助您自我调解，无愧于自己的生活圈，不愧为贡斯丹丝的弟子兼闺中好友，也不愧为克莱维尔敬重、爱慕的对象。

罗萨丽 您说吧，我听着。

〔罗萨丽靠着扶手椅，头倚在一只手上，多华尔接着说：

多华尔 想想看，小姐，只要被一个恼人的念头缠上，就足够让幸福破灭了。而最恼人的念头莫过于意识到自己干了坏事。（语气激动而急促）一旦作了恶，这恶就对我们如蛆附骨；它同羞愧、悔恨一起深埋在我们的心底；我们随身携带它，苦不堪言。倘若您见异思迁，有些目光就得躲一辈子；这是我们在世上最敬重的两个人的目光。一定要躲得远远的，从他们眼前逃走，活得抬不起头。（罗萨丽叹气）远离克莱维尔和贡斯丹丝，我们要去哪里呢？我们会怎样呢？我们会同谁交往？……成为坏人，意味着注定要跟坏人一起生活，一起消遣；意味着跟一群无原则、没道德、没个性的家伙混在一起；过着动荡不安、充满谎言的生活；腆着脸夸赞被自己抛弃的美德；听别人嘴里指责自己的所作所为；用对好人不屑一顾的方式寻求平静；真正的快乐源泉，仅有的正派、庄重、高尚的快乐的源泉就此关闭；为了自我逃避，寄情于各种无聊浅薄的娱乐，在自我麻醉中荒废光阴，生命流逝虚度……罗萨丽，我毫不夸张。一旦迷宫的线团断开，人们不再掌握自己的命运，不知自己会在何处迷失。您害怕了！而您才知道一部分危险。罗萨丽，您眼看就要丢掉一个女人能够在世间拥有的最大财富；这应当是她不断祈求上苍，上天却吝于赏赐的财富：一位道德高尚的丈夫！一生中最庄严的日子会被您打下不公正的烙印，一个令人回味无穷的美妙时刻，您却注定想起来就脸红……想想看，在您和我将交换誓言的圣坛下，您脑海中却闪现出遭到背叛的绝望的克莱维尔。您仿佛看到贡斯丹丝严厉的目光盯着您。这就是我们的婚姻将要面对的可怕证人……婚姻这个词无论说起来还是听起来都那样美妙，当它保证两个人幸福洋溢，双方的纯洁与高尚令欲望也获得祝福之时。这个致命的词将我们的不公与不幸永远盖上了封印……是的，小姐，永远。从醉意中清醒，看到自己的真实面目，我们会自轻、自责，痛苦就此开始。（此时罗萨丽流下几滴眼泪，她偷偷地擦去）事实上，怎能相信一个曾经见异思迁的女人？怎能信赖一个曾经欺骗朋友的男人？……小姐，一个人敢于缔结牢不可破的关系，他就应当把伴侣看作最出色的女子；而罗萨丽只会不由自主地把我看作最卑劣的男人……不能这样……我不会太敬重孩子的母亲；我也不会得到她过多的敬意。您脸红了。您垂下双眼……怎么？倘若对我而言，世上有比您更神圣的东西，这会冒犯您吗？您还想看我回归那难堪而残忍的时刻吗？那时您肯定蔑视我，而我也恨自己，那时我害怕遇见您，而您听见我的脚步声就发抖，那时我们的心在善恶间摇摆，痛苦不已……我们曾经多么不幸啊，小姐！然而，一旦我回归正途，痛苦就戛然而止。过程极为艰难，但我彻底战胜了自己。我恢复了本性。罗萨丽不再令我生畏；我可以向她坦然承认，她曾经让我心慌意乱，在世人难以体会的感情与思想的极度混乱之中，我回应了……然而，意外发生了，贡斯丹丝和您都产生了误会，而我极力挣扎，终于解脱……我自由了……（听到这些话，罗萨丽似乎崩溃了。多华尔有所察觉，转身面对她，极为温柔地看着她）然而，我都能做到的事，对罗萨丽岂非易如反掌！她生性敏感，善于思考，说话率直。倘若我迟到片刻，刚才我说的这番话就该由罗萨丽讲给我听了。那么我会听从她的好意。我会把她当成伸出援手的好心女神，帮我稳住踉跄的步伐。她的天籁之音将在我心中重新点燃美德的火焰。

罗萨丽 （声音颤抖）多华尔……

多华尔 （亲切地）罗萨丽……

罗萨丽 我该怎么办？

多华尔 我们把自尊抬得高！

罗萨丽 您想让我绝望吗？

多华尔 不。但有些情况下，猛药才能治沉疴。

罗萨丽 我懂了。您是我的朋友……是的，我会鼓起勇气……我渴望见到贡斯丹丝……我终于知道幸福在何处等着我。

多华尔 啊！罗萨丽，我又认得您了。这才是您，在我眼中比任何时候都美丽、动人！这样您就无愧于贡斯丹丝的友情、克莱维尔的爱情和我的敬意；因为这下我才敢自报家门。

第四场

罗萨丽，朱斯蒂娜，多华尔，贡斯丹丝

罗萨丽 （跑到贡斯丹丝面前）来吧，贡斯丹丝，从您的被监护人手中领走这世上唯一与您般配的男人吧。

贡斯丹丝　而您呢，小姐，快去拥抱您的父亲吧，他到了。

第五场
最后一场

罗萨丽，朱斯蒂娜，多华尔，贡斯丹丝，双臂被克莱维尔和安德烈托着的老李西蒙，夏尔，西尔维斯特，全家老小

罗萨丽　我的父亲！

多华尔　老天！我看见了什么！这是李西蒙！是我的父亲！

李西蒙　没错，儿子，没错，是我。（对多华尔和罗萨丽）走近点，我的孩子们，让我抱抱你们……啊！我的女儿！啊！我的儿子！……（他看着他们）至少我见到他们了……（多华尔和罗萨丽很吃惊，李西蒙意识到了）儿子，这是您妹妹……女儿，这是您哥哥。

罗萨丽　我的哥哥！

多华尔　我的妹妹！

罗萨丽　多华尔！

多华尔　罗萨丽！

　　［这些话说得极快，语气意外，几乎是异口同声。

李西蒙（坐下来）是的，我的孩子们；你们会知道一切的……

靠近点，让我再抱抱你们……（他双手举向天空）……老天爷把我归还给你们，也把你们归还给我，但愿他保佑你们……但愿他保佑我们大家。（对克莱维尔）克莱维尔，（对贡斯丹丝说）夫人，原谅一位与儿女重逢的父亲吧。我还以为自己失去他们了……我唠叨过无数次：我再也见不到他们了。他们再也见不到我了。也许，唉，他们永远互不相识！……我出发时，罗萨丽，最美好的愿望就是介绍你认识我引以为傲的儿子，一位值得你温柔以待的兄长。等我不在了，他就是你的依靠……我的孩子，我时日不多了……可是，孩子们，你们脸上为何没有我预想中的激动表情？……我年老体弱，行将就木，惹你们伤心了……啊！我的孩子们，我受了多少累，经了多少痛哟！……多华尔，罗萨丽！

〔老人一边说一边朝子女们张开双臂。他来回端详着他们，让他们彼此相认。多华尔和罗萨丽互相看看，扑到对方怀里，然后一起搂住父亲的双膝，喊道：

多华尔和罗萨丽 啊！我的父亲！

李西蒙（双手放在儿女身上，抬眼望天）哦，老天爷，我对您感恩戴德！我的孩子们相见了，但愿他们相亲相爱，我死而无憾了……克莱维尔，您是珍惜罗萨丽的……罗萨丽，你是爱着克莱维尔的。你一直爱他。过来，让我宣布你们结为夫妻。

〔克莱维尔没敢靠近,只是满怀希望与激情地向罗萨丽伸出手臂。他在等待。罗萨丽注视他片刻,走上前去。克莱维尔急忙过去,李西蒙宣布他们结为夫妻。

罗萨丽 (发问的语气)父亲?……

李西蒙 我的孩子?……

罗萨丽 贡斯丹丝……多华尔……他们俩很般配。

李西蒙 (对贡斯丹丝和多华尔)我明白了。来吧,亲爱的孩子们。来吧。这是双喜临门呀。

〔贡斯丹丝和多华尔庄严地走向李西蒙。好心的老人抓住贡斯丹丝的手,吻了吻,把儿子的手递给她,贡斯丹丝握住。

李西蒙 (哭了,他一只手抹着眼睛)这是欢喜的泪水,以后不会再流泪了……我留给你们一笔巨额财富。我怎么赚来的,你们就怎么享用吧。我从来不赚黑心钱。孩子们,你们可以问心无愧地拥有……罗萨丽,你看看你哥哥,泪汪汪的眼睛又转向了我……我的孩子,你会知道一切的;我对你说过……不要逼问你的父亲,还有你敏感、体贴的哥哥……老天爷让我一生都泡在苦水里,只有最后的时光完全留给了我。亲爱的孩子,让我享受一下吧……你们俩的事都安排妥了……我的女儿,这是我的财产清单……

罗萨丽 我的父亲……

李西蒙 拿着,孩子。我活了一辈子。轮到你们好好生活,我也该收场了；倘若老天爷明天就让我死，我也瞑目了……拿着，我的儿子，我的遗愿都详细写在这里。您要遵守遗嘱。尤其不要忘记安德烈。多亏了他，我才能心满意足地死在你们中间。罗萨丽，你的手抚合我双眼的时候，我都会记得安德烈……你们会看到，孩子们，我做事全凭父爱，而我对你们的爱不分伯仲。我损失的钱不多，你们将一起分享。

罗萨丽 我听见了什么？我的父亲……有人交给我……

〔她给父亲看多华尔寄来的证券。

李西蒙 有人交给您……我们看一看……（他打开证券，查看其中的内容）……多华尔，只有你能解开谜团。这些证券属于你。说吧，告诉我们，这些东西怎么到了你妹妹手里。

克莱维尔（激动地）我全明白了。他为了我不惜性命；他为了我献出财产！

罗萨丽（对克莱维尔）献出爱情！

贡斯丹丝（对克莱维尔）献出自由！

〔这些话语速很快，几乎同时听到。

克莱维尔（拥抱多华尔）啊！我的朋友！

罗萨丽（扑到兄长的怀里，垂下双眼）我的哥哥……

多华尔（微笑着）我当时昏头了，您还是个孩子。

李西蒙 我的儿子，他们要你干吗？你肯定为他们做了什么重要的事，让他们既崇拜又欢喜。这件事我不明白，无法与你们分享。

多华尔 我的父亲，与您重逢的欢乐使我们都激动万分。

李西蒙 老天爷保佑我们父慈子孝，但愿他把你们这样的孩子赐给你们，让他们像你们孝顺我一样孝顺你们！

关于《私生子》的谈话

罗湉/译

引　言

　　我答应过要讲述自己何以没听到最后一场戏，下文便是原因。李西蒙已不在人世。他们请来一位老友代替他的角色，二人年龄相仿，身材相近，声音相似，都是须发皆白。

　　这位老者进入客厅，如同李西蒙初次到访时一样，双臂被克莱维尔与安德烈托住，身穿故友从狱中带回的衣服。然而他方一登场，全家人目睹此情此景，恍如重见刚刚痛失的至亲至敬之人，大家都忍不住落泪了。多华尔在哭泣。贡斯丹丝与克莱维尔在哭泣。罗萨丽哽咽着转开目光。扮演李西蒙的老者悲从中来，也开始哭泣。主人的痛苦感染了仆人，哭声一片，于是戏没能演完。

　　众人离去后，我从角落里出来，沿着来路折返。走着走着我不禁拭泪，因为内心感伤，为了自我安慰我思忖道："肯定是我太心软才会如此难过。这一切不过是场戏。多华尔拍拍脑袋想出了主题。他一时兴起写成对白。今天他们为了解闷把它表演出来罢了。"

　　然而有几个情况令我费解。多华尔的故事在当地尽人皆知。演出如此真实，乃至我几次忘了自己是观众，是暗藏的观众，险些从藏身处走出来，给舞台平添一个现实人物。那么刚刚发生的事我该如何去理解呢？倘若这部剧并无特别之处，为何他们无法演完最后一场戏？看到扮演李西蒙的老者，为何他们都触景伤怀，悲不自胜？

几天之后，我去向多华尔致谢，多亏他一片美意，我度过了一个既美妙又痛苦的夜晚。

"这么说您感觉还满意？"……

我喜欢实话实说。此人也爱听实话，于是我回答说，演员的演技令人折服，其他地方我提不出什么意见；何况我没有听到最后一场戏，不知结局如何；不过倘使他肯将剧本借我一阅，我自会把感想告诉他……"您的感想！我想知道的难道现在还不晓得？一部剧与其说是用来读的不如说是用来演的；您喜欢这部剧的演出。我不必了解更多了。不过您拿去读吧，咱们随后再详谈。"我接过多华尔的剧本，安安心心地读完。第二天及随后两天中，我们就此展开了交谈。

下文就是我们的谈话内容。不过多华尔的表述与我的文字实在相差甚远！……想法或许无异，他的才气却荡然无存了……我徒劳地追忆自然景观及多华尔其人给我留下的印象，却一无所获。我再也见不到多华尔，听不到他的声音。我独自待在昏暗的书房，周围是积尘的书籍……我写下的是一行行惨淡无力的乏味文字。

多华尔与我
第一次谈话

这天，多华尔试图排解一件纠纷，却是无功而返。此事闹得两家邻居长期不和，给双方都带来伤害。他为此愁眉不展，我明白他的情绪会给我们的谈话蒙上一层阴郁色彩，但还是告诉他：

我：您的剧本我已读完。然而我颇感失望，或者您并不执意恪守令尊大人的意愿。我以为他叮嘱过您，要如实呈现每件事，可我发觉好几件事都带有虚构色彩，只有在剧院里才能掩人耳目，人家都说剧院自带幻象与礼节性的掌声。

首先，您遵从了三一律。然而诸多事件都发生于同一地点，前后不超过二十四小时，而且像您剧本中那样环环相扣，一桩接一桩出现在故事里，这着实让人难以置信。

多华尔：您言之有理。然而倘若一件事持续半月之久，您认为演出也应当同样持久吗？倘若那些事件中还夹杂了其他事件，那么重现这番乱象是否合适呢？倘若那些事发生在家宅各处，我也应当将它们散置在不同地方吗？

遵守三一律很困难，但这套规则是合乎情理的。

社会中纠葛的延续必然穿插着细枝末节，它们可以使小说更为真实，却令戏剧作品失去意义：无数不同的事物分散了我们的注意力，但戏剧只表演现实生活的特定时刻，我们必须全神贯注于同一件事。

我偏爱简单的剧本，不喜欢枝节繁复①。但我更注重情节的连贯，而非复杂曲折。我不太相信偶然性造成两件事先后或同时发生，我更相信，透过日常经验（这是戏剧逼真的不变规律）加以对照，会看出许多相近的事件之间都存在着必然联系。

情节构思的艺术是让事件彼此连贯，使通情达理的观众总能看到令其满意的缘由。事情越是非比寻常，缘由就越要站得住脚。但是判断时切忌以己度人。当事人与旁观者之间有着天壤之别。

如果随便违背了时间、行动统一律这些普遍原则，我会心生不快。并且我认为地点统一律无论多么严格都不为过。缺了这一条，剧本编写总会受到牵制，思路不清。啊！若是在我们的剧院，布景随着场景地点的变化而变化，那该多好！……

我：您认为其中的好处何在呢？

多华尔：观众能轻松理解一切剧情起伏；剧本演出变得更丰富、更有趣、更清楚。只有舞台上空无一人时才能换布景。

---

① 此处影射拉辛的《〈贝蕾尼丝〉序》。

只有每一幕结束时舞台上才会空无一人。因此，两个情节之间更换布景的情况总是出现在不同的两幕当中。人们绝不会看到一群元老院议员紧随着一伙谋反者出现，除非舞台面积足够大，可以辨别出迥异的地点。但是在我们这样的小剧场里，倘若廷臣明知隔墙有耳，却在君主方才与之磋商要政的地方密谋篡位，那么明理之人听到这些会作何想[1]？既然人物都待在原地，那么显然意味着走开的是地点喽。

此外，对于戏剧的常规惯例，我的看法如下。不通诗理之人亦不懂规则的原理，他既不能舍弃规则，也不能恰如其分地领会。对于规则他要么顶礼膜拜，要么不屑一顾，这是两处彼此对立却同样危险的暗礁。一处使过去数百年的观察与体验化为泡影，让艺术退回童稚时代；另一处则是突然拦住去路，阻挠艺术前行。

我在罗萨丽的闺阁中与之交谈，打消她心中因我而起的错恋，使她重新燃起对克莱维尔的柔情。我同贡斯丹丝在这条林荫道上散步，就在您看见的栗子树下，我深信在这世上她是唯一与我般配的女子；与我般配！那会儿我却试图让她明白自己绝非其佳偶。一听到我父亲抵达的消息，我们都跑去相迎。最后一场戏里，从大门直至这间客厅，这位正直的老人每走到一处都要歇歇脚。这些地方我仍历历在目……我却把情节都限制

---

[1] 影射高乃依的悲剧《西拿》。

在同一处，因为这不会影响剧情发展，也不会破坏事件的真实性。

我：那真是好极了。不过在安排地点、时间与事件顺序的时候，您不该把它们设想得既不符合习俗又不符合您的个性。

多华尔：我没有这样做吧。

我：那么第一幕第二场您和男仆的那场戏，说服得了我吗？怎么！您对他说："马车，备马。"他竟然不去？他不听您的吩咐？他给您提意见，您就乖乖听着？严肃的多华尔甚至跟好友克莱维尔在一起时都寡言少语，却跟男仆夏尔话家常？这可不像真事儿，也并非事实。

多华尔：这点必须承认。我借夏尔之口所说的大致就是我的心里话。但这位夏尔是个好仆人，对我忠心耿耿。在那种情形下，他会像安德烈服侍我父亲那样服侍我。他是那件事的目击者。让他在剧中出现一下，我觉得没什么不妥。况且他为此高兴坏了！……只因为身为仆从，他们就不复为人了吗？虽说他们伺候咱们，咱们不是也要伺候别人吗？

我：但是如果您是在为剧院创作呢？

多华尔：那我会放弃道德说教，尽量避免在舞台上渲染那些社会身份卑微之人。达夫①们是古代喜剧的中心人物，因为他们其实是所有家庭纠纷的主使者。到底该模仿两千年前的古

---

① 古罗马喜剧中奴隶的名字。这个人物狡猾刻薄，经常支持子女反抗家长，欺骗父亲。

老习俗还是咱们的习俗呢？咱们喜剧中的男仆总是嬉皮笑脸，充分表明他们是冷漠无情的。倘若诗人把他们丢在他们应该待的门厅，主要人物之间发生的情节就会更有趣、更生动。莫里哀那么擅长巧用仆人，却把他们逐出了《伪君子》与《恨世者》。男女仆人节外生枝，把主要情节打断，这种方式必定使人意兴阑珊。戏剧情节绝对不能停滞。把两个情节交叉意味着它们轮流被打断。

我：恕我冒昧，请您对女仆们多担待些。我觉得，年轻女子的言谈举止素来循规蹈矩，只能跟那些仆妇敞开心扉，倾诉压抑的情感，迫于习俗、体面、畏惧与成见，那些情感只能藏在心底。

多华尔：那就让她们留在舞台上，直到我们的教育得到改进，直到父母成为子女的知心人……您还有什么意见？

我：贡斯丹丝的告白……

多华尔：怎样呢？

我：女人很少会这样……

多华尔：没错。然而假设一个女人拥有贡斯丹丝的心灵、品德与人格，假设她慧眼识君子：那么您会看到，她表露真情并不会惹上麻烦。贡斯丹丝会使我为难……非常为难……我怜悯她，因而愈发敬重她。

我：这挺让人惊讶！再说您心里有人了……

多华尔：话说我并不妄自尊大。

我：她的告白中有几处分寸不够……女人们会忙不迭地把这个角色当笑柄……

多华尔：哪些女人们，请问？那些堕落的女人，她们每说一句"我爱您"都是在招供可耻的感情。贡斯丹丝不是这样。倘若社会上没有一位女子与她相仿，那才真是可悲可叹。

我：不过在剧场，这种语调相当少见……

多华尔：先把舞台放在一边，回到客厅里来。您得承认，当您听到贡斯丹丝讲话时并没感觉刺耳。

我：没有。

多华尔：这就够了。不过我得把一切告诉您。剧本写完之后，我交给大家传阅，以便各人都对自己的角色进行增删，把自己刻画得更符合事实。然而有件事我始料未及，又顺理成章。他们更注重现下的状态，而非旧时的处境，他们在这里缓和一下表达，那里遮掩一下情感，别处又添上个插曲。罗萨丽想在克莱维尔眼中减轻过错；克莱维尔把自己表现得对罗萨丽愈发一往情深；对于现在成为她丈夫的男人，贡斯丹丝略为突出了自己的柔情；某些场景中角色的真实性受到损害，其中就包括贡斯丹丝的告白。我知道其他几处也逃不过您的慧眼。

因为多华尔不善奉承，他这番话就更让我听得顺耳了。为了表示回应，我点出一处本来会忽略的细节。

我：那么同一场戏里怎么会上茶呢？

多华尔：我明白您的意思，这不是本地习俗，我同意。不过我曾长年旅居荷兰，同外国人生活过很久，从他们那里学来这个习惯。而且我描写的是我自己。

我：可那是在舞台上！

多华尔：不是在舞台上。应当把我的作品放在客厅里评判……不过别漏掉任何您认为违反戏剧惯例的地方……我很乐于检查到底是我错了还是惯例错了。

多华尔讲话的时候，我在他的手稿边沿寻找自己做的铅笔记号，凡是可斟酌之处我都做了标记。我在第二幕第二场开头附近瞧见了一处标记，便对他说：

我：您见到罗萨丽的时候，按照您对友人的说法，她要么已经得知您要走，要么全然不知。假如是第一种情况，为何她对朱斯蒂娜只字未提？对日思夜想的事一个字都不提，这正常吗？她哭了，然而她在为自己流泪。她的痛苦是一个敏感心灵的痛苦，她内心承认的情感是她无法抑制也难以苟同的。"她全然不知，"您会对我说，"她神色惊讶；我是这样写的，您也看到了。"确实如此。然而，全家人都知道的事情，她怎么会蒙在鼓里？……

多华尔：那是清晨；一个家被我闹得鸡犬不宁，我想赶紧离开那儿，赶紧摆脱那件极其意外而残忍的差使；于是天刚亮我便去罗萨丽的闺房见她。场景发生的地点变了，但真实性丝毫不减。罗萨丽深居简出；贡斯丹丝洞察入微，克莱维尔情意绵绵，她想掩盖内心的想法，只好躲开他们俩。她刚从自己的房间下来,走进客厅时并未见到任何人。

我:可是您跟罗萨丽谈话的时候,为何有人替克莱维尔通报?一个人在自己家,不可能让人通报吧?这完全像一个随意安插的剧情突变。

多华尔:不,事实便是如此,也理应如此。假如您认为这是剧情突变,那太好了,这突变是自然产生的。

克莱维尔知道我和他的情人在一起。若是他进来打断一场他期冀的谈话,那才不自然。但是他心急火燎想知道结果。他派人来请我。若是您会有其他做法吗?(停顿片刻)比起剧情突变,我更偏爱舞台上极少出现的戏剧画面,其效果赏心悦目又真实可靠。剧情突变大多牵强附会,依据很多奇怪的假设,有品位的人在上千种惹人讨厌的情节组合中才能找到一个巧妙自然的组合。

我:可是您如何区分剧情突变和戏剧画面呢?

多华尔:与其下定义还不如给您举几个例子。剧本第二幕开场便是一个戏剧画面,结尾则是剧情突变。

我:我懂了。作为行动出现的、突然改变人物状态的意外变故就是剧情突变。剧中人物的舞台调度自然真实,若是画家忠实地描摹下来,在画布上也是赏心悦目,这就是戏剧画面。

多华尔:差不多。

我:我敢打赌,在第二幕第四场中,没有一个字是不真实的。在客厅里看这场戏时我感觉悲伤,阅读时我却感到无尽的喜悦。画面很美，因为我觉得这就像是一幅画，不幸的克莱维尔倒在朋友胸口，仿佛那是他剩下的唯一庇护所……

多华尔：您想到了他的痛苦，却忘记了我的痛苦。这一刻对我而言是多么残忍啊！

我：我明白，我明白。我记得，在他宣泄牢骚与痛苦的时候，您也潸然泪下。此情此景令人难以忘怀。

多华尔：您得承认，这幅画面原本完全不会出现在舞台上；这两位好友本来不敢直面对方，转身背朝观众，走到一起又分开，再互相靠拢；他们的动作本来都是相当刻板、生硬、做作并且冷淡的。

我：我相信。

多华尔：人们怎么会毫无察觉呢，厄运会让人互相靠紧；尤其在混乱喧嚣的时候，当情绪极度亢奋，行动极为焦躁之时，人物若是彼此隔开一定距离，对称地围作一圈，那岂不是滑稽？

倘若舞台上几乎见不到任何场景足以构成画面，那肯定是戏剧动作仍有瑕疵。怎么！舞台不像绘画那样讲究真实性？越是贴近艺术的东西就越要避开它，这倒成了一条规矩？人物鲜活的生动场面，其逼真程度倒不如只见人影晃动的彩绘场景？

对我而言，我认为如果一部戏剧作品写得好，演得也好，那么情节中有多少地方适合入画，舞台就要向观众展现多少真实的画面。

我：但是要得体！要得体！

多华尔：我总听别人念叨这个词。邦威尔①的情妇披头散发地闯进情郎的监狱②。两位恋人相拥倒地。③ 菲洛克忒忒斯曾在洞口翻滚，发出含混不清的痛苦嘶叫。这些哭叫声构成的诗句极是刺耳④，观众却听得撕心裂肺。难道我们比雅典人还要挑剔，还要有才？……怎么，女儿都被献祭了，母亲的举止还不能有丝毫过激之处？让她像个癫狂或错乱的女人一样在舞台上奔跑，哭喊声响彻殿宇，凌乱至衣衫不整吧，这些反应都符合她绝望的心情。但凡伊菲革涅亚的母亲有一瞬间露出阿尔戈斯王后、希腊统帅夫人的仪态，她在我眼中就是一文不值的女人。真正的尊严，打动我并震撼我的尊严，便是真切表现母爱的画面。

我翻看手稿，瞥见自己用铅笔划下的一道浅痕。这是在第二幕第二场，罗萨丽说起让自己魂不守舍的对象，她说自己的一切旖旎遐想都在对方身上成为现实。我觉得对一个孩子来说这番感触有点言过其实：旖旎遐想，这跟她天真的语气有出入。我向多华尔指出了这一点。他未予置评，只是让我再看看

---

① 参见英国剧作家乔治·李洛的散文体悲剧《伦敦商人或乔治·邦威尔的故事》。该剧于一七三一年首演，一七四八年由克雷芒·德·热纳夫（Clément de Genève）翻译成法文。这部作品被看作是第一部资产阶级悲剧。
② 这场戏并非发生在监狱，而是在施刑的地方。
③ 参见《伦敦商人》，第五幕，第五场。
④ 参见索福克勒斯《菲洛克忒忒斯》，第 745—746 行。

手稿。我仔细查看，发现这几个字是罗萨丽后来亲笔添加的。于是我转移了话题。

我：您不喜欢剧情突变？我问他。

多华尔：不喜欢。

我：这里却有一处突变[①]，设计得极为巧妙。

多华尔：我知道，我对您提起过。

我：这是您所有情节的基础。

多华尔：我同意。

我：这难道是件坏事？

多华尔：当然。

我：那为何如此安排？

多华尔：因为这不是虚构故事，而是真实经历。为了作品好，我倒宁愿事情经过并非如此。

我：罗萨丽向您表白感情。她得知自己被爱着。她不愿再见您，也不敢再见您。她给您写信。

多华尔：这很自然。

我：您给她回信了。

多华尔：我必须如此。

我：克莱维尔答应过他姐姐，您不会不辞而别。她爱您，亲口告诉了您。您了解她的感情。

[①] 第二幕第七、八、九场。

多华尔：她应当设法了解我的感情。

我：她弟弟去一位女性友人家找到她。关于罗萨丽的财产及其父亲归来之事，可恶的流言传得满天飞，她到那里去探听消息。人家得知您要动身离开，都感到意外。他们对您发难，说您勾引他姐姐爱上您，却又爱上他的情人。

多华尔：事实如此。

我：可是克莱维尔根本不相信。他激动地为您辩护。他要跟人决斗。人家叫您去救他，那会儿您正在给罗萨丽回信。您把回信落在了桌子上。

多华尔：换作您也会这样做，我认为。

我：您飞奔去救朋友。贡斯丹丝来了。她以为您在等她。她发现自己被放了鸽子。她对这种行为万分不解。她瞧见您写给罗萨丽的信。她读了信，以为是写给自己的。

多华尔：换作谁都会误解。

我：毫无疑问。她完全没料到您爱慕罗萨丽，罗萨丽也爱慕您。那封信是对表白的回复，而她刚刚向您表白过。

多华尔：况且贡斯丹丝从弟弟那里得知了我的身世秘密，而写信人认为，倘若追求自己迷恋的女子，就会辜负克莱维尔。所以贡斯丹丝相信并且有理由相信自己被爱慕着，我的尴尬处境全部由此而生，您都看在眼里的。

我：那您还有什么可挑剔的呢？没有任何地方是编造的。

多华尔：也没有任何地方足够逼真。您没看到吗，得好几个世纪才凑得齐这许多情节吧？有些艺术家擅长安排类似的巧合，随便他们自鸣得意去吧。我觉得这种安排挺有创意，但缺乏真正的品位。剧本情节的发展越简单也就越动人。在第五幕，我走近罗萨丽，把克莱维尔指给她看，他万念俱灰，颓然坐于客厅深处的沙发上。倘若一位诗人同时构想出这里的剧情突变以及场景，而他宁要剧情突变而舍弃画面，那么他便是缺乏判断。前者笨拙幼稚，后者才是点睛之笔。我说此话并无偏袒之意。这两样都不是我凭空想象的。剧情突变是事实；戏剧画面则是偶然发生的巧合，我不过善加利用罢了。

我：可是，当您知道贡斯丹丝产生了误会，为何不去提醒罗萨丽呢？这办法既简单又能补救一切。

多华尔：啊！这下您可就大大偏离剧本了。您对拙作的审视相当严格，却不知哪部戏经得住这般琢磨。如果剧中每个角色都绝对中规中矩，哪部戏还能进展到第三幕？您若试举一例，我将不胜感激。不过您的回答或许令艺术家满意，于我而言却未必。这里的情节都属事实，并非虚构。您压根不是向作者了解情节缘由，而是要求多华尔解释他的行为。

对罗萨丽，我既未告知贡斯丹丝的误会，也未告知她本人的误会，因为这正合我意。我已痛下决心为诚信不惜一切，这桩意外导致我与罗萨丽分手，我却视之为躲避危险的契机。我丝毫不愿意罗萨丽误解我的人品；然而，更为重要的是别辜负我自己，也别辜负我的好友。欺瞒他，欺瞒贡斯丹丝，这令我痛苦，却又不得已而为之。

我：我感觉到了。此信若不是写给贡斯丹丝，还能写给谁呢？

多华尔：况且从那会儿直至我父亲到来，中间相隔时间如此之短，罗萨丽又深居简出！不可能给她写信，她也未必想收到我的信。我敢肯定，倘若一封信能说服她相信我的清白，却无法让她看清我们的情感有违道义，那么这封信只会火上浇油。

我：然而克莱维尔说的话句句让您心碎。贡斯丹丝把您的信交给了他。您隐瞒真情不算，还要假装自己未曾有过的情感。人家张罗您同贡斯丹丝的婚事，您无法表示异议。人家把这个喜讯告诉罗萨丽，您也无法否认。她在您面前痛不欲生，对情郎却冷漠无情，令他几乎万念俱灰。

多华尔：这是实情。可我又能如何？

我：提到万念俱灰那场戏，它与众不同。我在客厅的时候深受感动。阅读剧本时我只看到动作描述，没见到任何对白，想想我是多么意外吧。

多华尔：这其中有一个插曲。倘若我认为这部戏有些可取之处，倘若我对这次创作感到自得，是绝不会不把这插曲告诉您的。剧本情节写到此处，我虽则印象深刻，却完全不记得对话内容了。我回忆起几个喜剧场景，便顺势把克莱维尔写成喋喋不休的绝望家伙。然而，他粗略翻看了一下自己的角色，对我说："兄弟，这毫无价值。这些华丽辞藻没有一个字属实。""我知道。不过您再看看，想办法做些修改。""对我而言不难。只需回归当时的情境，倾听自己的心声。"他显然说到做到。第二天他把您看过的那场戏带来了，就是现在的样子，一字不差。我反复阅读了好几遍，感觉语气挺自然。受到这场戏的启发，我对激情、激情的语调、朗诵以及哑剧进行了思考。您若是愿意，明天我把几点想法告诉您。今晚我把您带回咱们两家之间的那座山丘脚下，我们在那儿约定下次碰面的地点。

一路上，多华尔观赏着落日余晖下的自然景象：

多华尔：看呐，随着苍茫暮色渐浓，万物的身影也各自淡去……这些宽阔的绛紫云带预示着好天气……与夕阳相向的半边天空晕染上紫罗兰色……森林一片静谧，间或几声鸟鸣，晚间的啼叫为暮色平添几分生气……万籁中，流水潺潺愈渐清晰，告诉我们各处都已收工，天色将晚。

恰在此时，我们到达了山丘脚下。约好会面地点，我们就此别过。

第二次谈话

次日，我来到山丘脚下。那里静僻荒寂。远方平原上散落着几处小村庄，再往远处，绵延的山脉起伏断落，部分消失在地平线上。我们站在橡树荫下，听到近处有喑哑的地下水流声。正值收获季节，大地上覆盖着它向人类劳作与汗水许下的丰饶硕果。多华尔先到一步。我朝他走去，他却浑然未觉。他陶醉于自然美景，挺起胸膛，用力呼吸。他专注的目光掠过每样事物。我根据他的面部表情观察到他丰富的感受；我开始对他内心的波澜起伏产生共情，不禁脱口喊道："他心醉神迷了。"

多华尔听见我的话，用异样的声音答道：的确。这里才看得到自然。此处是激情的圣所。一个人天资超群？那么他会远离城市众生。他愿随心所向，将泪水洒入莹澈山泉，将鲜花捧至墓畔，轻盈地踏过牧场的柔草，缓步穿越肥沃的原野，静观人类的劳作，逃入密林深处。他喜爱那隐秘的幽暗所在。他徜徉，寻找激发灵感的岩穴。是谁的声音与飞流直下的瀑布融为一体？是谁感受到荒野的卓越风姿？是谁在静谧中倾听孤独的声音？是他。我们的诗人居住在湖畔。他的目光掠过水面，他的天赋得到舒展。在那里，时而平静时而激动的情绪抓住他，恣意激荡或舒缓其心灵……哦，大自然，美好万物都包藏于你的胸怀！你是一切真理的富饶源泉！……这尘世中唯有美德与真理值得我关怀……灵感产生于自然之物。倘若智者见到其种种动人之处，便会为之关切、激动、魂牵梦萦。想象力在活跃，激情在骚动。人们渐次感到惊奇、感动、气恼、愤怒。倘若没有灵感，抑或真正的思想杳无踪影，又或者，人们与之偶遇却无法追寻其踪……诗人感受到灵感来临的刹那；随后他才进入沉思。从胸腔传来的颤栗宣告灵感的到来，这颤栗以美妙的方式瞬间传至四肢百骸。很快这不再是颤栗，而是持久而强烈的热情，灼热而令他喘息，耗尽他，毁灭他，却又使他触碰的一切都具有了灵魂与生命。倘若这股热情仍在扩张，幻像便会在他眼前翻倍。他的激情几乎上升到疯狂的程度。只有把彼此挤压、碰撞与驱逐的奇思妙想一股脑倾泻出去，他才能松口气。

此时此刻多华尔体验到他所描述的状态。我没有作答。彼此沉默中我见他逐渐平静下来。随即他仿佛从沉睡中醒来，向我问道："我说过什么？我本来要跟您说什么？我记不起来了。"

我：您谈了几个观点，绝望的克莱维尔那场戏促使您思考了激情、激情的语调、朗诵与哑剧。

多华尔：头等重要的是绝不能把妙语赋予人物，而要懂得将他们放在赋予他们妙语的环境中……

多华尔一口气说出这段话,感觉仍有些心绪躁动,于是停下来。为了有时间恢复平静,也许是想用更强烈却短暂的情绪来克制烦乱吧,他对我说出下面这番话:

您眼前这两座山之间有个村子,村舍的屋脊比树顶还高。村里有个农妇让丈夫去邻村的岳父母家。这个倒霉鬼被一个妻兄杀了。第二天我去了出事的那户人家。我在那里看到一幅场景,听到令我记忆犹新的一段话。死者躺在床上,裸露的双腿垂在床沿外。他的妻子蓬头垢面地坐在地上。她抓着丈夫的双脚,一边流泪一边念叨,听到那语气的人无不潸然泪下:"唉!我让你过来的时候,哪晓得这双脚会带你走上死路呢?"您认为其他阶层的女子还会比她更凄婉动人吗?不会。同样的情境之下,她会说出同样的话。这是触景生情;而艺术家需要发现的,正是此情此景之下人人都会说的话,正是人人都感同身受、瞬间了然的话。

深切的关注,强烈的情绪。这才是连珠妙语、真挚对话的源头所在。几乎每个人的临终遗言都是感人至深的。

我之所以欣赏克莱维尔那场戏,是因为情到至深时,每句话都发自肺腑。情感附着于某一执念。它沉默片刻,又总要呼喊着回到这个执念。

这场戏运用了我们忽视已久的哑剧手法,您感觉到了,效果是极好的!

我们的戏剧说得太多，导致演员们都表演不足。我们遗失了一门艺术，古人对它可是运用自如的。从前哑剧展现各阶层的人物，国王、英雄、暴君、富人、穷人、城里人、乡下人，每种身份都选择其恰当方式，每个行动都选取其动人之处。哲学家提摩克拉底①因为个性端肃，向来对哑剧拒之千里。某日，看完这样一场演出后他说道："对哲学的尊崇使我错过了怎样的演出啊！"② 提摩克拉底无端的害羞令哲学家错失了巨大的乐趣。犬儒派的德谟特里乌斯③当着一位哑剧演员的面，将所有效果都归功于乐器、声音和布景，对方答道："先看我单独表演，然后你再随意点评我的艺术。"笛声安静下来，哑剧演员进入角色，哲学家为之倾倒，大叫道："我不但看到你，还能听到你。你在用手势同我说话。"

这种艺术若是与对话结合，还有什么效果达不到呢？我们为何把浑然天成的事物一分为二呢？手势不是时刻与话语配合吗？写这部作品时，我才格外清晰地体会到这一点。我回想自己说过的话以及人家的回答，但我只记得一些动态，因此我写下人物姓名，下面再写出他的动作。在第二幕第二场，我对罗萨丽说："假如不幸得很……您的心出乎意料地……滑向某个方向……而理智让您为此深感罪恶……我了解这可怕的处

---

① Timocrates，公元前一世纪古希腊哲学家。
② 参见古叙利亚讽刺诗人路西安（Lucien de Samosate）《论舞蹈》。
③ Démétrius le Cynique，生活在尼禄时代的古希腊哲学家。

境!……我会多么同情您!"

她回答我说:"那就同情我吧……"我同情她,却是用手势表达怜惜;我不认为一个动情之人会有其他表示。而在多少情形之下我们是有口难言啊?一个人请求您的忠告,要是听您的,他会丢掉性命,要是不听您的,他会名誉扫地,那么您还会提建议吗?您下不了狠心,又做不得亏心事。您用手势表示左右为难,让这个人自行决定。

在这场戏里,我还看到有几处近乎全靠演员发挥,由他来掌握剧本,重复某些台词,斟酌某些想法,砍掉几处,再添上几种。在如歌的抒情曲中,音乐家给优秀歌唱家留下余地,让他们自由发挥品味与才华:在一首美妙的歌曲里,他只需为歌唱家标出主要音程。如果诗人充分了解演员,就应当如法炮制。一个人激动不安,其中什么最为动人?是台词吗?有时是。但永远打动人心的是呐喊,是含混的词句,是嘶哑的嗓音,是间或发出的几个单音节,是喉咙里、唇齿间听不清的低喃。强烈的情感打乱呼吸,冲昏头脑,台词音节破碎,人物思绪跳跃;他张口说出一大堆话,全都有头无尾;除了一上场就表达出来并且重复不休的某些情感,剩下就是一连串含糊的微弱声响,奄奄一息的声音,哽咽的语调,这些演员可比诗人更在行。音色、声调、手势、动作,这都是演员的拿手好戏;特别是在激情澎湃的场景里,这些最是震撼人心。是演员让台词变得生动有力,是演员让人听出语调的力量与真实感。

我：有时候我会想，恋人的绵绵情话不适合阅读，而适合倾听。因为我觉得，战胜正经女子的古板、风情女子的心机、多情女子的德行的，并非一句我爱你，而是讲这句话时颤抖的声线，伴随而来的泪水与凝望。这个想法跟您不谋而合。

多华尔：是一回事。有种道白与这些充满激情的真实声音正相反，我们谓之长篇独白。没有比它更受欢迎的，也没有比它更趣味低下的。在戏剧表演中，它跟观众毫无干系，仿佛观众不存在一样。当中有哪句话是对观众说的？作者偏离了主题，演员被带出角色。二人双双走下舞台，现身在观众席。只要长篇独白还在继续，在我看来行动就停滞了，舞台也空荡荡了。

在剧本创作中，台词要协调一致，与之对应的是朗诵语调协调一致。这两套体系会变化，并不是说从喜剧到悲剧的变化，而是说在不同的喜剧与悲剧中是变化的。若非如此，诗或者表演中就会出毛病。人物之间则失去了关联和协调，而人物即便反差极大，也是要彼此协调的。人们在朗诵中听到刺耳的不和谐音，在诗中则看到一个被带入社会却与之脱节的人。

语调的协调得靠演员来感觉。这是他一辈子的工作。倘若缺少这种分寸感，他的表演就会时而不足，时而过火，难以恰到好处，有些地方也能出彩，整体而言则是拙劣的。

如果演员一心渴望掌声，他就会哗众取宠。他在动作中的毛病会殃及其他人的动作。他的角色朗诵不再协调统一。剧本的朗诵也不再协调统一。一会儿的工夫，只见舞台上一群人乱哄哄的，每个人都采用自己喜欢的语调；我深感厌烦，双手捂住耳朵溜之大吉。

我很想同您谈谈每种激情特有的语调。可是这种语调实在变化多端；这个问题如此微妙而又捉摸不定，没有什么比它更令人深感古今语言之贫乏。人们对事物有一个准确的概念，它存在于脑海中。想寻找一种表达方式？绝对没戏。人们将低沉与尖锐、急促与缓慢、柔和与激烈的话语彼此交织。但织出的网总嫌松垮，什么也抓不住。谁能够描述这两句诗该如何朗诵呢：

有人常见他们彼此交谈、寻觅？
难道他们躲入密林深处幽聚？[①]

诗句掺杂了好奇、不安、痛苦、爱恋与羞耻，最拙劣的画面的表现力也胜过最精彩的对白。

我：这又给哑剧创作增添了一条理由。

多华尔：的确，语调与手势互相影响。

我：然而语调无法标注，手势倒是容易写。

多华尔（稍作停顿）：幸好一位见识有限、不善揣摩却极为敏感的女演员[②]可以轻而易举地抓住心理状态，不假思索地

[①] 参见拉辛《费德尔》，第四幕，第六场，第 1235—1236 行。
[②] 此处指费德尔的扮演者。

找到与几种不同情感相适合的语调,这些情感彼此交织,形成的局面饶是哲人再睿智也剖析不了。

一流诗人、演员、音乐家、画家、歌唱家、优秀的舞蹈家、温柔的情人、虔诚的信徒,这群人都热情、冲动,感觉敏锐却很少思考。

指引启发他们的不是规则,而是另一种东西,它更直接、更私密、更模糊、更可信。我无法告诉您我是多么尊崇伟大的男女演员。倘若拥有表演才华,我该多么自豪。因为在世上孤身一人,我行我素,没有偏见,我一度想当演员。只要答应我像吉诺-迪弗雷纳①一样成功,我明天就去当演员。在戏剧中唯有平庸令人生厌。无论何种身份,唯有道德败坏令人名誉扫地。在拉辛与高乃依之下,我看到的是巴隆②、德玛尔小姐③、德塞纳小姐④;在莫里哀和雷纳尔⑤之下,还有大吉诺⑥和他的妹妹⑦。

我去看戏时,一旦将戏剧的功效与人们培训剧团的粗枝大

---

① Quinault-Dufresne(1695—1767),法国演员,在伏尔泰悲剧中扮演俄狄浦斯一角,一举成名。
② Michel Baron(1653—1729),法国演员、剧作家,莫里哀的弟子。
③ Christine Charlotte Desmares(1682—1753),法国女演员。
④ Catherine Dupré(1706—1759),法国女演员,人称德塞纳小姐(Mlle de Seine),吉诺-迪弗雷纳的妻子。
⑤ Jean-François Regnard(1655—1709),法国剧作家。
⑥ Quinault l'aîné(1689—1745),让·吉诺(Jean Quinault,1656—1726)的长子,喜剧演员、音乐家。
⑦ 即让娜·弗朗索瓦兹·吉诺-迪弗雷纳(Jeanne Françoise Quinault-Dufresne,1701—1783),法国女演员。

叶进行对比，就会感到恼怒。于是我喊道："啊！朋友们，倘若有朝一日咱们去朗普杜斯岛①，在远离陆地的海浪包围中建起一个幸福的小团体，那该多好啊！我们的布道者会在那里，当然，我们要根据职务高低对他们进行挑选。所有民族都有自己的安息日，我们也不例外。每逢重大的日子，我们将演出一场精彩的悲剧，劝诫人们清心寡欲；再演出一场精彩的喜剧，告诉人们责任何在，激发他们的责任感。"

我：多华尔，我可不想在那里看到丑八怪扮演美人。

多华尔：我也不希望。怎么！戏剧作品里我必须服从的奇怪设定还不够多吗，还不能躲开这些令我抵触、反感的设定造成的幻象吗？

我：说实在的，有时我很怀念古人的面具；我觉得，赞美漂亮的面具总比赞美讨厌的面孔让人好受些。

多华尔：剧中人品行与演员品行存在天壤之别，对此您就不太反感？

---

① Lampedouse，非洲海洋中一处小荒岛，位于突尼斯海岸与马耳他岛之间。那里渔产丰富。岛上长满野生橄榄树，土地却甚为贫瘠。小麦和葡萄长势良好。除去一个马格里布伊斯兰教隐士和一个人品败坏的神父，岛上从未有过居民。隐士拐骗了阿尔及利亚大公的女儿，携情妇逃到岛上，为灵魂升天行善积德。神父人称克雷芒修士，在朗普杜斯岛居住了十年，不久之前还生活在那里。他豢养牲畜，种植土地。他把食物储藏在地窖里，多余的拿到相邻海岸售卖，还在那里吃喝玩乐，挥霍钱财。岛上有一个小教堂，分成两个偏祭台，被伊斯兰教徒当作隐士及其情妇的墓地而膜拜。克雷芒修士用一座祭台敬奉默罕默德，另一座敬奉圣母。如果船只归属伊斯兰教，他就立刻吹灭圣母祭台的蜡烛，点亮默罕默德的祭台。——原注

我：有几次观众忍俊不禁，女演员的脸都羞红了。

多华尔：不，没有什么职业比戏剧更需要优美的形式与高尚的品格了。

我：可是愚蠢的偏见不允许我们过于挑剔。

多华尔：不过我们把话题扯远了。刚才我们谈到哪儿了？

我：谈到安德烈那场戏①。

多华尔：请您高抬贵手吧。我喜欢这场戏，因为它不偏不倚，既诚实又铁面无情。

我：可是它打断了剧本的进程，十分败兴。

多华尔：这场戏我每每读之都饶有兴味。但愿我们的敌人知道它，重视它，每次重读时都心怀惴惴。倘若对我而言，描绘家庭的苦难曾让我有机会对善妒民族的侮辱予以还击，并且使用本民族特有的方式，甚至让敌对民族有气无处发②，那么我该何等欣慰。

我：这场戏倒是感人，但未免冗长。

多华尔：若是我听从安德烈的劝告，这场戏本该更感人，篇幅也更长。"先生，"读完之后他对我说，"这样蛮好，只是有个小缺憾：它并不完全符合事实。比如您说，抵达敌方港口之后，人家把我和老爷分开之时，我唤了他好几声'我的老爷，我亲爱的老爷'；您说他定定地看着我，垂下双臂，转过

---

① 参见《私生子》，第三幕，第七场。
② 这里影射李西蒙与安德烈被囚禁在英国时的遭遇。

身，一言不发地跟着押解他的人走了。

"实情并非如此。应当这样写，我喊'我的老爷，我亲爱的老爷'的时候，他听见了，转过身来，定定地看着我，双手下意识地摸摸口袋，可是一无所获，因为贪婪的英国人一个子儿也没给他留下，他凄然垂下双臂，朝我点头示意，怜悯中透着冷静；他回过身去，一言不发地跟着押解他的人走了。这才是事实。

"还有个地方，您自作主张忽略了一个细节，那最能体现过世的令尊大人是多么仁慈。这实在不妥。在牢里，他感到我的泪水浸湿了他裸露的双臂，便对我说：'你哭了，安德烈！请原谅，我的朋友。是我拖累你到这里：我明白。你跟着我交了厄运……'您不是自个儿也哭了？把这段写上去不好吗？

"还有一处，您处理得更差了。他对我说：'我的孩子，别泄气，你会从这里出去的：我呢，我浑身乏力，一定会死在这里。'听到此话我悲从中来，哭声响彻牢房。于是您的父亲对我说：'安德烈，不要怨天尤人，你要顺从天意，尊重身边人的不幸，他们都在默默忍受痛苦呢。'这段又跑到哪里去了？

"还有生意伙伴那一段呢[①]？您都搅和在一起了，我啥也

[①] 参见《私生子》，第三幕，第七场。

看不明白。正如您剧中所写,您父亲告诉我,那位搭档曾为他出面调停,多亏他斡旋见效,我才能陪在他身边。他又说道:'哦!我的孩子,在这残酷的时刻,即便你的陪伴是上帝赐我的唯一安慰,我又怎会不感恩戴德呢?'这一段在您的戏里完全不见踪影。先生,难道舞台上禁止喊出上帝之名?这神圣的名字您父亲可是经常挂在嘴边。——我不这样想,安德烈。——难道您怕人家知道您父亲是基督徒?——绝对不是,安德烈。基督徒的品德多美好!不过您何出此问呢?——咱们私下里讲,人家说……——什么?——说您……有点……无神论;从您删改的地方看,我觉得是有一点。——安德烈,那我更要当一等一的好公民和正派人了。——先生,您是好心人。可您该不会自以为比得上令尊大人吧①。也许有一天您能行。——安德烈,说完了吗?——我还想跟您说一句,可又不敢。——您尽管说。——那我就从命了。关于出手相助的英国人的善举,您有点儿一笔带过。先生,正派人哪儿都有……不过要是人家说得没错儿,您跟过去比可是大变样儿了。——人家还说什么了?——说您曾经对那些人很着迷②。——安德烈!——说您把他们的国家当成自由的避难所,是充满美德、

---

① 据《布尔波纳游记》记载,狄德罗父亲去世不久,一位朗格勒当地人对他说过同样的话。
② 同许多启蒙哲学家一样,狄德罗曾经是英国迷。但是他也像其他人一样,对英国人的评价尽量保持客观。

想象与创新的国度。——安德烈！——现在您觉得烦了。得了！咱们不谈它。您说那位商业伙伴看到您父亲衣不蔽体，脱下衣服给他披上，这非常好。但是千万别忘了，他的随从对我也有同样的善举。这事儿您只字未提，这笔账还得算在我头上，好像我忘恩负义似的，而我绝不是这号人。"

您看到了，安德烈跟您的意见不尽相同。他希望这场戏照搬事实；您却希望它贴合作品；到头来犯错的只有我，惹得你们俩都不满意。

我："可老天爷把他打入黑牢，让他躺在仆人的破衣服上等死"①，这句话很冷酷。

多华尔：这是句气话；是苦恼人脱口而出的话，他一生坐端行正，却未有过片刻幸福，偏又听人讲起一个好人如何命运多舛。

我：更何况这个好人可能是他父亲；而且那些不幸遭遇毁掉他好友的期待，使他的情人一文不名，导致他的处境愈发苦涩。这些都是实情。可是您的敌人会怎么想？

多华尔：倘若他们有朝一日知道我的作品，公众会对我和他们作出评判。人们将从高乃依、拉辛、伏尔泰和克雷比庸②的作品中举出上百个例子，其中性格与情境引发更为激烈的内容，却没有任何人感到有失体统。敌人们将无人回应；人们会

---

① 参见《一家之主》，第三幕，第七场。
② Prosper Crébillon（1674—1762），法国小说家、剧作家。

把他们唯恐暴露的心思看透，他们根本不是出于仁爱之心，而是满怀仇恨之意。

我：可是这位安德烈到底怎么回事？我认为他太能说会道了，不像个仆人；我承认，他有几处叙述即便由您口中说出也不算丢人。

多华尔：我告诉过您，要说造就三寸不烂之舌，什么也比不过霉运呢。安德烈孩提时代受过教育，不过我认为他年轻时有点放荡不羁。人家把他赶到岛上，恰逢我父亲知人善任，雇佣他，让他替自己打理生意，感觉很是满意。不过咱们还是接着谈您的意见吧。在这一幕结尾的独白旁边，我好像瞧见一个标记。

我：确实如此。

多华尔：它是什么意思呢？

我：这段话挺精彩，就是长得让人受不了。

多华尔：哦！那咱们缩短点。瞧瞧看：您想删掉哪段？

我：我毫无头绪。

多华尔：可是它太长了啊。

我：您要是想挖苦我，悉听尊便，但是您没法打消我的感觉。

多华尔：也许行。

我：那我倒挺乐意。

多华尔：我只想问您一句，在客厅里您觉得这段独白怎么样？

我：挺好；可我也想问您一句，演出时我觉得它挺短，阅读时怎么就显长了呢？

多华尔：这是因为我压根没写舞台动作，而那些动作您根本不记得了。我们还不清楚，舞台动作对于剧本写作及演出到底有多大影响。

我：或许吧。

多华尔：再说，我敢打赌，您还在用法国舞台和剧院来揣度我。

我：那么您认为您的作品绝不会在剧院获得成功？

多华尔：很难成功。必须把几处对白删掉，或是改变戏剧动作和舞台。

我：改变舞台是什么意思？

多华尔：地方太窄了，占地儿的东西都拿走①；要有背景装饰；要另外绘制布景画，跟一百年来大家看惯的都不同；总之，把克莱维尔的客厅照原样搬上舞台。

我：所以有个舞台很重要喽？

多华尔：当然了。想想看，在法国演出中，布景装饰跟抒情剧一样丰富，还能更加赏心悦目，因为魔幻世界可以哄孩子

---

① 直到两年后的一七五九年，在德·洛拉盖伯爵（Le comte de Lauraguais）的建议下，舞台才不再容纳观众。事实上伏尔泰在一七四九年已经提出进行这样的改革。

高兴，而只有现实世界才能讨理性的欢心……如果没有舞台，人们就不会有任何想象。有才华的人会感到厌倦；平庸的作者靠照猫画虎博得掌声；人们越来越专注于细枝末节；国民的趣味日趋贫乏……您可曾见过里昂剧院？我只求首都也有这样一座建筑，大量诗歌在那里破壳而出，也许还能孕育几个新品种。

我：我不明白；麻烦您再解释一下。

多华尔：我很乐意。

可惜我没法描述多华尔对我所说的一切，无法呈现他的说话方式！起初他神色严肃，渐渐激动起来；他思如泉涌，一气呵成，我简直跟不上他的步伐。以下是我记住的内容：

对那些畏首畏尾，除现状之外一无所知的人，我很想说服他们，倘若事情变个样子，他们照样会感觉不错。较之时间的威信，理性的威信对他们而言可以忽略不计。他们现在指责的，以后又会赞成，正如他们曾经赞成的也常被拿来指责……要想对艺术做正确的判断，必须兼具几样罕见的素质……高超的鉴赏力要求高度的辨别力、长期的经验、正直而敏感的心灵、崇高的精神、略带忧郁的气质以及敏锐的感官……（沉默片刻之后，他又说道）要想使戏剧改头换面，我只需要一座极为宽敞的舞台，人们可以按照剧本主题的要求，在舞台上布置宽阔的广场及毗邻的建筑，比如宫殿柱廊、神庙入口，各种场所的布局方式可供观众目睹所有行动，同时有一部分行动是演员看不到的。

从前埃斯库罗斯《复仇女神》的舞台便是如此，或者可能如此。一侧是狂暴的复仇女神们在这块地方搜寻趁她们打瞌睡之际逃脱追捕的奥莱斯特；另一侧人们看得到罪人，他前额绑着发带，抱住密涅瓦塑像的双足，祈求她施以援手。奥莱斯特在这边向女神喊冤叫屈；复仇女神们在那边焦躁不安；她们来回奔跑。终于她们当中的一位喊起来："那是弑母者的脚步留下的血迹……我闻到了，我闻到了……"她迈开大步。两位冷酷的姐妹跟上她：她们从方才的所在来到奥莱斯特的藏身之处。她们围住他，尖声叫喊，狂怒至发抖，挥动着火炬。透过冷酷追捕者的可怖动作与尖叫，人们听到不幸者的祈求与呻吟，这是多么令人恐惧而怜悯的时刻！我们就不能在舞台上做点类似的表演吗？我们在剧中只能表现一个行动，而现实中几个行动总是同时发生，如果同时表演这些行动，它们之间相互映衬，就会对我们产生强烈效果。届时人们既害怕去看戏，又忍不住想去；届时诗人不再满足于转瞬即逝的细微情绪、冰冷的掌声及偶尔几滴眼泪，他会扰乱心神，给观众的内心带来混乱与恐惧；届时人们才会看到，这些在古代悲剧中极为常见却鲜为人相信的现象在我们中间重获新生。这些现象的重现期待着一位天才，他擅长以哑剧动作配合台词，擅长将对白场景与沉默场景夹杂起来，对两种场景的结合善加利用，尤其是这种结合总要使用的或可怕或滑稽的方式。复仇女神们在舞台上狂躁一番,随后她们来到罪人避难的神庙;两个场景最终合二为一。

我:沉默与对白的场景交替出现。我懂了。但是这不会造成混乱吗?

多华尔:沉默场景是一幅画面,是活动布景。在抒情剧中,视觉享受难道会妨碍听觉享受?

我:那倒不会……但是我们必须这样去理解人们对古代演出的叙述吗?要知道在古代演出中,音乐、道白和哑剧动作是时分时合的。

多华尔:有时要这样理解;不过这番讨论把我们带跑了:咱们还是紧扣主题。看看今天有什么是可能做到的;咱们举一个家庭常见的例子。

由于一场特殊的斗殴,一位父亲失去了儿子:那时正值夜间。一位仆人目睹了斗殴,赶来通报消息。他走进不幸父亲的房间,后者正在熟睡。他徘徊不前。男人的脚步声惊醒了父亲。他问是谁来了。"是我,老爷。"仆人回答,声音喑哑。——哦!出了什么事?——没事。——什么,没事?——没事,老爷。——不会。你在发抖;你扭头回避我的目光。再说一遍,出什么事了?我要知道。说!我命令你。——我跟您说,老爷,什么事都没有,仆人流着泪再次回答。——啊!倒霉家伙,父亲喊着,从床上一跃而起,你骗我。发生了什么大祸……我太太去世了?——不是,先生。——我女儿?——不是,先生。——那就是我儿子?仆人闭口不言;父亲明白沉默的意思;他扑倒在地,房间里充满了他痛苦的呼喊声。他的言行举止都来自一位父亲的绝望情绪,他痛失了亲子,家族唯一的希望。

仆人又跑到母亲的房间:她也在熟睡。听到有人突然拉开帷幔,她醒了。"出什么事了?"她问道。——夫人,天大的祸事。您可要有基督徒的冷静。您的儿子没了。——啊,上帝!悲痛的母亲大喊。她拿起床头的基督像牢牢抱住;她的唇紧贴在上面;她的双眼泪水涟涟;泪水浸湿了钉在十字架上的上帝。

这是一幅虔诚女性的画面:马上我们还会看到温柔妻子与悲伤母亲的画面。一个灵魂中若是信仰控制了天然反应,那么只有更强烈的震撼才能使它发出真实的声音。

此时人们已经将儿子的遗体搬进父亲的房间;在那里出现了痛不欲生的场面。与此同时,母亲的房间里上演了一场虔诚的哑剧。

您看到哑剧表演与道白是如何交替变换位置的。应当以此来替代我们的旁白。不过两种场景结合的时机临近了。母亲由仆人领着走向丈夫的房间……我在考虑,这个运动过程中观众会怎么反应?……即将跃入母亲眼帘的是丈夫,一位扑在儿子遗体上的父亲!她穿过了分隔两个场景的空间。她耳中听到了哀号声。她目睹了一切。她踉跄后退。她浑身无力,倒在陪伴者怀中不省人事。不一会儿，她口中呜咽不止。此时人们方才听到真实的语调①。

这段行动中对白极少；而若想填补间隔处的空白，天才只要放入几个单音节词就够了；他在这儿插一句惊叹，在那儿欲言又止：他很少采用连贯的道白，再短也不用。

这就是悲剧：不过这种体裁需要作者、演员、剧院，也许还有民众。

我：什么！您想在悲剧里放入一张卧榻、熟睡的父母、一个耶稣十字架、一具遗体，交替出现的沉默与道白两种场景！那么您将礼仪置于何地呢？

多华尔：啊！冷酷的礼仪，你们把作品变得那么得体又狭隘！（以出人意料的冷静态度补充道）但是我的提议难道不可行吗？

我：我想永远不至于走到这一步吧。

多华尔：好吧，那就没希望了！高乃依、拉辛、伏尔泰、克雷比庸，他们获得了天才可期的最高赞誉；传到我们这代，悲剧已经臻于完美。

多华尔说这话的时候，我产生了奇怪的想法。那就是，当他把家庭变故写入喜剧的时候，他是怎样建立起各个剧种的通用规则，而他一贯受到忧愁的驱使，因而只把它们运用到了悲

---

① 参见贺拉斯《诗艺》，第 317 行。

剧之中。沉默片刻，他说道：

不过还有一条路：我们得期待有一天，某位天才在前人开辟的道路上感到难以企及先贤，于是不顾一切地另辟蹊径；唯有如此，才能把我们从诸多成见中解放出来，那些成见是哲学都攻不倒的。我们不再需要论据，我们需要的是作品。

我：我们有一部作品。

多华尔：哪一部？

我：《西尔维》，散文体独幕悲剧。①

多华尔：我知道这部剧：《善妒者》，这是一部悲剧。作者是个有头脑、有感觉的人。

我：开场就是一幅迷人的画面：这是一个房间内部，只能看到四面墙壁。房间尽头，桌上摆着一盏灯、一个水罐和一块面包：这是善妒的丈夫给一位无辜女子的余生提供的住所与食物，他怀疑女子不守妇德。

现在您想象一下这位坐在桌前哭泣的女子，高珊小姐。

多华尔：您呢，通过您的描述想象一下画面效果吧。剧中还有其他细节深得我心呢。这部剧足以启发一位天才作家，不过，要想扭转民众的看法，还需要另一部作品。（大喊道）哦，你啊，在其他人几乎仅剩冰冷理性的时代，你却坐拥天才的全部热情，我怎能不站在你身边，充当你的复仇女神？我会不断

---

① 又名《善妒者》，是法国十八世纪戏剧家保尔·朗多瓦（Paul Landois，？—1769）的作品，一七四一年在法兰西剧院上演。

激励你。你终将完成这部作品；我会提醒你，我们为浪子与男仆的场景洒下过多少热泪；① 在你离世之时，我们不会因为你应该创建的剧种未存于世而感到惋惜。

我：这个剧种，您打算如何称呼它呢？

多华尔：资产阶级家庭悲剧。英国人拥有散文体悲剧《伦敦商人》② 和《赌徒》③。莎士比亚的悲剧半诗体半散文。第一位用散文逗我们开怀的诗人把散文体引入了喜剧。第一位用散文惹人泪下的诗人将把散文体引入悲剧。

然而在艺术中一切都环环相扣，在自然中亦是如此；倘若我们在某个方面接近了真实，就会在其他许多方面接近真实。届时我们会在舞台上看到自然的情境，那是与天才及强烈效果为敌的礼仪所摒弃的。我将毫不松懈地朝法兰西同胞呐喊：真实！自然！尚古！学学索福克勒斯！读读《菲洛克忒忒斯》！诗人在舞台上表现菲洛克忒忒斯，让他躺在洞口，披着破衣烂衫。他满地打滚，感到痛苦袭来；他嘶声嚎叫，发出含混的声音。布景风格粗犷；演出不借助机关。真实的服装，真实的对白，情节简单而自然。倘若与一位衣着光鲜、装腔作势的男人相比，这种演出并不使我们更加感动，那么我们的鉴赏力真是

---

① 参见伏尔泰《浪荡子》，第三幕，第一场。
② 英国剧作家乔治·李洛的作品，狄德罗想过改编它。
③ 英国剧作家爱德华·摩尔（Edward Moore，1712—1757）的作品，狄德罗曾经加以改编。

没落了……

我：这个男人就像刚刚梳洗完毕。

多华尔：他在舞台上懒洋洋地踱步，就像贺拉斯所说的，用格言警句、浮夸之词和长达尺半的诗句①冲击我们的耳膜。

我们极尽能事地败坏戏剧艺术。我们保留了古人的夸张诗风，这种诗风非常适合多长音且重音突出的语言、宽敞的舞台、标注了谱号的伴奏朗诵；我们却抛弃了情节、对白的质朴风格，以及场景的真实性。

我并不想把笨重的短靴、厚底靴、伟岸的服装、面具、传声筒悉数搬回舞台，这些东西只是某个戏剧体系的必要装备。但是这个体系难道没有可取之处吗？在天才已然失去某种重要后援之际，再给他增加桎梏，您认为这样合适吗？

我：失去了什么后援？

多华尔：人山人海的观众。

真正意义上的公众演出不复存在了。即便是咱们剧院上座率最高的日子，观众人数同雅典与罗马的民众集会怎能同日而语？古代剧场容得下八千公民。斯考鲁斯的剧场装饰着三百六十根立柱和三千座雕塑②。修造这些建筑时，人们想方设法让器乐与嗓音更为响亮。人们将它设计成了一架大型乐器，事实

---

① 参见贺拉斯《诗艺》，第97行，译文采用杨周翰先生译本。
② 公元前五十八年，罗马在朝官斯考鲁斯（Aemilius Scaurus）曾为罗马建造了一座临时剧场。

上正如吹奏乐器的声音，它经过青铜簧片，在号角中扩大，达到弦乐的纯粹感，剧场中同样如此，古人的声学技巧已经懂得将扩音计算在内。①

我（打断）：关于剧场，我想跟您讲个小故事。

多华尔：我回头再听您讲。（继续说道）您本人很清楚人群之间的彼此作用，民众骚动时的激情互动，所以想象一下人山人海的观众的力量吧。四到五万人可不会克己复礼。倘使某位共和国的大人物掉一滴泪，您以为他的痛苦会对其他观众产生何种效果？还有什么比尊者的痛苦更为动人？

公众群情激动，一个人若不为之所动，则必有某种隐秘的怪癖：他的性格中有种说不出来的孤僻，我甚是不喜。

然而，假如人群的聚集会格外强化观众的情绪，又怎么会对作者和演员毫无影响呢？某日从某时到某时，在狭小的黑暗空间里逗几百号人开心；或是在庄严的日子牢牢吸引全体国民的关注，占用顶豪华的建筑，看到那些建筑里里外外挤满数不清的人，他们的喜怒哀乐取决于我们的才华。这两者之间岂非天差地别？

我：您把效果同纯剧场环境绑定在一起。

多华尔：剧场环境对我会产生这种影响。我相信自己感觉正确。

---

① 参见维特鲁威《论建筑》，第三卷。

我：可是，听到您这番话，人家会说正是剧场环境维持了，也许是引入了戏剧的诗意与表达力。

多华尔：我并不奢求他们赞同我的推断。我只求他们来检验它。由于观众人数众多，即便全神贯注之时也会发出含混的交头接耳之声，尽管如此，却必须让他们听得清楚，那就得抬高音量，字正腔圆，令人体会到诗体的妙处，这难道不是合情合理吗？关于戏剧诗，贺拉斯说过：这种诗格用于对话最为适宜，又足以压倒普通观众的喧嚣。①

而与此同时，为了同样的原因，夸张风格不应该带入步伐、手势以及行动的各个方面吗？由此产生了一种艺术，人称朗诵。

不管怎么说，即便诗歌促生了戏剧朗诵，即便朗诵作为必要手段导致并维持了舞台上的诗意与夸张风格，或者即便这套逐步成型的体系借助各方面的配合得以延续，可以肯定的是，戏剧行动中所有夸大成分一经产生便会消失。在舞台上，演员交替放弃或恢复夸张手法。

有一种统一性，人们在不自觉地寻找它，一旦寻获就固守不变了。这种统一性支配了服装、语气、动作、姿态，从安放在神庙的讲坛直到搭建在十字路口的戏台。您看到太子妃广场角落里有个跑江湖的；他身上穿得五颜六色，手指上都套着指

---

① 参见贺拉斯《诗艺》，第82行，此处采用杨周翰先生译本。

环,长长的红羽毛拂过他的帽檐。他牵着一只猴子或一头熊,踩着马镫子直起身,大声地吆喝;他极为夸张地指手划脚:这一切与地点、演说者及其听众都很搭配。我对古代戏剧体系有所涉猎。我希望有一天能跟您不偏不倚地谈谈它的本质、缺陷与优点,向您证明抨击它的人并没有近身考察……关于我们的剧院,您刚才有什么故事要跟我说?

我:是这么回事。我有个朋友,为人略嫌轻狂。他在外省惹了纠纷,必须避开后续可能引起的麻烦,于是他逃到了都城,借宿在我家里。某日有戏上演,我想给这位闭门不出的朋友解解闷,于是提议他去看戏。三个剧院,我不记得是哪一家了,以我的经验都无所谓。我的朋友同意了。我便带他过去。到了地方,那位年轻人瞧见到处是守卫,一扇阴暗的小门充当入口,人们透过镶铁栅栏的窟窿分发戏票,他以为自己站在了监狱门口,人家奉命来关押他呢。因为他天性勇敢,于是驻足屹立,手扶剑镗,转身对我怒目而视,用愤怒夹杂着轻蔑的语气喊道:"哈!我的朋友!"我明白他的想法,赶紧让他放心。您得承认,他的误会不算毫无来由……

多华尔:咱们的审阅进行到哪儿了?是您打的岔儿,还得由您把话头带回来。

我:我们说到了第四幕,您和贡斯丹丝的那场戏……我只看见一条铅笔道儿,却是从第一行一直划到了最后一行。

多华尔:您觉得什么东西碍眼呢?

我：首先是语气。我觉得它超出一个女人的水准。

多华尔：超出一个普通女人的水准，这我相信。可您会认识贡斯丹丝的，也许那时您会觉得这场戏低于她的水准。

我：有些用词和想法不像是她的，倒更像是您的。

多华尔：应当如此。有些人同我们一起谈心，朝夕相处，我们从他们那里汲取思想和语言。依照重视程度（贡斯丹丝非常看重我），我们的内心或多或少受到对方感染。我的个性想必反映在她的性情中，她的个性则反映在罗萨丽的性格里。

我：那么台词长度呢？

多华尔：啊！您又回到舞台上了。您很久没这样了。您看见我们，贡斯丹丝和我，笔直地站在舞台边沿，侧看着对方，交替朗诵恳求与答复。然而客厅里难道也是这般情形？我们时而坐下，时而站起身，有时走上两步。我们时常停顿，完全不急于结束这场我俩同样感兴趣的谈话。她对我可有欲言又止？我对她可有知而不言？您要知道，在那个狠心人蛮不讲理的时候，她是怎么想方设法，使甜蜜的幻觉与安详渗入他的内心！"多华尔，您的女儿会贤淑端庄，您的儿子会高贵骄傲。您的孩子个个都会可爱迷人……"这些话语伴随她温柔而端庄的微笑，个中魅力我实在难以表述。

我：我理解您。我从克莱蓉小姐口中听到这些话，而且我见到了她。

多华尔：唉，只有女人才懂得这种神秘技巧，我们只会冷酷乏味的推论罢了。

她对我说:"行善不得回报总胜过不行善事吧?

父母对子女有一种焦虑而畏缩的爱,这种爱把他们惯坏了。还有一种爱专注而平静,这种爱使他们老实正派。后者才是真正的父爱。

对大多数人的娱乐感到无聊,这是真心爱好美德的结果。

道德具有分寸感,适用于对任何事的判断,坏人却完全无感。

最幸福的人是给大多数人带来幸福的那个人。

我宁愿去死,人们经常这样许愿,这证明至少某些时候,有些事物比生命更加珍贵。

就算在其他星球上,即便狡诈之徒也会对正人君子心怀敬意。

激情比哲学打破更多成见。谎言如何抵御激情?有时激情甚至能撼动真理。"

她对我说了另一句话,其实很简单,却和我的处境如此接近,听得我不寒而栗。

原话是:"在激情澎湃之际,一个人无论多么正派,内心深处都无不渴求美德之名与放荡之实。"

这些想法我记忆犹新,却不记得如何串联在一起,戏里也丝毫未曾提及。戏里表现的部分,加上我刚才同您说到的,相信足以表明贡斯丹丝是惯于思考的。她这样接过我的话头,通情达理,仿佛掸去灰尘一般将我的抗拒感驱散。

我:在这场戏里,我看到有一处自己画了重点,却不记得原委了。

多华尔:不妨朗诵出来。

我读道:什么都比不过美德的楷模令人神往,就算堕落的典范也望尘莫及。

多华尔:我明白了。您认为这句格言说错了。

我:是这样。

多华尔:若论修身养性我做得实在不够,可我比谁都敬仰美德。我把真理与美德视为高耸于地表的两座巨像,周围一切都在毁灭坍塌,它们却岿然不动。有时这些巨像被乌云笼罩。人们便在黑暗中蠢动。那都是些愚昧与罪恶、狂热与征战的时代。然而有朝一日云开雾散;于是卑躬屈节的人们辨认出真理,向美德致敬。一切都会消逝;而美德与真理犹存。

我对美德的定义是,在道德方面偏好秩序。通常而言,对秩序的偏好从幼年起就控制了我们;贡斯丹丝告诉我,它比任何周虑的情感都更早潜伏于我们的心灵;就这样她拿我与我自己进行对比。对秩序的偏好影响着我们,我们却毫无察觉。它是诚信与品味的胚芽;只要完全不受激情干扰,它便推动我们向善;即便我们误入歧途,它也始终如影随形。于是它为堕落备下最便利的手段。一旦它被遏制,就会有人对美德感到悔恨,就像其他人会悔恨堕落一样。当我见到无赖也能有侠义之举，我便坚信好人的确是好人，恶人却未必那么坏；相对于恶，善与我们更加密不可分，并且一般来说，恶人内心的善要多于善人内心的恶。

我：另外我觉得，不要像检验哲人警句一样检验一个女人的道德说教。

多华尔：啊！这话要是让贡斯丹丝听到了……

我：再说对戏剧而言，这番道德说教是否有点过头了？

多华尔：贺拉斯希望诗人在苏格拉底的作品中汲取知识：苏格拉底的作品能让你获得启发。[1]

而我认为无论什么作品都应当体现时代精神。风气是否净化，偏见是否减弱，乐善好施是否成为普遍风气，脚踏实地是否蔚然成风，民众是否关注神职人员的言行，这些都应该让人看得到，即便是喜剧也是如此。

我：尽管您说了这一番话，我还是坚持己见。我认为这场戏非常美，也相当长。这并没有降低我对贡斯丹丝的敬意。我很高兴世上竟有这般女子，而且她是您的夫人……

铅笔记号开始稀疏了。不过这里还有一处。

克莱维尔把自己的命运交到您手上；他来听取您的决定。您已然决意牺牲爱情，还决定牺牲财富。由于您的慷慨，克莱维尔与罗萨丽重又富有了。向您的好友隐瞒这些情况，我没意

---

[1] 参见贺拉斯《诗艺》，第310行。

见；可是您为何耗费时间折磨他，把不复存在的阻碍指给他看？① 我知道这样就引出了对商业的赞颂。这番赞颂是合理的，它扩大了作品的教育性与实用性；可是它把作品拉长了，要是我就删掉它。

诗句的藻饰太繁缛，他必删去。②

多华尔：我明白，您得天独厚。人们在奋发努力之后，会产生一种难以抗拒的疲惫感。若是您也为行善积德吃过苦头，便会有同感。您从来没有感觉需要透透气……我在享受成功的喜悦。我使好友由衷地表达最正直的情感；我看到他越来越值得我刚刚为他做的事。而您觉得这样做不自然！相反，您得在这些人物身上辨认出想象事件与真实事件的差别。

我：也许您说得对。可是告诉我，后来在第四幕第一场，罗萨丽没有添上这段话吗？"从前我如此眷恋的情郎，我始终敬重的克莱维尔，等等。"

多华尔：您猜出来了。

我：我现在几乎只剩下赞美之词了。我无法表达自己对第五幕第三场有多么满意。开始阅读之前，我心说：他打算跟罗萨丽分开。这真是一记昏招。跟贡斯丹丝他以失败告终，跟另一位也好不到哪儿去。既然不能再徒增她的柔情与敬意，他还

---

① 参见《私生子》，第四幕，第四场。
② 参见贺拉斯《诗艺》，第447行，译文采用杨周翰先生译本。

能对她说什么呢？不过看完再说吧。读完剧本之后我深信，任何女人处在罗萨丽的位置，但凡还有一点正直良善，都会幡然悔悟，对情郎回心转意；我意识到，只要抱诚守真、口才了得，那么对于人心就无所不能了。

可是您的剧本并非杜撰，连最细微的事件都安排妥帖，这是如何做到的呢？

多华尔：戏剧艺术安排各种事件就是要把它们串联起来；正因为它们在自然中就是彼此串联的，在剧中才会如此。自然巧妙地遮盖了效果之间的关联性，而艺术连这种巧妙手法都要模仿到位。

我：我觉得，有时哑剧手法的安排就极为自然又十分巧妙。

多华尔：毫无疑问；剧中就有一例。安德烈向我们通报他主人的不幸遭遇时，我无数次感到他说的是我父亲；我通过一些动作体现出焦虑，细心的观众看到这些动作，不免会产生同样的怀疑。

我：多华尔，我跟您畅所欲言。我时不时会注意到，有些用语在戏剧中是不常见的。

多华尔：可是，假如名作家这样写，那么谁也不敢指出来。

我：另一些用语是人人挂在嘴边的，在一流作家的作品中也会见到，如果换掉它们必定会破坏思想。不过您知道一个民族越是道德沦丧，戏剧语言就越精炼；您知道堕落的表达方式自成一家，逐渐扩展。必须对此有所了解，因为有些词语已遭滥用，继续使用是危险的。

多华尔：您的话我同意。剩下的便要弄清楚，对堕落的屈尊俯就该何时止步。假如随着堕落语言的扩展，高尚的语言日渐贫瘠，我们很快便会沦落到开口便是蠢话的境地。在我看来，一个人恪守自身的趣味与道德，同时藐视堕落的侵袭，这种机会多不胜数。

在社交场合我已经发现，若是某人的耳朵竟敢过分挑剔，人家都会为他害臊。顺着这个例子说下去，难道法国戏剧就坐等自己的词汇同抒情剧一样局限，高尚语汇的数量同音乐符号一样稀少？

我：我对您作品细节的看法都在这里了。至于布局谋篇，我发现一处不足；或许这跟主题密不可分，由您来裁断。剧本关注点有本质变化。从第一幕至第三幕结尾讲的是美德的不幸；剧本下半部分讲的却是美德的胜利。我认为应该始终保持混乱，延长美德的考验与窘境，这样安排也很简单。

比方说，第三幕第四场，罗萨丽听说您要迎娶贡斯丹丝，痛苦得晕倒了。她气恼地对克莱维尔说："别管我……我恨您……"于是克莱维尔心生疑窦；这位朋友纠缠不清，无意中伤了您的心，您对他发了火；第三幕到此结束。从开头到第三幕的状态应当贯穿整个剧本。

第四幕我会这样安排。第一场戏基本保持原样；只是朱斯蒂娜告诉罗萨丽，她父亲派了信使来，那人悄悄会晤了贡斯丹丝；她有十足理由相信对方带来了坏消息。这场戏之后，我会把第三幕第二场挪过来，克莱维尔赶紧扑到罗萨丽膝前，企图打动她的心。随后贡斯丹丝带着安德烈过来；大家向他询问情况，罗萨丽得知父亲逢遭不幸：您大致知道下文如何发展了。克莱维尔与罗萨丽的痛苦加剧的同时，给您安排的处境可能比之前更为尴尬。有时您很想坦白一切。也许最后您真的这样做了。

多华尔：您的意思我明白。但我们的故事可就面目全非了。还有我父亲，他会怎么讲呢？再说，您真以为这样一改剧本会更精彩？您会把我推向穷途末路，把简单的故事写成复杂的剧本。我就变得更戏剧化了……

我：也更平凡，确实如此。不过作品肯定大受欢迎。

多华尔：这我相信，而且格调实在不高。与维持平静相比，保持乱象当然更容易，但我认为真实性与真正的美也会大打折扣。您要想到，正在那时，美德开始接连不断地牺牲。您要看到，继动人的场景之后，是高贵的对话、震撼的场景。而在这份平静之中，贡斯丹丝、克莱维尔、罗萨丽与我都命运难测。人们知道我的企图；但完全看不出我能得偿所愿。事实上，对贡斯丹丝我毫无胜算；对罗萨丽我也好不到哪去。在您刚才讲述的方案中，哪件事重要到足以替代这两场戏呢？一件也没有。

我：我只剩一个问题要问您：关于您作品的体裁。它既非悲剧，亦非喜剧。那么这到底是什么剧，该如何称呼它？

多华尔：您可以随意。不过要是您愿意，明天咱们一起找个合适的名称。

我：为何不是今天？

多华尔：我得告辞了。我派人找来附近两位佃农，他们在我家大概等了一个钟头了。

我：又有其他官司要调停？

多华尔：不是：这件事有点不同。这两户佃农，一家有个女儿，另一家有个儿子：两个孩子相爱了。可是女孩子家境富裕，男孩子却一无所有……

我：所以您想说合双方父母，让孩子们得到幸福。再会，多华尔。明天见，老地方。

第三次谈话

第二天，天气阴沉，乌云夹带着暴雨与雷电滚滚而来，停驻于山岗之上，将其笼罩在黑暗之中。在远处，闪电划破黑暗复又寂灭。橡树冠随风摇摆；风声掺杂着潺潺水声；隆隆雷鸣从林梢间掠过；想象受到这神秘联系的驱使，我在昏暗中看到多华尔的身影。他一如前日所见那般情绪高昂；我仿佛听到他悦耳的声音凌驾于风雷声之上。

然而风停雨霁；空气愈发清新；天空愈显宁静；我本想去橡树下寻找多华尔，又觉得树下泥土太松软，草地太潮湿。雨下得并不久，但雨势滂沱。于是我去了他家，他正在等我；因为他那边以为我绝不会去赴前日之约；他习惯在花园中沿着宽阔水渠边的砂子路散步。就在那里，他向我倾吐了内心的想法。泛泛谈论一番生活中的行动以及戏剧如何模仿这些行动之后，他对我说：

多华尔：我们把一切精神事物都分成中点与两极。一切戏剧行动都是精神事物，似乎应该有一个中间体裁与两个极端体裁。两个极端体裁我们已经有了，就是喜剧和悲剧；然而人并非总是沉浸在痛苦或喜悦之中。因而在喜剧和悲剧之间有一个中点。

泰伦提乌斯写过一部戏①，主题如下：一个年轻人结了婚，新婚没几天就有事出远门。离家一段时间后他又回来了。他认为有确凿证据证明妻子不忠，心灰意冷，想把她休回娘家。想想他的岳父母与妻子的处境吧。而有个叫达夫的，是个滑稽逗乐的人物。诗人是怎么处理他的？在开头四幕他把这个人物打发得远远的，结局要添点喜气的时候才把他召回来。

请问这部戏算什么体裁？算喜剧吗？剧中没有逗乐的台词。算悲剧吗？它没有激发任何恐惧、怜悯或其他强烈的情感。然而这部戏值得关注。任何戏剧作品，撇去令人捧腹的笑料和令人战栗的危机，只要主题严肃，诗人语调庄重，情节发展扑朔迷离，它就值得关注。而据我所见，这些情节在生活中极为常见，以它们为对象的体裁应该最为广泛实用。我称之为严肃体裁。

这种体裁一旦建立，任何社会状态，生活中任何重要行动，总归都能纳入戏剧体系的某一部分了。

您想尽可能拓宽戏剧体系，把真实与幻想、想象世界与现实世界尽皆纳入其中？那就在喜剧之下增加滑稽剧，在悲剧之上增加梦幻剧吧。

我：我明白了：滑稽剧……喜剧……严肃剧……悲剧……

---

① 即《婆母》。

梦幻剧。

多华尔：一部剧绝不会严格圈囿于某种体裁。在任何悲剧或喜剧作品中，人们总会找到部分段落适用于严肃体裁。反之，在严肃体裁中，也总有某些段落会带有悲剧或喜剧的痕迹。

严肃体裁处于其他两种体裁之间，左右逢源，可上可下，这是它的优势所在。喜剧体裁和悲剧体裁就不能如此。在喜剧体裁和严肃体裁之间包含了所有喜剧色差；在悲剧体裁和严肃体裁之间则包含了所有悲剧色差。滑稽剧和梦幻剧同样脱离自然，从中吸取任何成分都有害无利。画家与诗人有权大胆尝试；然而这份权利没有宽泛到可以把各种类型融合到一个人身上。对有品位的人而言，卡斯特①位列仙班与贵人迷加官晋爵一样荒诞无稽。

喜剧和悲剧的确是戏剧创作的两极。但是，倘若喜剧求助于滑稽剧必定会失格，悲剧与梦幻剧重叠必然会失真，那么这身处两极的体裁就是最感人的，也是最难写的。

任何自觉有戏剧天分的文人都要先从严肃体裁入手。想培养一位学生绘画，就要教他画裸体素描。等他对基础技巧部分

---

① 皮埃尔-约瑟夫·贝纳尔（Pierre-Joseph Bernard）创作剧本、让-菲利普·拉摩（Jean-Philippe Rameau）作曲的歌剧《卡斯特与帕勒克》的主人公。该剧于一七三七年上演。剧中第五幕，朱庇特在诸神簇拥下现身，卡斯特与帕勒克则进身为神。

熟稔了，就可以选择一个主题。无论他是从平常环境还是从上流阶层选取主题，就算他宁愿给人物画上衣服，人们总能感受到衣服之下的裸体；倘若戏剧家在严肃体裁训练中长时间地研究人，那么无论他根据天分选择悲剧厚底靴还是喜剧短靴，无论他给角色肩头披上豪华大氅还是法官长袍，人都不会在服装下消失。

如果说在所有体裁中，严肃剧最好写，反之它也最不受时间地点变化的约束。随便您把裸像带到世界上任何地方；如果画得好，它总能吸引注意。假如您擅长严肃体裁，那么无论什么时代，面对任何族群，您都能取悦于人。从邻近体裁吸收的色调太弱，不足以使它改头换面；那是几片边角布料，只够遮蔽几处，大部分地方依然裸露。

您看到了，悲喜剧只能是一种拙劣的体裁，因为其中混合了两种相隔甚远，本质上截然不同的体裁。人们看到的并非微乎其微的色差，而是每一步都反差鲜明，剧本的统一性消失殆尽。

您看到了，在严格的批评者眼中，这种戏剧不会无懈可击，因为喜剧最滑稽的特征与严肃剧最感人的特征同时存在其中，人们在喜剧与严肃剧之间跳来跳去。

然而您想确认穿越体裁间的天然界限有何危险？那就把事情推向极端；把两种迥异的体裁拉到一起，比如悲剧与滑稽剧；那么您会忽而见到道貌岸然的元老院议员伏在交际花裙下，表演最无耻的浪子戏码，忽而看到叛乱者们谋划推翻共和国。①

闹剧、滑稽剧和戏仿剧都不算剧种，它们属于喜剧和滑稽剧的一支，也都有特定对象。

人们已经对喜剧与悲剧诗论不厌其烦地发表看法。严肃剧自成一家；其诗论也相当广泛。但是我把剧本创作中浮现在脑海里的想法告诉您。

既然严肃剧处于两极体裁之间，失去了那种强烈色彩，那么能带给它力量的任何因素都不可忽视。

主题要重大。情节要简单日常，贴近现实生活。

我完全不想在剧中安插贴身男仆：正人君子绝不会让他们了解隐私；如果每场戏都发生在主人之间，整部戏会更有意思。男仆在舞台上聊家常会招人讨厌，换个腔调又假模假式。

向喜剧借用的色调太过强烈了？那么作品会让人又哭又笑，无论主旨和色调都会失去统一性。

严肃体裁包含独白；我由此推断，它更倾向于悲剧而不是喜剧；喜剧中很少有独白，即使有也非常短。

同一部剧既借用喜剧色调又借用悲剧色调，这是非常危险的。要充分了解您的主题与人物的走向并顺势而为。

道德教训要概括而有力。

---

① 参见奥特韦的《威尼斯得免于难》、莎士比亚的《哈姆雷特》及大部分英国剧作。——原注

别安排任何走过场的角色；或者，如果情节需要，这个角色应当个性独特，以便凸显情节。

应当多留意哑剧表演；别管那些剧情突变，它们的效果很短暂。多安排画面。美好的画面越多就越令人愉快。

动作几乎总是有损尊严。因此，尽量别让主要人物在剧中充当换景师。

特别要记住，不存在任何普世原则：对天才而言，在我刚才指出的原则里，没有一条是不可违背的。

我：您料到了我会表示反对。

多华尔：喜剧分类型，悲剧分个体。我解释一下。悲剧英雄是具体的人：不是雷古卢斯①就是布鲁图斯②或加图③，不可能是旁人。相反，喜剧主人公代表着一大群人。如果人物面貌恰巧十分特别，整个社会只找出一个人像他，那么喜剧就重返稚拙，退化成讽刺剧了。

我认为泰伦提乌斯犯过一次这样的错误。他的《自虐者》讲述一位铁面无情的父亲，粗暴地将儿子逐出家门，之后又深陷痛苦，自我惩罚，穿破衣烂衫，吃残羹冷炙，避世不出，遭

---

① Marcus Atilius Regulus（？—约前250），古罗马将军，公元前二六七年和公元前二五六年任执政官。
② Brutus（前85—前42），晚期罗马共和国元老院议员，坚定的共和派，联合部分元老参与了刺杀恺撒的行动。
③ Marcus Porcius Cato（前234—前149），人称老加图或监察官加图。罗马共和国时期的政治家、演说家，公元前一九五年的执政官，罗马历史上第一个重要的拉丁语散文作家。

散仆从，逼自己躬身耕田劳作。这位父亲可谓绝无仅有。他的痛苦着实透着古怪，这样的例子在大都市也是百年难遇的。

我：贺拉斯品味特别挑剔，他似乎察觉到这个缺点，轻描淡写地提出了批评。

多华尔：我不记得出处了。

我：是在《讽刺集》第一卷第一首或第二首诗中。他是想说明，疯子为了避免走极端，会忙不迭地跑向另一个极端。他说，弗菲迪乌斯①担心人家说他挥霍无度。您知道他干了哪行吗？他按月息五厘把钱借出去，还要预支利钱。人家欠债越多，他要的利息就越高；凡是家教严格、涉世不深的世家子弟，名字都被他记得透熟。您大概以为此人的花销跟收入成正比吧？那可就错了。他是自己最无情的敌人；喜剧中那位为儿子出走而自虐的父亲，折磨起自己也比不过他……②

多华尔：是的，作者赋予狠心二字双重含义，一是挖苦泰伦提乌斯，二是奚落弗菲迪乌斯，没有比这更符合作者性格的了。

严肃剧的人物性格往往与喜剧一样具有普遍性，却永远不如悲剧那样具有个体性。

有时候人们讲，宫里发生了一件相当有趣的轶事，城里发

---

① Fufidius，古罗马著名的高利贷者，在贺拉斯《讽刺集》中被用来与泰伦提乌斯的《自虐者》相比较。
② 参见贺拉斯《讽刺集》，第一卷，第二篇，第22行。

生了一件相当悲惨的事件；由此可见，各个社会阶层都有喜剧和悲剧，差别在于痛苦与泪水多见于庶民檐下，喜悦与欢乐多见于帝王之家。与其说主题决定了一部戏是喜剧、严肃剧还是悲剧，不如说起决定作用的是风格、激情、性格与主旨。爱情、嫉妒、博弈、错乱、野心、怨恨、羡慕产生的效果能让人开怀、思考或颤抖。千方百计证明妻子不忠的善妒者是滑稽的；疑妻不忠却又爱到深处的君子是痛苦的；性格暴躁的人得知此事，可能犯下罪行。一个赌棍把情妇的肖像抵押给高利贷者；另一个则自作自受，把财产挥霍一空，使妻子儿女生活困苦，陷入绝望之中。我还要再多说什么吗？我们谈过的剧本中[1]差不多包含了这三种体裁。

我：什么？

多华尔：是这样。

我：这可不寻常。

多华尔：克莱维尔为人正派，但是个性冲动毛躁。他如愿以偿，安心地占有了罗萨丽，就把曾经的痛苦都忘在脑后。我们的经历在他看来不过是些平常遭遇。他会拿过去的经历开玩笑，甚至戏仿了剧本第三幕。他的戏仿剧相当出色。他从滑稽视角呈现我的尴尬处境。我被逗笑了。然而我又暗自气恼，克莱维尔拿来取笑的是我们生命中最重要的行动之一。因为毕竟

---

[1] 指《私生子》。

曾有那样一个时刻，可能会断送他的财产与未婚妻，断送罗萨丽的清白与正直，断送贡斯丹丝的安宁，断送我的诚信乃至生命。我报复了克莱维尔，把剧本后三幕改成了悲剧；我敢向您保证，我把他惹哭的时间可比他把我逗笑的时间长。

我：我们能看看这些段落吗？

多华尔：不能。并非我想拒绝。只是克莱维尔把他写的那一幕烧掉了，我那部分只剩下提纲了。

我：那这份提纲呢？

多华尔：如果您问我要，我会给您的。不过您再考虑一下。您内心很敏感。您喜欢我。这次阅读也许会给您留下某些印象，一时间难以扫除。

我：把悲剧提纲给我，多华尔，给我吧。

多华尔从衣袋中掏出几页纸递给我，他扭过头，仿佛生怕再扫到一眼。以下就是提纲的内容：

在第三幕，罗萨丽得知多华尔与贡斯丹丝的婚事，深信多华尔是阴险的损友，背信弃义之人，决意破釜沉舟，把一切都公诸于众。她见到多华尔，对他嗤之以鼻。

多华尔 我绝非阴险损友，背信弃义之人；我是多华尔，一个不幸之人。

罗萨丽 应该说是个卑鄙小人……难道这个小人没有让我误以为他爱我吗？

多华尔　我爱过您，我还爱着您。

罗萨丽　他爱过我！他还爱着我！他却要娶贡斯丹丝为妻。他向她弟弟许诺，今天就办婚礼……得了吧，居心叵测的小人，走远点！这个家被您搅得乌烟瘴气，还它清白吧。等您走了，宁静与美德就会回归这里。快跑吧。羞耻和悔恨从来饶不过坏人，它们就在门外等着你。

多华尔　她对我恶言相向！对我下逐客令！我就是个恶棍！哦美德！这就是你给我的最终酬劳吗？

罗萨丽　他肯定指望我保持沉默……不，不……一切都将大白天下……贡斯丹丝会怜悯我年少无知……她内心会谅解我，宽恕我……哦克莱维尔！我要对你付出多少爱才能补赎我的不公，弥补我对你的伤害！……揭露这个恶徒的时候到了。

多华尔　不知轻重的姑娘，别再说了，否则您就要为我可能犯下的唯一罪行受谴责了，倘若把难以肩负的重担远远抛开也算一种罪行的话。再多听一句，我便会相信德行不过徒有其名；生活不过是命运不怀好意的馈赠；幸福无处可寻；黄泉之下方能宁静；我又何苦苟活下去。

罗萨丽已经走远，她听不到他的话了。多华尔明白唯一爱的女人、唯一爱过的女人蔑视自己，明白自己面临贡斯丹丝的怨恨，克莱维尔的愤怒；此时此刻，他失去了仅有的几个还让他依恋尘世的人，重又堕入无边的孤寂……他到哪里去？去找谁？……他会爱谁？……谁会爱他？……他满怀绝望：厌世感油然而生。他想一死了之。这便是第三幕结尾的独白主题。从这一幕结尾开始，他不再同仆人们讲话，只用手势示意；他们一一照办。

第四幕开始，罗萨丽将计划付诸实施。贡斯丹丝和克莱维尔大吃一惊！他们不敢去见多华尔，多华尔也不敢见他们任何一位。他们彼此避而不见。他们互相逃避；多华尔自然感到自己突然间众叛亲离，这也是他所担心的。他的命运已成现实。他意识到这一点，心如死灰，决定一死了之。他在世间剩下的人唯有男仆夏尔了。夏尔猜出主人有求死之心。他向全家人诉说内心的惊惧之情。他跑去找克莱维尔、贡斯丹丝和罗萨丽。他念叨不停。听者无不愕然。大家顿时把各自的心思抛在脑后。他们设法接近多华尔。但是太晚了。多华尔对任何人都无爱亦无恨，他闭口不语，对一切视而不见，充耳不闻。他像是麻木了似的，内心感受不到任何情感。对这种抑郁状态他也有所挣扎，却勉为其难，坚持不了多久，既无力又无效。这就是他在第五幕开始时的状态。

这一幕开始时多华尔独自一人，他在舞台上踱步，一言不发。他的衣着、动作及沉默都透露出赴死之心。克莱维尔走了进来，恳求他活下去；他扑倒在他膝下，拥抱他，用最诚恳温柔的道理催促他接受罗萨丽。而他只是显得更加冷酷无情。这场戏加快了多华尔的命运。克莱维尔仅获得几声短促的回应。余下时间多华尔只有沉默的动作。

贡斯丹丝来了。她同弟弟一道努力。她向多华尔讲起感人至深的道理,人要顺应天命,至高存在有无上法力,忤逆天命不啻于犯罪;她还讲起克莱维尔的建议,如此等等……贡斯丹丝讲话时搂着多华尔的一只手臂,他的好友则抱住他的腰,仿佛担心他逃走。多华尔却沉浸在自己的世界,丝毫感觉不出好友搂着自己,也完全听不到贡斯丹丝的话。只是他时而会靠在他们身上哭泣,却又欲哭无泪。于是他起身而去,深深长叹;他缓缓地做了几个骇人的手势;在他唇间笑容一闪而过,比叹息与手势更令人惊惧。

罗萨丽来了。贡斯丹丝与克莱维尔都起身回避。这场戏充满了胆怯、天真、泪水、痛苦与懊悔。罗萨丽明白自己伤人至深。她深感歉意。她内心的爱情,对多华尔的关注,对贡斯丹丝的敬意以及克莱维尔无法抗拒的感情,错综的情感令她饱受煎熬。她说了多少温言软语啊!刚开始,多华尔似乎对她视而不见,充耳不闻。罗萨丽喊叫着,拉起他的手,不让他离开。有那么一刻,多华尔失神的目光盯住她。他的眼神仿佛一个刚刚从嗜睡中醒来的人。这番挣扎把他累垮了。他仿佛受到重击,跌坐在一张扶手椅上。罗萨丽抽泣着退下,愁肠百结,绝望地撕扯着头发。

多华尔槁木死灰般入定片刻;夏尔站在他面前,一言不发……他双目半阖,长发散落在扶手椅背上;双唇微张,呼吸粗重,胸膛起伏。这种濒死状态渐渐平息。他发出一声痛苦的长叹，呻吟数下，随后回过神来；他双手抱头，双肘支在膝盖上；他艰难起身，慢慢踱步；他迎面看到夏尔，拽住他的胳膊，直视他片刻，掏出钱袋与怀表，连同一份未写地址的密信递给他，挥手让他出去。夏尔匍匐在他脚下，脸贴着地面。多华尔不再理他，继续踱来踱去。踱步时，他的脚碰到了趴在地上的夏尔。他转过头去……于是夏尔遽然起身，钱袋与怀表散落一地，跑去叫人帮忙。

多华尔慢慢跟着他……他漫无目的地倚着门……他看到一根门闩……他盯着看……拉紧门闩……拔出剑……剑柄支在地上……剑尖对着胸口……侧身弯下腰……抬眼看了看天……眼神又转向自己……他就这样待了一会儿……一声深深叹息，随后倒了下去。

夏尔回来，发现门锁上了。他大声喊人，人们围过来，他们撞开门，发现多华尔倒在血泊里，已经死了。夏尔狂叫着冲进去。其他仆人围在遗体四周。贡斯丹丝来了，她被这幅场景震惊得高声尖叫，她在舞台上狂乱地奔跑，不晓得自己说什么，做什么，到哪里去。人们把多华尔的遗体抬走了。而贡斯丹丝转身看着流血的地方，呆呆地坐在扶手椅上，双手捂住脸。

克莱维尔和罗萨丽都来了，他们看到贡斯丹丝的样子，询问她发生了什么。她沉默不语。他们继续追问。她的全部回答就是露出面庞，转过头去，把浸染上多华尔鲜血的地方指给他们看。

于是乎只听得一片尖叫、哭泣、寂静,继而又是尖叫。

夏尔把密封的小包交给贡斯丹丝:这是多华尔的生命和遗愿。然而她刚刚念了前几行,克莱维尔就像疯了一样冲出去;贡斯丹丝追上他。罗萨丽晕了过去,朱斯蒂娜和其他仆人把她抬下去。剧本到此结束。

我喊道:啊!要么我完全没读懂,要么这是一部悲剧。事实上,这不再是美德的考验,而是四面楚歌了。表现一个好人陷入穷途末路或许在冒险;不过我们从中充分体会到哑剧自身以及结合对白的哑剧的感染力。这正是我们失落的美妙,由于缺少舞台艺术与大胆独创,我们只会恭顺地模仿前人,罔顾自然与真实……多华尔没有一句台词……可是难道有什么台词的感染力可以媲美动作与沉默吗?……让他间或说上几句,这也未尝不可。但是千万别忘了,爱说话的人很少会自杀。

我起身去寻找多华尔。他正在林间漫步,似乎陷入了沉思。我觉得应该把这几页纸保管好,他也没有向我索要。

多华尔:倘若您相信,这是一部悲剧,并且在悲剧和喜剧之间存在一种中间体裁,那么这就是戏剧体裁的两条分枝,它们未经打理,单等人来修剪。创作严肃体裁的喜剧吧,创作家庭悲剧吧,尽管放心,留给您的是欢呼掌声,是不朽的声名。尤其是要抛却剧情突变,去寻求画面,贴近现实生活,而且首先要有一片空间，可供哑剧表演充分施展拳脚……有人说感人至深的伟大的悲剧激情不复存在了，不可能用动人又新颖的手法表现高尚情感。对于希腊人、罗马人、法国人、意大利人、英国人以及世界各民族曾经创作的悲剧而言，或许的确如此。但是家庭悲剧有另一种情节、格调以及特有的高尚情怀。在一位年迈父亲对孝子说的话中我体会出高尚情怀："我儿，我们两讫了，我给了你生命，你已经报答我了。"另一位父亲对儿子说的话同样令我感怀："永远说真话。切忌言而无信。你还在摇篮里的时候，我亲手为你焐暖双脚，如今我便凭此来恳求你。"

我：但是这种悲剧跟我们有关系吗？

多华尔：我正想问您这句话。它与我们更贴近，是我们周围种种不幸的画面。什么！现实的场景，真实的服装，跟动作相称的对话，简单明了的动作，您免不了为父母、好友和你本人担忧过的危险，这一切会对您产生什么效果，您竟然想象不出？时运不济、担心身败名裂、连遭不幸、把人引向破产，从破产带入绝望，从绝望推至暴毙的激情，这些事都并不罕见。您以为这些事对您的影响还不如暴君之死，不如在雅典或罗马神坛上祭祀儿童？……您心不在焉……您神游太虚……您没在听我说话。

我：您的悲剧提纲在我脑海中挥之不去……我仿佛见到您在舞台上游荡……脚步绕开跪伏在地的男仆……拉上门闩……

抽出佩剑……对哑剧表演的想象令我战栗。我认为观众承受不了这种表演;或许这番行动都该纳入交待暗场的叙述中。您看呢。

多华尔:我认为不应当向观众叙述或呈现不可能发生的事;在合乎情理的行动之中,哪些应当让人目睹,哪些应当置于幕后,这是很容易区分的。我必须把自己的想法运用于悲剧名篇,不能从尚未存在的剧种中汲取例子。

我认为,倘若行动简单明了,那么与其叙述倒不如表演。穆罕默德手持匕首抵在伊莱娜胸口[1]犹豫不决,野心唆使他刺穿胸膛,爱情却阻止他下手,此情此景是一幅动人的画面。怜悯之心使我心慌意乱,出于怜悯,我们总是对受难者感同身受,绝不会替坏人设身处地。我眼中那颤动的匕首并非悬在伊莱娜胸口,而是抵在我的胸口……这个行动太简单了,很容易模仿得惟妙惟肖……然而假如行动复杂,枝节横生,那么总会有几处让我记起自己坐在观众席,这些人物都是演员扮就,眼前发生的并非真事。相反,叙述会把我带离舞台;发生的一切我都会知晓。我会按照现实中的所见所闻去想象一切场景。不会有出戏的时候。诗人曾言:

两派人马之间,卡尔卡斯迈步上前,

---

[1] 参见德·拉·努(De La Noue)《穆罕默德二世》,第五幕,第四场。

目光凶残，脸色阴沉，头毛倒竖，
面目狰狞，无疑附体之神令其躁动①。

或是

……令人作呕的荆条之上
挂着他血淋淋的头皮发绺。②

哪里找得到能活灵活现地表现诗中卡尔卡斯的演员呢？格朗瓦尔③会在两派人马之间迈步上前，他会脸色阴沉，乃至目光凶残。我会从他的行动、姿势中看出内心存在折磨他的魔鬼。然而无论他如何面目狰狞，他的毛发绝不会在头顶倒竖起来。戏剧模仿达不到那一步。

这段栩栩如生的叙述中，其他意象也多半如此：面部神色阴沉、军队人马喧嚣、血流遍野、匕首插入年轻公主的胸膛、狂风怒吼、空中惊雷滚滚、闪电划破长空、大海汹涌咆哮。诗人描绘的一切景象，在想象中活灵活现，艺术却根本无法模仿。

还不仅如此：我同您讲过，对秩序的绝对爱好迫使我们注

---

① 参见拉辛《伊菲革涅亚在奥利斯》，第五幕，第六场，第 1743—1744 行。
② 参见拉辛《费德尔》，第五幕，第六场，第 1557—1558 行。
③ Charles-François Racot de Grandval（1710—1784），法国演员、剧作家。

意人物之间的匹配。若是某种状态超乎寻常，其余状态也会在我们头脑中放大。诗人对卡尔卡斯的身量只字未提，我却有如亲见，按照他的行动来匹配身量。夸张的想法奔逸而出，蔓延到这件事物周遭的一切。现实中的舞台场景规模小、气势弱、小里小气、虚假或平庸，在叙述中就变得规模宏大、气势恢弘、真实不虚乃至惊天动地。戏剧场景会远逊于自然状态。我则把它想象得更高妙一点。因此史诗人物要比真实人物更高大一些。

以上便是原则所在；您可以据此判断我悲剧提纲中的行动，它难道不简单吗？

我：是简单。

多华尔：有什么场景是舞台上无法模仿的吗？

我：一处也没有。

多华尔：那么效果是否强烈呢？

我：或许过于强烈了。谁知道我们去剧院会遭受如此强烈的震撼？我们愿意产生同情，被感动，受惊吓，但是要适可而止。

多华尔：为了作出公正的判断，咱们不妨探讨一下。戏剧创作的缘由何在？

我：我想，是为了唤起人们对美德的爱慕，对邪恶的厌憎……

多华尔：因此，所谓感动他们要适可而止，这就是认为，看完戏后他们不能太热爱美德或太摈斥邪恶。如此胆小怯懦的民族是不会有任何诗意的。倘若抗拒艺术的生机活力，武断地为艺术效果设障，那么品味何在，艺术又会变为何样呢？

我：您所谓的资产阶级家庭悲剧，关于其本质我仍有几点疑问。不过我能隐约猜到您的答案。倘若我问您，为何在您列举的范例中，绝对没有无声戏与对白戏交替出现的情况，你肯定会回答说，并非所有主题都具备这种美。

多华尔：的确如此。

我：然而，您视作戏剧体裁新分支的这种严肃喜剧都有哪些主题呢？在人类天性中，若论真正意义上的、特征鲜明的喜剧性格，最多只有一打左右罢了。

多华尔：我也这样想。

我：人类性格之间的细微差别可不像鲜明个性那样易于塑造。

多华尔：我也这样想。不过您知道这会得出什么推论？……严格说来，舞台上要展现的不再是性格，而是社会身份。截至目前，在喜剧中，性格是主要对象，社会身份无关紧要。现如今社会身份必须成为主要对象，性格则是次要的。过去人们根据性格来安排情节。人们通常会设计那些烘托性格的社会身份，再将它们串在一起。充当作品基础的应当是社会身份及其责任、它的好处与麻烦。我觉得这比性格来源更为丰富、开阔、有效。只要性格稍加变化，观众心里就会想，这可不是我。然而，人家在他面前表演的正是他的身份，这点无法掩盖。他不可能对自己的责任义务视若无睹。他一定会把听到的话跟自己联系起来。

我：我觉得这些主题中，好几个已经有人写过了。

多华尔：并非如此。您可别弄错了。

我：我们的剧作中难道没有税务官的角色？

多华尔：当然有。不过税务官塑造得并不完善。

我：要说哪部戏里没有"一家之主"，我还真难举例呢。

多华尔：我同意。不过一家之主塑造得并不完善。一句话，我问您，这些社会身份所包含的责任、优势、劣势与风险是否都已搬上了舞台，是否为剧本情节发展与道德教育打下基础。其次，这些责任、优势、劣势与风险是否每天都让我们看到那些深陷困境的人？

我：所以您是希望人们扮演文人、哲人、商人、法官、律师、政客、公民、行政官、税务官、大领主和总管喽？

多华尔：除此之外，还有各种关系：一家之主、丈夫、姐妹、兄弟。一家之主！多么重要的主题！在我们这个时代，大家似乎完全意识不到一家之主的意义何在。

想想看，新的社会身份每天都在形成。想想看，或许没有什么比社会身份更缺乏了解，更应当引起我们的关注。我们的社会身份各自不同；然而我们要与各种身份的人打交道。

社会身份！有多少关键细节、公共及家庭行动、未知真相及新情境需要从这份宝藏中获取啊！社会身份难道不是同性格一样，彼此之间反差强烈吗？诗人难道不能使它们彼此对立吗？

但是这些主题不仅属于严肃剧。创作者天赋各异，这些主题可用于喜剧，也可用于悲剧。

滑稽与邪恶也是这样变化的，我认为可以每隔五十年就创作一部新版《恨世者》。其他诸多性格岂非尽皆如此？

我：我并不讨厌这些想法。我对第一部上演的严肃喜剧或资产阶级悲剧拭目以待。我很乐意把娱乐范围拓宽。我接受您提出的办法；不过，既有的东西我们也得留下来。我承认梦幻剧是我的心头好。看到它跟滑稽剧搅合到一起，被分类和剧种体系排斥在外，我是很难受的。把吉诺①和斯卡龙②、阿苏西③相提并论：啊，多华尔，这可是吉诺啊！

多华尔：没有人比我更爱读吉诺了。这位诗人文辞优雅，一向亲切易懂，时而神韵高妙。我希望有一天让你明白，我有多么了解、器重这位不世之才的天赋，我们可以从他那种悲剧中获得哪些启发。然而若论他的创作体裁，我以为并非佳选。

---

① Philippe Quinault（1635—1688），法国著名歌剧脚本作家，作曲家吕利的主要合作者。
② Paul Scarron（1610—1660），法国著名讽刺诗人，喜剧作家。
③ Charles Coypeau d'Assoucy（1605—1677），法国音乐家，滑稽剧作家。

我想您是把滑稽剧这部分甩给了我。难道梦幻剧那部分您了解更深？假如自然界不存在任何梦幻剧的临摹范本，您能拿其中的描绘与谁做对比呢？

滑稽剧与梦幻剧没有任何诗意，也无法拥有诗意。倘若人们尝试在抒情剧舞台上来一抹创新之笔，这可就荒唐了，唯一站得住脚的理由，就是它与过去的荒唐多少有些联系。作者的声名与才华也能起点作用。莫里哀在贵人迷的脑袋周围点上一圈蜡烛；这种怪诞手法不合情理；观众却认可了，乐不可支。在另一位剧作家的想象中，蠢事做得越多，人物身体缩得越小。这番虚构包含的寓意合乎情理，却被喝了倒彩。安热莉克借助魔戒的力量在追求者面前隐身，而观众都能瞧见她[①]，这种可笑的机关却没有让任何人不快。把匕首塞在坏人手里，他举刀插向敌人却只扎伤了自己，正可谓恶有恶报，但神奇的匕首获得掌声的希望渺茫。

我看到，在上述种种戏剧创新中，只有类似哄孩子睡觉的故事。人们难道以为，只要稍加修饰，这些故事就变得逼真，能够吸引明白事理的成人？蓝胡子的女主角身在高塔之上，她听到塔底下传来暴君丈夫的可怕声音；她命悬一线，拯救者却未出现。妹妹在她身边，目光向远处寻找拯救者。难道人们认为这番情境不如任何抒情剧美妙？"妹妹，您没看到有人过来

[①] 参见吉诺《罗兰》，第二幕，第二场。

吗?"难道这个问题毫无悲情可言？那么为什么这个故事能把小孩子听哭，却无法感动一个明白事理的成人呢？因为一把蓝胡子把效果破坏了。

我：您认为，在任何滑稽剧或是梦幻剧中，都能瞧见这把胡子的几根毛？

多华尔：我是这样想。但是我不喜欢您的说法。说法很逗乐，但我在任何地方都不喜欢逗乐。

我：那我试着用几条更严肃的意见来补过。抒情剧的诸神不就是史诗的诸神吗？恕我直言，较之《伊利亚特》中维纳斯被狄俄墨得斯的长矛轻轻划伤时的娇呼，较之她看到玉手伤口处肌肤变黑时的轻叹，舞台上维纳斯哀恸阿多尼斯之死的悲哭为何就没有同样的优雅风韵呢？荷马史诗中这位女神扑在母亲狄俄涅怀中哀哭的模样难道不是一幅迷人的画面①？为何在抒情剧中这幅画面就魅力顿减呢？

多华尔：比我更老练的人会回答说，史诗的奇文瑰句适合希腊人、罗马人以及十五、十六世纪的意大利人，在法国人那里却遭到摒弃。传说中的诸神、神谕、刀枪不入的英雄及浪漫奇遇已然不合时宜。

我要补充一点，在想象中描绘还是在眼皮底下表演，两者区别很大。人们可以将一切随意注入我的想象，关键只是征服

---

① 参见《伊利亚特》，第一卷，第 335 行及后续，第 370 行及后续。

我的想象力。我的感觉可就不同了。您还记得刚才我针对剧本内容确定的准则吗？即便内容合乎情理，也是有时宜于让观众见到，有时却适合避开观众的目光。我设定的这套区分法用在梦幻剧中就更严格了。一句话，倘若这类剧无法拥有适用于史诗的真实性，又如何能在舞台上吸引我们？

要想使高贵身份具有悲怆感，就必须强化情境的震撼力。唯有如此，方能从这些冷漠拘束的灵魂中撞击出人性之声，倘使没有这人性之声，就绝对产生不了强烈效果。社会身份越高贵，人性之声就越微弱。听听阿伽门农怎么说：

倘使我能够，于噩运中肆意地，
哪怕以泪水缓解内心哀痛；
君王的可悲命运啊！我们屈从
命运之严酷，人言之可畏，
我们永远被旁观者包围，
最不幸者却不敢放声悲泣。①

诸神难道还不如人君自重？假如女儿将被献祭，阿伽门农仍在担心有失身份，那么还有什么情境能让朱庇特纡尊降贵呢？

---

① 参见拉辛《伊菲革涅亚在奥利斯》，第一幕，第五场，第363—368行。

我：然而古代悲剧处处可见诸神身影；您声称悲剧名篇《菲洛克忒忒斯》一字不可增删，剧终收场的却是赫克托耳。

多华尔：早期对人性投入长期研究的人，最初致力于辨别激情，了解它们，描绘其特征。一个人由此设想出抽象概念，这便是哲人。另一位让概念血肉丰满，灵活生动，这便是诗人。第三位依样画葫芦来雕凿大理石，这便是雕刻家。第四位让雕刻家对自己的作品顶礼膜拜，这便是祭司。异教诸神是摹仿人塑造的。荷马、埃斯库罗斯、欧里庇得斯、索福克勒斯笔下的诸神都是什么？人类的邪恶、美德，人格化的壮观自然现象，这才是真正意义上的神谱；这才是我们观看农神萨图努斯、朱庇特、玛尔斯、阿波罗、维纳斯、命运三女神、爱神和复仇三女神时应有的目光。

异教徒内疚悔恨之时，真心认为复仇女神在自己身体里施法：看着这个手持火炬、头缠怪蛇的鬼影跑遍舞台，把沾满鲜血的双手伸到罪人面前，他该多么胆战心惊啊！可是我们明白这些迷信纯属虚妄！我们明白！

我：这么着！只要用我们的魔鬼替换复仇女神就行了。

多华尔：世间虔信之人寥若晨星……再说，我们的魔鬼面目如此狰狞……趣味如此低劣……索福克勒斯的《菲洛克忒忒斯》结局由赫克托耳收场，这有何奇怪呢？整部剧的情节都仰仗他的弓箭；而且这位赫克托耳在神庙中立有雕像，民众每日都去座下顶礼膜拜。

然而您可知道举国迷信与诗歌结合的后果如何？那便是诗人无法塑造个性鲜明的英雄人物。否则他笔下的角色就要翻倍；同一份激情要以神的形式与人的形式分头表现。

这就是为什么荷马英雄几乎都是历史人物。

然而当基督教将异教神信仰从精神中驱除，迫使艺术家寻找其他幻想源泉之时，诗歌体系就发生了改变。人替代了神，被赋予更统一的个性。

我：但是严格说来，讲求统一的个性不是异想天开吗？

多华尔：或许吧。

我：难道要抛弃真实性？

多华尔：绝非如此。您还记得么，舞台上仅表现一个行动，一种生活状态，一段极短的时距，在此期间人物保持个性不变是很有可能的。

我：史诗涵盖了生活的方方面面，数量惊人的各类事件以及形形色色的情境，那么它又该如何刻画人物呢？

多华尔：在我看来，如实表现人物是有好处的。要说他们应该有的形象，那就过于刻板、模糊了，无法充当摹仿艺术的基础。完美无缺之人或是大奸大恶之徒都屈指可数。忒提斯把爱子浸入冥河，他出水之后，若是单看脚踵处，那跟忒耳西忒斯[①]也差不多。忒提斯的形象代表大自然。

----

① 《伊利亚特》中的人物，个性怯懦又蛮横。

说到此处，多华尔略加停顿，随后继续说道：只有建立在与自然万物关系之上的美才是持久的。倘若在短暂的岁月变迁中想象万物的存在，那么任何描绘都只能再现昙花一现的瞬间，任何摹仿都是徒劳无益的。艺术中的美与哲学中的真理具有同样的原理。何谓真理？即我们的判断与实际存在相符合。何谓摹仿之美？即形象与实物相吻合。

我非常担心，无论诗人、音乐家、布景师还是舞者，对自己的戏剧都没有真正的概念。在各类戏剧体裁中，抒情剧若是拙劣，往往低劣至极，若是出色，则又出类拔萃。然而，若是人们根本无意摹仿自然，无意摹仿最为震撼的自然，抒情剧又如何能够出彩？把不值一提的内容吟咏成诗，把不值一述的内容谱写成歌，这又有何用呢？越是花费心力，题材就越应当是好的。用哲学、诗歌、音乐、绘画、舞蹈来胡扯八道，岂非糟蹋艺术？每种艺术都以摹仿自然为目标；为使它们联手发挥魅力，却把奇谈怪论选作题材！幻想与自然的差距还不够大吗？万物秩序应当永远是诗歌理性的基础，它与形貌幻化及巫术魔法有何共同之处呢？如今，天才之士把哲学从心智世界带回现实世界。难道就没有一位才子能够赋予抒情诗同样的效力，让抒情诗从魔法世界回落我们居住的人间？

那样一来，人们不会再说抒情诗作品有违常理，主题脱离自然，主要人物都属虚构，情节安排往往不遵守时间、地点与情节统一律，似乎各种摹仿艺术凑在一起只是为了削弱彼此的表现力。

从前的智者是哲人、诗人、音乐家。这些才能各行其是，故而日渐退化：哲学范围缩窄了，诗歌缺少思想，音乐缺少气魄与活力。智慧一旦失去这些特质，在民众听来就魅力顿减。伟大的音乐家和伟大的抒情诗人则会弥补一切缺憾。

因此还有一段路要走。天才人物快出现吧，他将把真正的悲剧与喜剧搬上抒情舞台。让他像希伯莱民族的先知以利沙那样热烈地呼唤吧：给我找一位琴师来，琴师便会应声出现。①

相邻国民②的抒情剧固然有缺陷，但远比我们以为的要少。倘若歌者甘于在节奏上只摹仿抒情曲中情感的模糊音调，或在写景曲中只摹仿主要自然现象，倘若诗人知道他的小咏叹调应当作为演出的尾曲，那么抒情剧改良就有了长足进步。

我：我们的芭蕾会如何变化？

多华尔：舞蹈吗？舞蹈还在等待天才的出现。它可谓处处都差劲，因为几乎没有人想到它是一种摹仿剧。舞蹈之于哑剧，正如诗歌之于散文，或者不如说正如自然的朗诵之于歌咏。舞蹈是一种控制有度的哑剧。

我很希望别人告诉我，比如小步舞、快三步舞、里戈东

---

① 参见《圣经·旧约·列王纪下》，第三篇。
② 即意大利。这里作者影射一七四四年到一七五四年法国发生的"丑角之争"，争论双方分别为法国音乐与意大利音乐的支持者。前者以知识分子居多，后者则多为戏剧人。

舞、阿勒曼德宫廷舞、萨拉班德舞,所有这些遵循一定步法的舞蹈都在表达什么。此人舞姿舒展曼妙;我瞧见他的动作无不轻盈、优美而高贵:但是他在摹仿什么呢?问题不在于会唱歌,而是懂得读谱视唱。

一支舞蹈就是一首诗。这首诗应当有独特的表现内容。这是通过动作进行的摹仿,意味着诗人、画家、乐师和哑剧演员通力协作。它有自己的主题;可以安排为幕和场。每场都配以自由的或规定的宣叙调①以及小咏叹调。

我:我承认,您的话我听得似懂非懂,好在几年前出版过一份活页稿,否则我就完全听不懂了。作者对《乡村占卜师》②结尾的芭蕾不满意,建议用另外一支。可能我理解有误,否则他的观点和你相差无几。

多华尔:有可能。

我:举个例子吧,我才能听明白。

多华尔:举个例子?好的,我们可以想个例子。容我思考片刻。

我们一言未发,来回走了几圈。多华尔在思考以什么舞蹈为例,我在心里重温他的几个观点。以下大致就是他所举的例子。

---

① 自由宣叙调(récitatif libre),即只有钢琴和低音乐器伴奏的宣叙调,多用于意大利滑稽歌剧;规定宣叙调(récitatif obligé),即有乐队伴奏的宣叙调。
② 卢梭创作的歌剧,一七五二年在枫丹白露城堡为路易十四宫廷首演。

多华尔：舞蹈很普通，然而只有它更贴近自然，更为妙趣横生，我才能得心应手地运用我的观点。

主题——一位农家少年与一位农家少女傍晚从田间归来，在村旁的小树林相遇了。两人下周日要一起跳双人舞，他们打算在大榆树下排练几遍。

第一幕

第一场——他们最初的动作表现出惊喜。他们通过哑剧动作表达惊喜之情。

他们走近对方，彼此致意；少年向少女建议排练舞蹈：她回答说天色已晚，担心被家人训斥。他再三恳求，她答应了。他们把农具放在地上：这便是一首宣叙调。走步与无节奏的哑剧动作就是舞蹈的宣叙调。他们排练舞蹈，温习手势与步伐。他们不断重复，重新开始。他们有所长进就互相赞许，动作错误则互相埋怨：这首宣叙调中间可以用一首表达懊恼的小咏叹调断开。由乐队来表达，来说话，来摹仿行动。诗人授意乐队该说什么；音乐家负责谱曲；画师则想象画面：要通过哑剧动作来组合步伐与手势。因此很容易想象，倘若舞蹈没有谱写得如诗一般，倘若诗人台词写得差劲，倘若他发现不了美好的画面，倘若舞者不擅表演，倘若乐队不擅表达，那么一切都会付诸东流。

第二场——正当他们专心练习之时，只听到一阵可怕的声音；两个孩子被吓坏了。他们停下来倾听，声音停止了，他们放下心来，继续练习。他们被同样的声音再次打断：这是一段混入少许歌唱的宣叙调。随后是一段哑剧动作，农家少女想逃走，农家少年拉住她。他解释理由，她不想听；两人之间有一首非常活泼的二重唱。

这首二重唱开始前，有一小段宣叙调，其中夹杂了孩子们脸部、身体与手部的小幅动作，他们互相指出声音传来的地方。

农家少女被说服了，于是他们又排练起舞蹈，此时两位年长的农夫，装扮得可怕又滑稽，慢慢走上前来。

第三场——在低沉的交响乐中，两位乔装打扮的农夫张牙舞爪吓唬两个孩子。他们逼近的过程是一首宣叙调，对白则是一首二重唱。孩子们惊恐万分，全身瑟瑟发抖。随着两个幽灵不断逼近，他们愈来愈恐惧。于是他们奋力逃跑。他们遭到拉扯、追赶。乔装打扮的农夫与惊恐的孩子们构成了一首非常活泼的四重唱，曲终孩子们逃走了。

第四场——于是幽灵们摘下面具，哈哈大笑。他们做出各种哑剧动作，看得出是为恶作剧洋洋得意的无赖。他们用一首二重唱彼此庆贺，随后退场。

第二幕

第一场——农家少年和农家少女把干粮袋和牧棒落在了舞台上；他们回来取东西，少年走在前面。他先探出头，向前迈一步，又退回去，他仔细听，东张西望，往前走两步，又退了回去；他渐渐鼓起勇气，左边走两步右边走两步，他不再害怕：这段独角戏是一首规定宣叙调。

第二场——农家少女来了，但是站得远远的。少年徒劳地邀请她，她完全不想靠近。他扑到她膝下，他想亲吻她的手。

——"那些鬼魂呢？"她对他说。——"他们走了，他们走了。"这仍然是一首宣叙调，但是后面接有一首二重唱，其中农家少年激情洋溢地表达自己的愿望，农家少女则渐渐被带回舞台，再次开口。这首二重唱被一些惊恐的动作打断了。并没有任何声音，但是他们相信听到了什么。他们驻足倾听，他们放心下来，继续二重唱。

然而这次他们完全没有听错，可怕的声音又开始了。农家少女跑向干粮袋和牧棒；农家少年也是一样。

他们打算逃跑。

第三场——然而他们遭遇到一群妖魔鬼怪，四面八方的路都堵死了。他们在幽灵中间左闪右避,寻找逃生之路,却一无所获。你们可以想象,此处是一首合唱曲。

正当他们手足无措之际,幽灵们摘掉面具,向少男少女露出朋友们的面孔。他们的诧异之中流露出天真之态,构成一幅优美的画面。他们每人拿起一副面具,细细观察,和面孔做比较。农家少女拿着一副丑男人的面具,农家少年则拿着丑女人的面具,他们戴上面具,互相打量,互相扮怪相:这段宣叙调之后是一段集体合唱曲。通过这段合唱曲,少年和少女做了许多幼稚的搞怪动作;全剧以合唱曲告终。

我:我听人说过这类演出,可以说完美到极尽人们的想象了。

多华尔:您是说尼高利尼①的戏班?

我:正是。

多华尔:我没看过他们的演出。怎么!您还以为上个世纪已经极尽完美,本世纪都无事可做了?

资产家庭悲剧仍待创立。

严肃剧尚需完善。

也许在各类戏剧中都要用人物社会身份替代性格。

哑剧动作需要与戏剧行动紧紧相扣。

---

① Nicolini,当时著名的戏班班主,在狄德罗和卢梭的作品中都有提及。

舞台要改观，画面要替代剧情突变，这对诗人而言是新的创作源泉，对演员而言则是新的研习内容。因为，倘若演员执着于对称设计以及刻板动作，诗人想象这些画面又有何用呢？

需要把真正的悲剧引入抒情剧之中。

最后，要让舞蹈具有真正的诗歌形式，要编创舞蹈，使之与任何其他摹仿艺术都截然不同。

我：您想在抒情剧舞台表现何种悲剧？

多华尔：古老的悲剧。

我：为何不是家庭悲剧？

多华尔：因为悲剧，并且一般来说任何为抒情剧舞台创作的作品，都应当是格律整饬的，而家庭悲剧在我看来未免不合诗律。

我：但是您认为这种悲剧能为音乐家提供符合其艺术的一切办法吗？每种艺术各有所长。这就好比五官知觉。每种感官只有一种感觉；每种艺术只能进行一种摹仿。但是每种感官都以特有的方式去触感，每种艺术也以特有的方式去摹仿。

多华尔：音乐中存在两种风格，一种简明的，另一种则是具象的。如果就在悲剧诗人范围内，我给您演示某些作品选段，音乐家可以对这些选段随意发挥，或是简明风格的勃勃生机或是具象风格的丰富多彩，那样您还有话可说吗？我所谓的音乐家指的是在这门艺术上具有天赋的人；他不同于那种只会连接音调、拼凑音符的人。

我：多华尔，请列举一个具体选段吧？

多华尔：乐意之至。有人说连吕利都注意过我举的这个例子。这或许证明这位艺术家缺乏的只是另一类诗歌，他自觉是个天才，可以有更伟大的成就。就说克吕泰涅斯特拉吧，人家刚刚夺走她的女儿去献祭，她看到祭司的刀架在女儿胸口，鲜血流淌，祭司对着那跳动的心脏祈求神意。此情此景令她心痛如割，她喊道：

哦，不幸的母亲！
我女儿头戴可憎的花冠
玉颈之上，她父王亲设屠刀
卡尔卡斯践踏她的鲜血……蛮子！住手；
这是雷鸣怒吼之神的嫡亲血脉
我听到雷声隆隆，感到山摇地动
是复仇的天神，是天神在如雷咆哮。①

在吉诺或是任何其他诗人的作品中，我都没见过比这更抒情、更适合音乐摹仿的诗句。克吕泰涅斯特拉的状态应当是发自肺腑的天性呐喊；音乐家要把这呐喊声细腻入微地传入我耳中。

---

① 参见拉辛《伊菲革涅亚在奥利斯》，第五幕，第四场，第 1693—1699 行。

如果以简明风格为这个选段谱曲,他会充满克吕泰涅斯特拉的痛苦绝望。只有感到萦绕在克吕泰涅斯特拉心头的可怕意象开始折磨他时,他才能开始创作。对一首规定宣叙调而言,开头数行诗句是多么绝妙的主题!人们完全可以用一首悲哀的间奏曲对诗歌加以断句!……哦,天啊!……哦,不幸的母亲!……第一次间隙,演奏间奏曲……我女儿头戴可憎的花冠……第二段间奏……玉颈之上,她父王亲设屠刀……第三段间奏……她父王亲设!……第四段间奏……卡尔卡斯践踏她的鲜血……第五段间奏……有什么特质是这段交响乐无法表达的?……乐曲似乎在我耳中回响……它描绘出哀怨……痛苦……恐惧……憎恶……愤怒……

歌曲从蛮子!住手开始。至于朗诵蛮子以及住手的方式,音乐家要尽情发挥。倘若这些字眼不能为他构思旋律提供取之不尽的源泉,那么他的才华可就贫瘠得惊人了……

急促的节奏,蛮子,蛮子,住手,住手……这是雷鸣怒吼之神的嫡亲血脉……这是血脉……这是雷鸣怒吼之神的嫡亲血脉……这位天神看见您……听到您……威胁您,蛮子……住手!我听到雷声隆隆……感到山摇地动……住手……一位天神,复仇的天神在如雷咆哮……住手,蛮子……可什么也拦不住他……啊!我的女儿!……啊,不幸的母亲!……我看到她……我看到她鲜血淋漓……她要死了……啊,蛮子!哦,天啊!……情感与意象的变化是多么丰富啊!

把这些诗句交给迪梅尼小姐[①]来朗诵吧；要么我完全错了，否则这便是她要流露的混乱心情；这就是她内心相继而至的情感；这就是天赋带来的启发；音乐家要想象与谱写的正是她的朗诵。人们不妨试一试。他们会看到，在天性的引领下，女演员与音乐家会心有灵犀。

音乐家若是采取具象风格呢？那就是另一种朗诵，另一种思路，另一种旋律了。别人留给乐器演奏的，他必须通过嗓音来表现。他要表现电闪雷鸣，发出震耳咆哮；他要展现克吕泰涅斯特拉用天神的形象恐吓杀害其女的凶手们，那些人竟敢用这位天神的血脉献祭。我的想象已然被诗歌与情境的悲怆感所震撼，而他会尽可能以真实、强烈的方式，把这一形象注入我的想象。上一位音乐家考虑的完全是克吕泰涅斯特拉的音调；这一位则略为考虑她的表现力。我听到的不再是伊菲革涅亚的母亲在呼喊，而是天雷滚滚，地动山摇，是乐曲激荡出骇人的声音。

第三位试图结合两种风格的优势；人性的呐喊声狂暴而模糊之际，他会试图将其捕捉，作为旋律的基调。在这旋律的弦音上，他要让闪电霹雳，雷声轰鸣。或许他试图展现复仇的天神，然而透过这幅画面的种种笔触，凸显的是一位哀怨母亲的呐喊。

[①] Mlle Dumesnil（1713—1803），法国女演员，以扮演克吕泰涅斯特而出名，擅长演出激情洋溢的角色或段落。

然而，无论这位艺术家如何天赋异禀，他绝对无法一箭双雕。他为画面所做的一切渲染都会因为悲怆感而落空。整体而言听觉效果胜于心灵震撼。这位作曲家会受到艺术家的推崇，有鉴赏力的人却未必苟同。

不要认为是迸发……轰鸣……颤抖……这些抒情风格的冗余用词造就了乐段的悲怆感！给予它活力的是激情。倘若音乐家无视激情的呐喊，只顾仰仗这些冗余用词来组合乐音，那么就落入诗人的无情圈套了。真正的朗诵强调什么，是迸发、轰鸣、颤抖这类想象，还是蛮子……住手……这是血脉……这是天神的嫡亲血脉……复仇的天神这部分呢？

不过这里另有一个选段，若是音乐家有天赋，是可以尽情发挥才华的。这一段中既没有迸发、胜利、雷鸣、飞翔、荣耀，也没有任何诘屈聱牙的词汇。而只要这些词还是音乐家唯一贫瘠的灵感来源，诗人都会为此备受折磨的。

规定宣叙调

祭司被残酷的人群团团围住……

向我女儿伸出……（向我女儿）罪恶之手。

撕开她的胸膛……用窥伺的眼神……

向她跳动的心脏……祈问诸神意旨！……

领她来时我趾高气扬……万人仰慕

归去时我……形单影只……内心绝望！

我重踏上那香氛萦绕的来路

人们撒在她足下的鲜花依旧。

歌曲

不，我绝不会带她去受酷刑……

除非您向希腊人献上双重牺牲。

恐惧与敬意都无法让我骨肉分离。

除非从我血淋淋的怀抱夺走她。

野蛮的丈夫，残忍的父亲

来吧，您若胆敢，从母亲怀中抢走她。①

不，我绝不会带她去受酷刑……不……恐惧与敬意都无法让我骨肉分离……不……野蛮的丈夫……残忍的父亲……来从母亲怀中抢走她……来吧，您若胆敢……以上是克吕泰涅斯特拉心中萦绕的主要想法，也是音乐家施展才华的主要内容。

以上便是我的想法。我是很乐意告诉您的。再说它们即便没有任何现实作用，也不会有任何坏处，何况若是某位国士②所言不虚，文学体裁确乎已然穷尽，就算是天才也没有什么伟业可成就了。

您从我这里追问出来的创作论，它到底包含可靠的见解，还是一套不切实际的空想，这要由他人来判断。我很乐于采信伏尔泰先生的观点，不过条件是他支撑观点所讲的道理能使我们豁然开朗。倘若世上还有我承认的可靠权威，那就非他莫

---

① 参见拉辛《伊菲革涅亚在奥利斯》，第四幕，第四场，第1301—1314行。
② 此处暗指伏尔泰。

属了。

我：您要是愿意，我们可以把您的想法告诉他。

多华尔：我同意。一个精明而直率的人，他的赞美会令我心情愉快；他的批评无论多么尖刻也不会惹恼我。很久以前我便开始在更坚实的目标中寻找幸福，它比显赫文名更多地取决于我本人。假如多华尔身后值得人家这般评价："其父如此彬彬君子，却并不比他更加端方正直"，那么他就死而无憾了。

我：不过，假如您对作品成败并不在乎，为何不愿发表自己的作品呢？

多华尔：没有的事。已经有那么多抄本了。贡斯丹丝是来者不拒的。但是，我并不希望人家把我的剧本推荐给演员。

我：为什么？

多华尔：剧本未必会被接受，更未必会受欢迎。失败的剧本几乎是没有读者的。本意是推广剧本的效用，却有可能完全适得其反。

我：可是不妨试一试……有一位高贵的亲王，他十分了解戏剧有多重要，关注国民鉴赏力的提高。我们可以恳求他……争取①……

多华尔：我相信。不过把他的庇护留给《一家之主》②

---

① 指奥尔良公爵。此人是戏剧爱好者，在自己位于巴尼奥莱的领地修建了一座剧院。
② 狄德罗的剧本《一家之主》上演于一七五八年，此时正在创作之中。

吧。他曾经如此勇敢，表现得那么①……他当然不会拒绝我们。这个主题萦绕在我心里，我觉得自己早晚得从这种心血来潮中解脱。因为孤独生活的人都会这样突发奇想……一家之主，好主题！……这是世间男人的共同天职……子女是我们最大的快乐来源，也是最大的痛苦源泉……因为这个主题，我的目光不断投向我的父亲……我的父亲！……我会把好心的李西蒙描绘完整……我会修身养性……假如我有孩子，我不会因为对他们做出承诺而心怀不快。

我：《一家之主》属于什么剧种？

多华尔：我想过了，这个主题的调性好像与《私生子》有所不同。《私生子》具有悲剧色调；《一家之主》带有喜剧色彩。

我：如此说来，您是即将完稿了吗？

多华尔：是的……您回巴黎吧……出版《百科全书》第七卷②……然后您来这里休息……您瞧着，《一家之主》要么没动笔，要么在您假期开始之前完稿……不过，想起来了，听说您就要启程了。

我：后天动身。

多华尔：什么，后天？

---

① 此处影射奥尔良公爵让特龙金（Théodore Tronchin）为自己的孩子们种牛痘，在一七五六年这种行为不乏勇气。
② 出版于一七五七年十一月。

我：是的。

多华尔：有些突然……不过您想怎样安排都行……你一定得认识贡斯丹丝、克莱维尔和罗萨丽……今晚您是否能来克莱维尔家共进晚餐？

多华尔见我点头应允，我们随即打道回府。多华尔介绍的朋友大家怎会怠慢？我立刻被当成了自家人。晚餐前后大家都在闲聊，谈到政府、宗教、政治、美文、哲学；不过无论话题如何变化，我总能辨认出多华尔赋予每个人物的个性特征。他语气忧郁，贡斯丹丝语气理性，罗萨丽天真无邪，克莱维尔热情洋溢，而我呢，质朴和善。

一家之主

罗湉/译

人物

道伯森先生，一家之主

多维勒骑士先生，一家之主的妻舅

塞西尔，一家之主的女儿

圣阿尔班，一家之主的儿子

苏菲，年轻的陌生女人

热尔梅耶，去世的＊＊＊先生——一家之主的朋友——之子

勒彭先生，管家

克莱海小姐，塞西尔的侍女

拉布里，一家之主的仆人

菲利浦，一家之主的仆人

德尚，热尔梅耶的仆人

家中其余众仆

艾贝尔夫人，苏菲的房东

巴比庸夫人，脂粉商人

巴比庸夫人的一个女工

＊＊＊先生，一个不体面的穷人

一个农夫

一个骑兵士官

场景在巴黎，一家之主的家中。

舞台布置成一个小客厅，装饰着挂毯、镜子、绘画、挂钟等等。这是一家之主的会客室。夜很深了。清晨五点到六点之间。

第一幕

第一场
一家之主,骑士,塞西尔,热尔梅耶

〔在客厅近景,我们看见一家之主在慢慢踱步。他低着头,环抱双臂,表情陷入沉思。稍微往里一点,客厅一侧的壁炉附近,骑士和他的外甥女在玩一盘双六棋。骑士身后,靠火更近一点,热尔梅耶懒洋洋地坐在一张扶手椅上,手里拿着一本书。他不时地停下阅读,温柔地看着塞西尔,此时塞西尔在忙着下棋,不会察觉他的目光。骑士猜到自己身后在发生什么。从他的动作可以看出来,怀疑使他焦虑不安。

塞西尔 我的舅舅,您怎么啦?您看上去心神不宁。

骑 士 (在扶手椅上坐不安稳)没什么,我的外甥女。没什么。(蜡烛即将燃尽;对热尔梅耶)先生,麻烦您摇个铃?

〔热尔梅耶去摇铃。骑士抓住时机挪动他的靠椅,把它转到双六棋对面。热尔梅耶回来,把靠椅放回原处;骑士对进来的男仆说:

点蜡烛。

〔双六棋局继续在下。骑士和外甥女轮流出棋,一边叫出各自的骰子。

骑　士　六五。

热尔梅耶　手气不坏。

骑　士　我用一个子儿打掩护,走的是另一个。

塞西尔　我呢,亲爱的舅舅,我得了战术六分。战术六分……

骑　士　(对热尔梅耶)先生,您就喜欢在人家下棋的时候说话。

塞西尔　战术六分……

骑　士　这让我分心;后边儿有人盯着我,搞得我心神不宁。

塞西尔　我得了六分加四分,总共十分。

骑　士　(一直对热尔梅耶)先生,行行好坐到别处去;那样您就让我舒坦了。

第二场

一家之主,骑士,塞西尔,热尔梅耶,拉布里

一家之主　他们来到人世,是为了自己的幸福,还是为了我们的幸福?……唉!哪个都不是。

〔拉布里把蜡烛端来,放在指定的位置;他正要出去,

这时一家之主喊他：

　　　　拉布里！

拉布里　先生？

一家之主（稍停片刻，继续沉思、踱步）我儿子在哪儿？

拉布里　他出门了。

一家之主　几点走的？

拉布里　先生，我一无所知。

一家之主（又停顿片刻）您不知道他去哪儿了？

拉布里　不知道，先生。

骑　士　这无赖向来一问三不知。双二。

塞西尔　我亲爱的舅舅，您的心思不在棋上。

骑　士（讥讽而粗鲁地）我的外甥女，关心您自个儿的棋吧。

一家之主（一直在踱步沉思，对拉布里）他不让您跟着？

拉布里（假装没听见）先生？

骑　士　他不会回答的。双三。

一家之主（仍然在踱步沉思）这样已经持续很久了吗？

拉布里（仍然装没听见）先生？

骑　士　这个也不会回答的。又是双三。老是对儿。

一家之主　我觉得这个夜晚可真长！

骑　士　再来一个对儿，我就输了。说来就来。（对热尔梅耶）笑吧，先生，别忍着了。

　　　　〔拉布里走了出去。双六棋局结束了。骑士、塞西尔和热尔梅耶都围到一家之主身边。

第三场

一家之主，骑士，塞西尔，热尔梅耶

一家之主 他真叫我担心啊！他在哪儿？怎么样了？

骑　士 谁晓得？……不过今晚您够想不开的。您要是信我的话，就去歇着吧。

一家之主 我再也管不了他了。

骑　士 要是失去他，这多少有点您的不是，我妹妹就错得离谱了。上帝原谅她，这个女人真少有，那么溺爱孩子。

塞西尔 （苦恼地）舅舅！

骑　士 我跟你们两个白费了口舌：留点神，您会失去他们的。

塞西尔 舅舅！

骑　士 现在他们还年轻，您要是都急疯了，等他们长大了，您还不得被折磨死。

塞西尔 骑士先生！

骑　士 好吧！这儿有人听我的话吗？

一家之主 他就是不回来。

骑　士 关键不是唉声叹气、怨天尤人，而是要让人明白您是谁。该严惩了。要是您未雨绸缪，瞧这会儿您是不是起码还能承受……咱们私下说说，我怀疑……（挂钟敲响六点）这都六点了……我觉着乏了……我腿疼，好像痛风要犯了。我帮不上啥忙了。我要裹着睡袍，靠进躺椅里去。再见，兄弟……您听见了吗？

一家之主 再见，骑士先生。

骑　士 （边走边说）拉布里。

拉布里 （在里边应着）先生？

骑　士 给我照个亮；等我外甥回来了，来通知我一声。

第四场

一家之主，塞西尔，热尔梅耶

一家之主 （忧郁地踱了几步之后）女儿，无意间让你熬了一夜。

塞西尔 父亲，我做了自己应该做的。

一家之主 多谢你的关照。不过我担心你会累病的。去休息吧。

塞西尔 父亲，不早了。允许我关心一下您的健康，就像您关心我的身体一样……

一家之主 我要留下，我得跟他谈谈。

塞西尔 我哥哥不是小孩子了。

一家之主 谁知道一夜之间会闹出什么乱子？

塞西尔 父亲……

一家之主 我会等他。他会见到我。（双手温柔地放在女儿胳膊上）去吧，女儿，去吧。我知道你爱我。（塞西尔出去了。热尔梅耶打算跟着她；但是一家之主叫住他）热尔梅耶，你留下。

第五场

一家之主，热尔梅耶

［这场戏进展缓慢。

一家之主（仿佛独自一人，看着塞西尔离去）她性格大变。她的快乐和活泼劲儿都没了……她的魅力消失了……她在痛苦……唉！自从我失去了妻子，骑士又住到我家之后，幸福就远去了！……他让我的孩子们等着继承财产，代价可真高！……他那野心家的观点，在我家独断专行的做派，让我一天比一天腻烦……我们原本生活得安静和睦。这个人躁动、蛮横的脾气把我们都拆散了。大家彼此畏惧、相互回避，弃我于不顾；我在自己家里感觉孤立，这要了我的命……可天就要亮了，我的儿子还不来！热尔梅耶，我满心苦涩。我再也忍受不了自己的状态……

热尔梅耶 您，先生！

一家之主 是的，热尔梅耶。

热尔梅耶 您要是不幸福，又有哪位父亲幸福过呢？

一家之主 一个也没有……我的朋友，做父亲的经常暗自流泪……（叹息、流泪）你瞧见了我的泪水……我的痛苦你都看到了。

热尔梅耶 先生，我该做些什么？

一家之主 我相信，你能缓解我的痛苦。

热尔梅耶 下命令吧。

一家之主 我绝不会命令你，而是恳求你。我会说：热尔梅耶，如果说我曾照顾你；如果说你自幼得到我的关爱，如果说你还记得这些；如果说我对你和我儿子一视同仁；如果说你在你身上看到一位无论现在还是将来都活在我心里的朋友的影子……我惹你伤心了，原谅我，这是我平生第一次，也是最后一次……如果说我曾竭尽全力救你脱离苦海，代行父亲之职；如果说我疼爱过你；如果说无论骑士如何讨厌你，我仍然把你留在家中；如果说今天我向你敞开心扉，那就承认我做过的善事，别辜负我的信任吧。

热尔梅耶 下命令吧，先生，下命令吧。

一家之主 你对我儿子的情况一无所知？……你是他的好友；

但你也应该是我的朋友……说吧……让我恢复平静，或者别让我担惊受怕了……你对我儿子的情况一无所知吗？

热尔梅耶 是的，先生。

一家之主 你是老实人，我相信你。可是连你都不知情，这岂不让我更加忧心忡忡。我的儿子多少次体会到父亲的包容，却还瞒着他，让唯一亲爱的人蒙在鼓里。既然如此，我儿子到底在做什么呢？……热尔梅耶，我担心这孩子……

热尔梅耶 您是父亲；当父亲的总是动不动就担心。

一家之主 你不知道；但你会知道我是不是杞人忧天，也会做出判断……告诉我，有段时间了，你没发觉他变化很大？

热尔梅耶 发觉了；但是变好了。他对自己的马匹、仆从、排场都不那么上心了；对外表也不那么讲究了。您批评他的那些个心血来潮都没有了；他对这个年纪的放荡不羁都厌倦了，躲开那些阿谀之徒和无聊的朋友；他喜欢一整天都待在书房里，读读写写，思考问题。这不正好么；他主动变成了您早晚会要求他的样子。

一家之主 本来我也这样想；然而我要告诉你的事，当时我还不知道……听着……你认为我该额手称庆的这些个改进，还有令我担惊受怕的夜不归宿……

热尔梅耶 这些夜不归宿和这些改进？……

一家之主　是同时开始的。(热尔梅耶显得很吃惊)是的,我的朋友,同时。

热尔梅耶　这有些古怪。

一家之主　这确实古怪。唉!我才感觉不对劲;可这已经有日子了……同时安排并顺循两种相反的计划;一种是白天循规蹈矩的生活,另一种则是彻夜放荡;我难以忍受的是……尽管他天性骄傲,却自甘堕落到买通男仆;他操控了家里的房门;他等候我歇息;偷偷探听消息;独自溜出去,步行,每天夜里,不管刮风下雨,不管几点钟;大概没有一位父亲能够容忍,也没有一个他这年纪的孩子胆敢……然而他如此行径,却装得恪尽职责,严守道德,说话讲分寸,喜欢安静,瞧不起寻欢作乐……啊!我的朋友!……一个年轻人能突然换副面孔,自制到如此地步,那么以后呢?……我遥望未来;模糊的远景使我浑身冰冷……如果他仅仅是顽劣,我也不会因此绝望;可如果他在耍弄习俗与美德!……

热尔梅耶　说实话,我不理解这种行为。不过我了解您的儿子。弄虚作假这个缺点最不符合他的个性。

一家之主　这绝不是说他不会跟坏人厮混啊;你认为现在他跟谁在一起?……正经人都睡了,他还熬着……啊!热尔梅耶!……我好像听见有人……也许是他……你回避一下。

第六场

一家之主,独自一人

一家之主(他朝听见脚步声的地方走去,侧耳倾听,忧郁地)什么也听不到了。(他踱了一会儿)咱们坐下吧。(他想平静下来,却根本做不到)我无法平静……我心底的预感可不妙啊,一个又一个,让我心慌意乱!……哦,父亲的心太多愁善感啦,就不能平静片刻么!……此时此刻,也许他正在损害健康……挥霍钱财……败坏道德……我知道什么呢?他的生活……他的名誉……我的名誉……(突然站起身)我脑子都纠缠些什么念头呀!

第七场

一家之主,陌生人

〔一家之主走来走去,忧心忡忡的时候,进来一个陌生人。他衣着仿佛普通老百姓,身着大衣与外套,胳膊藏在大衣里,帽子压得低低的,遮住双眼。他缓缓往前走,似乎陷入痛苦与深思。他走过去,谁也没瞧见。

一家之主(见他朝自己走来,等他到身边,伸手拦住他,对他说）您是谁？您去哪儿？

〔陌生人一言不发。

一家之主（慢慢抬起陌生人的帽子，认出自己的儿子，喊道）老天！……是他！……我的不祥预感，这下都应验了！……啊！……（语气痛苦；走开去又折回来）我要跟他谈谈……我怕听到他说的话……我会听到什么！……我真受够了，我真受够了。

圣阿尔班（从父亲身边走开，痛苦地叹息）啊！

一家之主（跟着他）你是谁？你从哪儿来？……出了什么祸事？

圣阿尔班（仍然往远处走）我走投无路了。

一家之主 上帝啊！他要告诉我什么呀！

圣阿尔班（走回来，对父亲）她哭泣，她叹息，她想一走了之；要是她离开，我就完了。

一家之主 谁，她？

圣阿尔班 苏菲……不，苏菲，不……我宁愿去死。

一家之主 这个苏菲是谁？……见你这副模样，可把我吓坏了，这些都跟她有何干？

圣阿尔班（扑倒在父亲脚下）我的父亲，您看我跪在您脚下；您的儿子没给您丢脸。可是他要死了；他要失去比他的性命还珍贵的女子了；只有您能把她留下来。听我说，原谅我，帮帮我。

一家之主　说吧，狠心的孩子；体谅我所承受的痛苦吧。

圣阿尔班（一直跪着）如果说我感受过您的仁慈，如果说我自幼把您视作最可亲的朋友，如果说您洞悉我的全部快乐与痛苦，那么别抛下我；帮我把苏菲留下；我在世上最珍爱的人，求您善待她。保护她……她要离开我们，这是毫无疑问的……见见她，劝她改变计划……您儿子的命在此一举……要是您见到她，我会成为最幸运的孩子，而您会成为最幸运的父亲。

一家之主　他是鬼迷心窍了吗？她是谁，这个苏菲，她是谁？

圣阿尔班（站起身，激动地走来走去）她很穷，没人认识她；她住在阴暗的陋室里。可这是位天使，这是位天使；这陋室就是天堂。每次从那儿下来我都变得更好。在我放荡而喧闹的生活中，我看不到任何东西能够与我在那儿度过的纯洁时光相媲美。我希望在那儿生，在那儿死，就算我会遭到世间其他人的误解和轻视……我以为自己恋爱过，我错了……我现在才是恋爱……（抓住他父亲的手）是的……我第一次恋爱。

一家之主　你在耍弄我的宽容，我的痛苦。无赖，别再胡言乱语了；瞧瞧你自己，回答我。怎么扮成这副丢人现眼的模样？这是什么意思？

圣阿尔班　啊，我的父亲！我得到幸福全靠这套衣服，我的苏菲，我的生命。

一家之主　怎么？说下去。

圣阿尔班　我必须接近她的阶层；必须隐瞒我的身份，跟她平等相处。听我说，听我说。

一家之主　我听着，我等着。

圣阿尔班　这偏僻的寓所使她躲开其他男人的目光，在它旁边……这是我无奈中的下策。

一家之主　然后呢？……

圣阿尔班　在这陋室边上……还有一处蜗居。

一家之主　把话说完。

圣阿尔班　我把它租下来，让人把符合穷人身份的家具搬去；我在那儿住下，成了她的邻居，改名塞尔吉，穿着这套衣服。

一家之主　啊！我松了口气！……上帝保佑，至少，我看他不过是鬼迷心窍了。

圣阿尔班　您说我是否在恋爱！……这让我付出了多大代价！……啊！

一家之主　清醒点，想想怎样彻底坦白，以便你的行为获得原谅。

圣阿尔班　我的父亲，您会知道一切的。唉！我只有这个办法来说动您了！……我第一次见到她是在教堂里。她跪在圣坛前，身边有一位年长的女人，我一开始以为那是她母亲。她吸引了所有目光……啊！我的父亲，多么谦逊！多么迷人！……不，我无法向您描述她给我留下的印象。我感觉慌乱！我的心狂跳不已！我感受到了什么！我是怎么了！……从这一刻起，我唯独惦着她，唯独梦到她。她的倩影白天跟着我，夜晚缠着我，无处不在，令我魂不守舍。我闷闷不乐，日渐衰弱，寝食难安。找不到她我就没法活。凡是有希望找到她的地方，我都走遍了。我萎靡不振，垂头丧气，您是知道的，此时我发现那个陪伴她的老妇名叫艾贝尔夫人，苏菲唤她好夫人，两个人蜗居在一处五层楼上，过着凄惨的生活……我是否要向您坦白，当时我心中萌生了多少希望，想出了多少点子，制定了多少计划呢？当我灵机一动住进她隔壁之后，我又是多么无地自容啊！……啊！我的父亲，接近她的人必须举止正派，否则会遭冷眼相待！……您不知道，我欠苏菲多大的恩，您不知道……她改变了我，我不再是从前的我……从最初那刻起，我感到可耻的欲望在心中熄灭，随之而来的是敬重和崇拜。用不着她阻止我、限制我，也许甚至在她抬眼看我之前，我已经变得胆怯；我一天比一天更胆怯；很快，她的美德与生活同样令我不敢唐突。

一家之主　这些女人是做什么的？她们靠什么生活？

圣阿尔班　啊！倘若您了解这些可怜女子的生活！想象一下，她们天不亮就开始干活，常常熬夜赶工。好夫人在纺车上纺线；一幅粗硬的布匹在苏菲柔软纤细的手指间织出来，把手指都划伤了。她的双眸，世上最美丽的明眸，在油灯下用伤了。她住在一间阁楼里，家徒四壁；一张木桌，两把草编椅，一张陋榻，这就是她的家具……哦老天呀，你创造她的时候，难道就是为了给她这样的命运吗？

一家之主　那你是怎么接近她的？说实话。

圣阿尔班　我遇到的阻碍以及我所作的努力都令人难以置信。在她们隔壁住下之后，刚开始我并不设法见到她们；不过上下楼遇见她们的时候，我会彬彬有礼地致意。晚上我回来的时候（因为她们以为我白天在工作），我去轻轻敲她们的房门，求她们帮我点小忙，都是些邻里之间常有的；比如要点水，点个火，借个亮什么的。逐渐地，她们对我习惯了，产生了信任感。我主动帮她们做些小事。比如说，她们不喜欢晚上出门，我就替她们跑跑腿。

一家之主　多么主动、周到啊！意图何在呢！啊！要是好人都……接着说吧。

圣阿尔班　有一天，我听见有人敲门；是那位好夫人。我打开门。她默默地走进屋，坐下身，哭了起来。我问她怎么了。"塞尔吉，"她对我说，"我不是为自己哭。我是苦出身，命该如此；可我为这个孩子伤心呐……""她怎么了？发生了什么事？……""唉！"好夫人回答道，"我们已经八天没有活儿干了；我们就要断粮了。""老天，"我喊道，"拿着，去吧，快去。"这件事以后……我又闭门不出，她们再也见不着我。

一家之主 我明白了。对人家动了情,结果就是这样。感情只会让他们更危险。

圣阿尔班 她们发觉我有意回避,而这正合我意。好心的艾贝尔夫人为此责怪我。我壮起胆子,向她打听了她们的境况。我也顺口诌了些自己的情况。我提议把两个穷家合并,一起过日子好减轻负担。她们挺犯难;我表示坚持,最后她们答应了。想想我有多快活。唉!快乐转瞬即逝,谁知道我的痛苦会持续多久呢!

昨天,我跟平常一样到家,苏菲独自一人;她双肘支在桌上,双手捧住头;她的活计掉在脚下。我走进门,她没有听见,叹息着。泪水从她的指缝间流出,顺着她的手臂淌下来。已经有好些日子我觉得她郁郁寡欢……她为什么哭?谁伤了她的心?这不再是生活所迫了;她的活计和我的补贴够支付一切开销……我恐怕自己唯一担心的不幸发生了,我毫不犹豫,扑到她的膝头。她可真是吓了一跳!"苏菲,"我对她说,"您哭了?您怎么了?不要向我隐瞒您的痛苦。告诉我;行行好,告诉我。"她沉默了,泪水继续流淌。她的双眸失去了平静,眼泪汪汪地看向我,又调转开,再看回来。她只是说道:"可怜的塞尔吉,不幸的苏菲!"然而我的脸已经埋在她的膝头,我的泪水打湿了她的围裙。此时好夫人回来了。我站起身,向她跑去,询问她；我回到苏菲身边，祈求她。她坚决不开口。我感到灰心绝望，在房间里走来走去，不晓得自己在做什么。我痛苦地喊道："是我造成的；苏菲，您想离开我们：是我造成的。"听到这些话她泪如泉涌，又像刚才看到的那样趴到桌子上。一盏小油灯惨白昏暗的光线照亮了这幅痛苦的场景，这个样子持续了一整夜。到了我按说该上工的时间，我出门了。我痛苦不堪地回到这里。

一家之主　你没有想到我的痛苦。

圣阿尔班　父亲！

一家之主　你想要什么？你指望什么？

圣阿尔班　从我出生那天起您就为我操劳，但愿您好事做到底，希望您见见苏菲，跟她谈谈，并且……

一家之主　鬼迷心窍的小子！……你知道她的来历吗？

圣阿尔班　她对此守口如瓶。但是她的人品、情感、谈吐跟她目前的处境完全不相称。她衣着寒酸，却透出另一番仪态；她身上的一切，乃至那种莫名的骄傲，都暴露出她的秘密，她却对自己的身份绝口不提……倘若您亲眼见到她的纯朴、温柔与谦逊！……妈妈的模样您记忆犹新吧……您在叹息。那么！这就是她的样子。父亲，见见她吧；要是您儿子有一句……

一家之主　收留她的妇人什么也没告诉你吗？

圣阿尔班　唉！她跟苏菲一样滴水不漏。我能从她那里打听出来的,就是这个孩子从外省来投奔亲戚,这位亲戚却既不想见她也不想帮她。得知这段隐情,我在接济她时避免触犯她的敏感点。我为自己所爱之人效力,却只有我自己知情。

一家之主 你说过你爱她吗?

圣阿尔班 (激动地)我,父亲?……我都不知道自己将来何时才敢说出口。

一家之主 那么说你认为她不爱你?

圣阿尔班 原谅我……唉!有时候我相信她爱我!……

一家之主 根据什么?

圣阿尔班 根据一些可以意会却难以言传的琐事。比如说,与我有关的一切她都关心。过去,我一到家,她就容光焕发,目光灵动,神情更加愉快。我相信自己猜中了,她是在等我。她常常可怜我整个白天都要工作,而我并不怀疑她把活计拖到夜里是为了多留我一会儿。

一家之主 你都说完了?

圣阿尔班 说完了。

一家之主 (稍停片刻)去休息吧……我会见她的。

圣阿尔班 您要见她?啊!父亲!您要见她!……可别忘了时间紧迫……

一家之主 去吧,你的行为令我焦虑不安,事情还没完,你倒是满不在乎,不觉得羞愧吗?

圣阿尔班　父亲，您以后不会再为我操心了。

第八场

一家之主，独自一人

一家之主　正派、贤淑、贫穷、年轻、迷人，这一切让好人家的孩子心心相依！……刚刚摆脱一桩心事，我又掉进另一桩心事……什么命呐！……不过我也许又紧张得太早了……一个多情、冲动的年轻男人，不管对自己还是对别人都会夸大其辞……一定要见见……一定要把这姑娘叫来，听她怎么说，跟她谈谈……倘若她跟他描述的一样，我可以晓之以利害，迫使她……我怎么知道呢？……

第九场

一家之主，骑士（身着睡袍，头戴睡帽）

骑　士　嘿！道伯森先生，您见着儿子了吗？怎么回事儿？
一家之主　骑士先生，您会知道的。咱们进去吧。
骑　士　就两句话，行行好……您儿子惹上麻烦了，您要愁死了，对不对？

一家之主　　大舅兄……

骑　　士　　为了有一天您没法推脱不知情,我可提醒您,您亲爱的女儿和那位热尔梅耶,就是您不顾我反对留在家里那位,这俩人这厢可在给您制造烦恼呢,嘿,要是上帝乐意,他们不会让您省心的。

一家之主　　大舅兄,您就不能让我清静一会儿吗?

骑　　士　　他们相爱了;我可是跟您说了。

一家之主　　(不耐烦地)那好!我求之不得。

　　　　　　〔一家之主一边说一边把骑士拉出舞台。

骑　　士　　您就乐吧。一开始他俩容不下对方,又难舍难分。他俩不停地闹别扭,又总是挺好。他俩能为鸡毛蒜皮的事儿恨不得把对方眼睛抠出来,可他们还有个针对所有人的攻守同盟。偶尔说错几句,他们就赶快改口,要是别人竟敢注意到,那他可就够瞧的!……您快点把他们分开吧;我可是跟您说了……

一家之主　　行了,骑士先生,咱们进去吧;咱们进去,骑士先生。

第二幕

第一场

一家之主,塞西尔,克莱海小姐,勒彭先生,一个农夫,巴比庸夫人(脂粉商人,带着一个女店员),拉布里,菲利浦(刚上场的仆人),一个男人(身着黑衣,一副局促的穷人的神情,他也的确如此)。

[这些人一个接一个地上场。农夫站着,身体靠在木棍上。巴比庸夫人坐在一张靠椅上,用手绢擦着脸;女店员站在她身边,胳膊下夹着个小纸盒。勒彭先生懒洋洋地瘫在一张沙发上。黑衣人缩在一旁,站在窗户附近的角落里。拉布里穿着外套,戴着卷发纸。菲利浦衣着整齐。拉布里绕着他转,略微斜眼瞅着他,与此同时勒彭先生透过小观剧镜打量着巴比庸夫人的女店员。一家之主进来,大家都站起身。他女儿跟在身后,而贴身侍女走在他女儿前面,托着女主人的早餐。克莱海小姐经过时,庇护者似的对巴比庸夫人微微点头。她伺候女主人在小桌上用餐。塞西尔坐在桌子一边。一家之主坐在另一边。克莱海小姐在

女主人的靠椅后边站着。这一场戏由两个同时进行的场景构成。塞西尔的场景压低声音进行。

一家之主（对农夫）啊！是您出高价向我承租利默伊的农庄啊。我对他很满意。他很守约。他有孩子。他跟我的生意，我没什么不满意。您请回吧。

〔克莱海小姐示意巴比庸夫人过来。

塞西尔（小声，对巴比庸夫人）您给我带些漂亮玩艺儿来了吗？

一家之主（对他的管家）好吧！勒彭先生，怎么啦？

巴比庸夫人（小声，对塞西尔）小姐，您瞧着吧。

勒彭先生 这个借债的，欠单到期一个月了，他又要求延期还钱。

一家之主 时令不好啊；答应他的延期要求。与其让他破产，不如拿咱们一笔小钱冒点风险。

〔这个场景进行时，巴比庸夫人和女店员在靠椅上铺开了擦光印花布、花棉布、荷兰产的缎子，等等。塞西尔一边喝咖啡一边看，或赞许或否定，让人把中意的放在一边，如此等等。

勒彭先生 在您的奥西尼商号干活的工人们都来了。

一家之主 把工钱付给他们。

勒彭先生 这样一来大概要超支了。

一家之主 还是要付。他们比我更急需钱；宁愿我手头紧张也不要亏着他们。（对他女儿）塞西尔，别忘了我收养的孤儿们。看看有什么东西适合他们……（这时他瞥见了那个局促的穷人。他急忙站起身朝他走去，低声）对不住，先生；我没看见您……我忙着处理家务琐事……我把您给疏忽了。

〔他一边说一边抽出个钱袋偷偷塞给他，在他送客出门又转身回来的同时，另一个场景有了进展。

克莱海小姐　这个花样很可爱。

塞西尔　这件多少钱？

巴比庸夫人　两个路易整。

克莱海小姐　太合算了！

〔塞西尔付钱。

一家之主（一边往回走，一边用怜悯的口吻低声说）一家老小要养活，体面要维持，却一点钱都没有。

塞西尔　那儿是什么，那个纸盒里面？

女店员　是花边。

〔她打开纸盒。

塞西尔（急促地）我不想瞧见它们。再见，巴比庸夫人。

〔克莱海小姐、巴比庸夫人和女店员出去。

勒彭先生　那位邻居，就是对您的地产垂涎三尺的那位，也许会撤诉，如果……

一家之主　我不会任人盘剥。我绝不会牺牲我孩子们的利益，便宜一个贪婪不讲理的家伙。要是他愿意，我能做的一切就是支付接下来的诉讼费。看着办吧。

〔勒彭先生出去。

一家之主（叫住他）顺便说一下，勒彭先生。您还记得那些外省人吧。我刚得知他们送了个孩子到这里来；争取替我找到他。（对忙着收拾客厅的拉布里）您不用再为我服务了。您知道我儿子行为不端，却对我撒谎。在我家不能撒谎。

塞西尔（为他求情）父亲！

一家之主 我们也是不可理喻。我们把他带坏，把他变成不老实的人，而当我们发觉他变成这样，又没道理地怨天尤人。（对拉布里）您的衣服我留给您，再付您一个月的工钱。去吧。（对菲利浦）人家刚才对我讲起的是您吧？

菲利浦 是的，先生。

一家之主 您已经听到了，我为什么辞退他。记好了。去吧，谁也别放进来。

第二场

一家之主，塞西尔

一家之主 我的女儿，你考虑过了吗？

塞西尔 是的，父亲。

一家之主　你怎么决定的？

塞西尔　一切悉听尊便。

一家之主　我就等着这个回答。

塞西尔　不过，倘若我能够自己做主……

一家之主　你情愿如何？……你犹豫了……说吧，我的女儿。

塞西尔　我情愿隐居起来。

一家之主　你什么意思？进修道院？

塞西尔　是的，父亲。要躲开我畏惧的痛苦，我看只有那里是避难所。

一家之主　你惧怕痛苦，可你就不想想这会让我多痛苦？你要抛弃我吗？你要离开你父亲的家，投奔修道院？离开你舅舅、你哥哥和我这些亲人，去侍奉上帝？不，我的女儿，绝不能这样。我尊重宗教的感召；但这并非你的使命。自然赋予你种种为人的优点，绝不是让你白白浪费的……塞西尔，你叹息了……啊！假如这种念头源于某种隐秘的原因，你不明白你在给自己酝酿什么命运。你没有听到过那些可怜女人的呻吟，还要去加入她们的行列。那些呻吟声刺破了夜空和囚牢的寂静。那时候，我的孩子，苦涩的泪水流下却无人知晓，打湿孤寂的枕席……小姐，永远别跟我提修道院①……我生个孩子，把她养大，不知疲倦地工

---

① 这段反修道制度的言论令人联想起《修女》。一七六九年和一七七二年的版本中这段话不见了。

作，以确保她的幸福，绝不是为了任由她活埋进坟墓；绝不是为了我和社会对她的期望尽数落空……要是最有资格作家庭主母的女人们都退却的话，谁来替社会生养高尚的公民呢？

塞西尔　我跟您说过，父亲，一切悉听尊便。

一家之主　那就永远别跟我提修道院。

塞西尔　不过，我斗胆希望您别强迫女儿改变身份，至少准许她在您身边过几天平静自在的日子。

一家之主　如果只考虑我自己，我可以同意。但是我应该让你睁开眼睛，等有一天我不在了……塞西尔，自然有其规律；倘若你目光长远，就会看见玩弄自然的人如何遭到报应；男人们因为生活放荡被罚独身，女人们被罚则是因为目中无人、庸人自扰……你见过各种生活状态，告诉我，难道还有比老姑娘更可怜、更不被看重的吗？我的孩子，过了三十岁，女人若是还没找到一个甘愿与她同舟共济的人，人家就会猜测她有身体或精神缺陷。无论是真是假，年岁不饶人，人老珠黄，男人们都跑了，脾气就变坏了；她失去了父母、熟人、朋友。一个老姑娘周围只有些漠不关心的人，对她视而不见，或是些别有企图的家伙，掐算着她还剩几天可活。她感觉得到，为此伤心；她活着无人慰藉，死了也无人哭泣。

塞西尔　的确如此。然而哪种生活不痛苦呢？婚姻就没有自己的苦恼吗？

一家之主　谁比我更清楚呢？你们每天都在提醒我。可这是一种顺应自然的生活。这是每个大活人的天职……我的女儿，指望幸福毫无瑕疵的人，既不了解人生，也不了解上天对他的安排……如果说婚姻要承受最残忍的痛苦，它也是最美妙的欢乐的源泉。纯真的关怀、真心的体贴、亲密的信赖、不断帮助、彼此满足、分担痛苦、理解叹息、泪水相融，这样的例子，如果不是婚姻，又到哪里去找呢？一个好人还有比妻子更怜爱的对象吗？一位父亲在世上还有比亲生骨肉更疼爱的人吗？……哦，神圣的夫妻关系啊，当我想到你，我的心就暖洋洋地振作起来！……哦，儿子、女儿，这亲切的称呼啊，每次喊你们我都免不了战栗，感慨万千！我耳中没听过比这更美妙的称呼，心里也没有比这更关心的人……塞西尔，回想一下你母亲的生活：一个女人，白天用来履行应尽的职责，担当细心的妻子、慈祥的母亲和宽厚的女主人，难道还有比她更温柔的吗？……晚上，当她回到屋里，内心怀着多么美好的思绪啊！

塞西尔　是的，我的父亲。可是哪里有她这样的妻子和您这样的丈夫呢？

一家之主　有啊，我的孩子。能否跟她一样好命，这完全取决于你。

塞西尔　倘若环顾四周，听从理智与心声便足以……

一家之主　塞西尔，你垂下眼睛，你在颤抖；你不敢开口……我的孩子，让我来读读你的内心。你在父亲面前不能有所隐瞒；假如我失去了你的信任，我就会在自己身上找原因……你哭了……

塞西尔　您的好心让我难过。您要是对我严厉些就好了。

一家之主　你该被严厉对待吗？难道你的心在自责？

塞西尔　不，父亲。

一家之主　那你怎么了？

塞西尔　没什么。

一家之主　你在骗我，我的女儿。

塞西尔　您的温柔使我倍受煎熬……我想做出回应。

一家之主　塞西尔，难道你看上谁了？你恋爱了？

塞西尔　那我该多可悲啊！

一家之主　说吧。说呀，我的孩子。我绝不会板起脸孔，要是你没有把我当作严父，你就不会吞吞吐吐。你不再是孩子了。我也曾使你母亲心中充满这种感情，我怎么会为此指责你呢？哦，你在家里替代了她的位置，对我而言你就代表她，学学她的坦诚，她对生养她、祝福她与我幸福的男人是无话不谈的……塞西尔，你一句话也不回答？

塞西尔　哥哥的遭遇吓到了我。

一家之主　你哥哥丧失理智了。

塞西尔　也许您不会觉得我比他更理性。

一家之主　塞西尔的忧愁我并不担心。我了解她行事谨慎；我只期待她承认她的选择，加以确认。（塞西尔沉默。一家之主等待了片刻；然后他继续用严肃，甚至略带伤感的语调说道）听你亲口吐露情感，对我来说是乐事；不过无论你用什么方式告诉我，我都会满意的。不管是借你舅舅、你哥哥或是热尔梅耶之口转达，都没关系……热尔梅耶是我们共同的朋友……他是个明智审慎的男人……我信任他……我觉得他也值得你信任。

塞西尔　我也这么想。

一家之主　我欠他很多。报偿他的时候到了。

塞西尔　您的子女绝不会有碍您的威信，也不会阻挠您感恩……直至今日，他都把您当作父亲一样尊敬，您也对他视若己出。

一家之主　你完全不知道我能为他做些什么？

塞西尔　我认为必须询问他本人……也许他有些想法……也许……我能给您什么建议呢？

一家之主　骑士对我说了一句话。

塞西尔（急切地）我不知道他说了什么；但是您了解我舅舅。啊！父亲，千万别相信他。

一家之主　我去世的时候，哪个孩子的幸福都看不到了……塞西尔……狠心的孩子，我做了什么，让你这么伤我的心？……我失去了女儿的信任。我的儿子迫不及待地开始一段我无法赞同的关系，而我必须阻止……

第三场
一家之主，塞西尔，菲利浦

菲利浦　先生，那里有两个女人求见。

一家之主　让她们进来。（塞西尔告退。她的父亲喊住她，忧伤地对塞西尔）塞西尔！

塞西尔　父亲。

一家之主　这么说你不再爱我了？

　　　［求见的女人们走进来；塞西尔一边往外走，一边用手帕擦眼睛。

第四场
一家之主，苏菲，艾贝尔夫人

一家之主（瞧见苏菲，神色惊讶，语气伤感）他一点没骗我。多么迷人！多么谦逊！多么温柔！……啊！……

艾贝尔夫人　先生，我们奉命前来拜访。

一家之主 就是您，小姐，名叫苏菲喽？

苏　菲 （颤抖、不安）是的，先生。

一家之主 （对艾贝尔夫人）夫人，我有句话要对小姐说。我听人谈起她，很关心她。

　　　　　〔艾贝尔夫人退出。

苏　菲 （一直在颤抖，抓住她的胳膊）好夫人？

一家之主 我的孩子，镇定些。我不会对您说任何冒犯的话。

苏　菲 唉！

　　　　　〔艾贝尔夫人走到客厅深处坐下；她掏出活计做起来。

一家之主 （把苏菲带到一张椅子边，让她坐在自己身旁）您是哪里人，小姐？

苏　菲 我来自外省一座小城。

一家之主 您在巴黎很久了吗？

苏　菲 不久；但愿我从没来过。

一家之主 您在这儿做什么？

苏　菲 我劳动挣生活。

一家之主 您很年轻。

苏　菲 我经受痛苦的时间也会更长。

一家之主 令尊大人还在吗？

苏　菲 不在了，先生。

一家之主 那令堂呢？

苏　菲 老天保佑，她还在世。可是她经历了那么多伤心事，身子那么虚弱，遭受那么大的灾难！……

一家之主 那么说令堂很可怜喽？

苏　菲 很可怜。所以世上没有比做她女儿更让我开心的了。

一家之主 您的孝心令我赞叹；您看上去出身好人家……您父亲是怎样的人？

苏　菲 我父亲是个正派人。听说有人受苦，他总是抱以同情；他从不在患难中抛弃朋友；可是他变穷了。他跟我母亲生了很多孩子；他去世后我们没了收入……当时我年纪很小……我几乎不记得见过他……我的母亲只得双手抱起我，把我举到床边亲吻他，接受他的祝福……我哭了。唉！当时我并没意识到自己在失去什么！

一家之主 她打动了我……那么谁让您离开父母家，背井离乡呢？

苏　菲 我跟一个哥哥来这里，想乞求一位亲戚帮忙，可他对我们很凶。从前他在外省见过我；他看起来挺喜欢我，我母亲本来希望他还记得。可是他冲我哥哥关上门，还逼我发誓离他远远的。

一家之主 您的哥哥在做什么？

苏　菲 他为国王效忠去了。我跟您见到的那个人留了下来，她心肠好，对我视如己出。

一家之主 她看起来不太宽裕。

苏　菲 她跟我分享一切。

一家之主　您再没有那位亲戚的消息？

苏　菲　原谅我，先生；我从他那儿得到了少许救济，可这对我的母亲有什么用呢？

一家之主　您母亲把您忘了吗？

苏　菲　我母亲用尽最后的积蓄把我们送来巴黎。唉！她期待这次旅行能一帆风顺。否则她怎么会狠心让我离开呢？打那以后，如何让我回去，她便一筹莫展了。不过她来信说不久就来接我，把我带回去。肯定是有人动了恻隐之心，答应帮忙。噢！我们真是可怜哪。

一家之主　您在这里就不认识任何人能帮您吗？

苏　菲　谁也不认识。

一家之主　您靠做活谋生？

苏　菲　是的，先生。

一家之主　你们自己住吗？

苏　菲　自己住。

一家之主　可是人家跟我讲起，你们隔壁住着一个叫塞尔吉的小伙子，他是什么人？

艾贝尔夫人　（急切地，放下活计）啊！先生，这个小伙子最正派了！

苏　菲　这是个可怜人，他和我们一样干活挣饭吃，跟我们搭伙过穷日子。

一家之主　您就知道这些吗？

苏　菲　是的，先生。

一家之主　那好！小姐，这个穷小子……

苏　菲　您认识他？

一家之主　我是否认识他！……他是我儿子。

苏　菲　您儿子！

艾贝尔夫人　（异口同声）塞尔吉！

一家之主　是的，小姐。

苏　菲　啊！塞尔吉，您骗了我们。

一家之主　这样贤淑美丽的姑娘，您要知道自己遇到了什么危险。

苏　菲　塞尔吉是您的儿子！

一家之主　他敬重您，爱您；可是如果您助长他的激情，这会给您也给他带来不幸。

苏　菲　我干吗来到这座城市呢？我为何没有听从自己的心声，没有离开呢？

一家之主　还来得及。您应该回到呼唤您的母亲身边，您滞留此地，这肯定是她最大的心病。苏菲，您愿意吗？

苏　菲　啊！我的母亲！我还能对您说什么呢？

一家之主　（对艾贝尔夫人）夫人，您把这个孩子领回去，我会关照下去，您的辛苦不会白费。（艾贝尔夫人行屈膝礼。一家之主继续对苏菲）不过，苏菲，倘若我把您还给您母亲，您也得把我儿子还给我；该由您来教会他，对父母应

　　　　　尽哪些义务；这点您深有体会。

苏　菲　啊，塞尔吉！为什么？……

一家之主　无论他看起来多么诚实，您都要让他感到羞愧。您向他宣布您要走了；您吩咐他结束我的痛苦以及家人的不安。

苏　菲　好夫人……

艾贝尔夫人　我的孩子……

苏　菲　（靠在她身上）我感觉要死了……

艾贝尔夫人　先生，我们先退下，静候尊命。

苏　菲　可怜的塞尔吉！不幸的苏菲！

　　　　［她倚在艾贝尔夫人身上走出去。

第五场

一家之主，独自一人

一家之主　哦，人世的法则！噢，无情的偏见！……对一个有头脑、有感情的男人来说，合适的女人已经如此难求！为何选择还要受到种种限制？不过我儿子很快就来了……要是可能，我得摆脱掉这孩子在我心中留下的印象……倘若我内心的想法同他一致，那我还能以恰当的方式指出他对我以及他本人应尽的责任吗？……

第六场

一家之主，圣阿尔班

圣阿尔班（急切地走进来）父亲！（一家之主沉默地来回踱步。圣阿尔班紧跟着父亲，用恳求的语气）父亲！

一家之主（停下脚步，语气严肃）儿子，倘若你并非自愿归来，倘若你还没有彻底恢复理智，那就别来错上加错，徒增我的忧愁了。

圣阿尔班 您看到我满怀忧愁。我惊惶不安地靠近您……我会保持平静、理智……是的，我会的……我已经答应了。（一家之主继续踱步。圣阿尔班怯生生地靠近他，用颤抖的嗓音，低声）您见到她了？

一家之主 是的，我见到她了；她很美，我相信她也很明智。但是你打算拿她怎么办呢？图一时之乐？我无法容忍。娶她为妻？她跟你不般配。

圣阿尔班（克制着情绪）她很美，她很贤淑，可她跟我不般配！那什么样的女人跟我般配呢？

一家之主 一个无论教养、出身、地位还是财产都能保证你幸福并满足我期待的女人。

圣阿尔班 这么说我的婚姻将是利益和野心的结合喽！我的父

亲，您只有一个儿子；悲惨的丈夫世上已经太多，不要为了那种目的把您的独子牺牲掉。我的伴侣一定要贤淑而感性，能让我学会承受生活的痛苦，而不是一个只会增加痛苦的有钱有势的女人。啊！老天保佑，要让我娶这种女人，还不如盼我死掉。

一家之主 我不向你推荐任何女人；但我绝不会答应你娶那个让你痴迷的女人。我本可以摆出父道威严，对你说：圣阿尔班，我不满意，这件事成不了，别妄想了。但是我从来没有不容分辩地提要求；我希望你能心服口服；而我同样会放下架子。你克制自己，先听我说。

我的儿子，自从你第一次让我洒下热泪，一晃二十年要过去了。我把你看作自然赐予的朋友，内心十分喜悦。我伸出双臂，把你从你母亲怀中接过来，把你举向天空，我的声音与你的哭声交织在一起，我对上帝说："哦上帝！您把这个孩子赐给我，倘若我辜负了您今日托付的养育之职，或者，倘若他不配得到这份养育，那么别管他母亲有多快乐，您都把他收回吧。"

这就是我为你也为我许下的承诺。我一直牢记在心，从未把你交给雇工看护；我亲自教会你说话、思考、感受。随着你日渐长大，我研究了你的天性爱好，以此制定了你的教育计划，并且一丝不苟地付诸实施。为了让你不吃苦，我自己受了多少罪哟！按照你的才能与兴趣，我把你的未来安排妥帖。我没有任何疏漏，让你出落得仪表堂堂；我的儿子配得上这个能帮他缔结好姻缘的家世，他的个人素养也足可肩负要职，正当我心满意足之时，一场鬼迷心窍的爱情、片刻的荒唐却要把一切都毁了；我将看到他大好年华付诸东流，仕途蹉跎，看到我的期待落空；难道我会答应吗？难道你决意如此吗？

圣阿尔班　我多么不幸啊！

一家之主　你有一个爱你的舅舅，他为你留了一大笔财富；你有一个为你呕心沥血的父亲，他只想处处对你温柔以待；家世、亲人、朋友，还有最殷切而坚定的抱负；你还感觉不幸吗？你还想要什么呢？

圣阿尔班　苏菲，苏菲的心，还有我父亲的准许。

一家之主　你竟敢跟我提什么要求？要我和你一起荒唐，惹得人家指指点点吗？给那些当父亲的和当儿子的都作出什么坏榜样！我，难道我会因为可耻的软弱，竟允许辱没身份、血统相杂、阶层混乱、家族蒙羞吗？

圣阿尔班　我多么不幸啊，倘若我娶不到心爱的女子，总有一天要娶自己不爱的女人，因为我永远只爱苏菲一人！我会不断把另一个女人与她对比；那个女人会很悲惨；我也一样；您会看到这一切，悔不当初。

一家之主　我会恪尽职责；你如果违背责任是会倒霉的。

圣阿尔班　父亲，别让苏菲离开我。

一家之主　不要再求我了。

圣阿尔班　您跟我说过无数次，一位贤良女子是上天最大的恩赐。我找到了她；您却要让我失去她！父亲，别让我失去她。现在她知道我是谁了，该对我心怀多少期待啊？圣阿尔班难道不如塞尔吉慷慨？别让我失去她：是她在我心中唤醒了美德；只有她才能让我胸怀高尚。

一家之主　这么说，她的楷模作用是我难以企及的。

圣阿尔班　您是我父亲，可以左右我；她将成为我妻子，那是另一种影响力。

一家之主　情郎与丈夫，情妇与妻子之间差别可大了！初出茅庐的小子，这些你都不懂。

圣阿尔班　但愿我一辈子都不懂。

一家之主　情郎看心上人的眼光，说起话来的口气还不都是一模一样？

圣阿尔班　您已经见到苏菲！……倘若我为了阶层、头衔、遗产和偏见离开她，我就不配与她相识一场。父亲，您这样看不起自己的儿子，难道还能信任他？

一家之主　她可没有自甘堕落，向你的爱情屈服：学学她吧。

圣阿尔班　难道当她的丈夫就是自甘堕落？

一家之主　你问问世人的意见吧。

圣阿尔班　对于无关紧要的事，我会随波逐流；但如果关系到我人生的幸福或痛苦，关系到伴侣的选择……

一家之主　你改变不了世人的看法。还是顺应时势吧。

圣阿尔班　这会颠倒黑白,毁掉一切,使人性服从可悲的习俗,我还要同意吗?

一家之主　否则你会遭到厌弃。

圣阿尔班　我会躲开他们。

一家之主　他们的厌弃会如影随形,而这个受你拖累的女人将和你一样悲惨……你爱她吗?

圣阿尔班　我是否爱她!

一家之主　听着,那就为你将给她带来的命运而担心吧。总有一天你会领悟,你为她做出了多大的牺牲。你会只与她相依为命,没有地位、没有财产、没人重视;你会满心烦忧。你会恨她,你会对她横加指责;她的耐心与温柔会使你愈发尖刻;你更加恨她;你恨她给你生的孩子,你会害得她郁郁而终。

圣阿尔班　我!

一家之主　你。

圣阿尔班　绝不会,绝不会。

一家之主　爱情以为一切永恒;人性却但愿凡事都有尽头。

圣阿尔班　我不会中止对苏菲的爱!假如那样的话,我想我都不知道自己是否爱您了。

一家之主　你想知道吗?想向我证明吗?照我的话去办。

圣阿尔班　就算我愿意也没用。我做不到。我身不由己。父亲，我做不到。

一家之主 鬼迷心窍的家伙，你想当父亲！你了解父亲的责任吗？倘若你了解，那么你指望我的事情，难道你会答应自己的儿子吗？

圣阿尔班 啊！要是我敢于回答您。

一家之主 回答。

圣阿尔班 您允许我回答？

一家之主 我命令你。

圣阿尔班 当初您想娶我的母亲，全家人都起来反对，祖父说您是没良心的孩子，您心底里叫他狠心的父亲，那时候你们俩谁更占理呢？我的母亲和苏菲一样贤淑美丽，和苏菲一样没有财产；您像我爱苏菲一样爱她；人家把我母亲从您这儿夺走，您痛苦万分，我的父亲，难道我就没有心吗？

一家之主 我有经济来源，而且你母亲家世清白。

圣阿尔班 谁又了解苏菲的出身呢？

一家之主 异想天开！

圣阿尔班 经济来源！有了爱情，生活贫穷，我会去挣钱的。

一家之主 当心有多少困难在等着你。

圣阿尔班 无法拥有她才是我唯一担心的困难。

一家之主 当心失去我的慈爱。

圣阿尔班 我会赢回您的慈爱。

一家之主　谁告诉你的？

圣阿尔班　您会看到苏菲泪水涟涟；我会拥抱您的双膝；我的孩子会向您伸出无辜的手臂，您是不会推开他们的。

一家之主　（旁白）他太了解我了……（稍停片刻，他摆出最严肃的神情，用最严肃的语气）我的儿子，我明白跟你说什么都没用，你把理性拒之门外了。有个法子我一向不愿使用，现在也只有这条路了：既然你逼我太甚，我只好无奈为之。放弃你的计划；我要你照办，我以父亲对孩子的绝对权威命令你。

圣阿尔班　（声音嘶哑狂怒）权威！权威！他们就会用这个词。

一家之主　保持尊重。

圣阿尔班　（走来走去）他们都是这副样子。他们就这样爱我们。要是他们与我们为敌，岂不会更加过分？

一家之主　你在说什么？你在嘟囔什么？

圣阿尔班　（一直是同样状态）他们自以为英明，因为他们的嗜好与我们不同。

一家之主　住口！

圣阿尔班　他们赋予我们生命就是为了随意支配它。

一家之主　住口！

圣阿尔班　他们使我们的人生充满苦涩；他们怎会被我们的痛苦感动呢？他们就是罪魁祸首。

一家之主　你忘了我是谁，忘了你在跟谁说话。住口，不然小心惹来愤怒的父亲们最可怕的报复。

圣阿尔班　父亲们！父亲们！根本没什么父亲……只有暴君。

一家之主　哦，天呐！

圣阿尔班　对，暴君。

一家之主　离开我吧，没良心、没人性的孩子。我诅咒你；走远点。（儿子往外走；可是还没走几步，父亲便跑到他身后）你到哪儿去，可恨的家伙？

圣阿尔班　父亲！

一家之主　（倒在一张靠椅上，儿子则伏在他膝头）我，你的父亲？你，我的儿子？我不再是你的任何人；我从来不是你的任何人。你把我的生活搅得乌烟瘴气，你恨不得我死了。嘿！我为什么迟迟未死呢？我为什么不跟你母亲做伴呢！她不在了，我的苦日子却没完没了。

圣阿尔班　我的父亲！

一家之主　走吧，别让我看见你的泪水；你让我心碎，我没法对你无动于衷。

第七场

一家之主，圣阿尔班，骑士

〔骑士走进来。伏在父亲膝头的圣阿尔班站起身，一家之主待在靠椅里，双手捧住头，仿佛一个伤心人。

骑　士　（把他指给圣阿尔班看，后者不听他的，踱来踱去）得，瞧瞧。看你把他折磨成什么样子。我提醒过他，你会让他痛苦死的，这下你证实了我的预言。

　　　　〔骑士说话之时，一家之主起身走开。圣阿尔班打算跟上他。

一家之主　（转身对儿子）你去哪儿？听你舅舅的话；我命令你。

第八场

圣阿尔班，骑士

圣阿尔班　说吧，先生，我听着……倘若爱上她是家门不幸，那么事已至此，我已经无可救药……倘若不许我爱上她，那就教我如何忘掉她……忘掉她！……谁？她？我？我做得到吗？我愿意吗？倘若我动过这个念头，就让我父亲的诅咒应验吧！

骑　士　我们向你要求什么呢？把一个本来只有路过时才会瞅一眼的小女人放下；她身无分文、举目无亲、居无定所、来路不明，不知道是谁家的孩子，也不知如何生存。这种姑娘有的是。有些疯子为她们倾家荡产；可说到结婚！

结婚！

圣阿尔班 （激动地）骑士先生！……

骑　士 你喜欢她？行！留着她。我爱你，这个还是那个都一样；不过给我们留点希望，这桩风流韵事总有结束的时候。（圣阿尔班想出去）你去哪儿？

圣阿尔班 我走了。

骑　士 （拦住他）你忘了我在以你父亲的名义说话吗？

圣阿尔班 那好！先生，说吧。让我心碎，让我绝望吧；我只回答一句话。苏菲会成为我的妻子。

骑　士 你的妻子？

圣阿尔班 是的，我的妻子。

骑　士 一个一文不名的丫头！

圣阿尔班 她教会我蔑视一切束缚人、使人堕落的东西。

骑　士 你一点也不羞耻吗？

圣阿尔班 羞耻？

骑　士 你，道伯森先生的儿子！多维勒骑士的外甥！

圣阿尔班 我，道伯森先生的儿子，您的外甥。

骑　士 你父亲真是白忙活，这就是他出色教育的成果？这就是城里、宫里所有年轻人的榜样？……你大概以为自己很有钱吧？

圣阿尔班 不。

骑　士 你知道自己从你母亲那儿得了多少财产吗？

圣阿尔班　我从没想过；我也不想知道。

骑　　士　听着。她在我们六兄妹中排行老幺；而且在外省，当女儿的什么也分不到。你父亲并不比你更明智，迷上她，娶了她。你和你妹妹分享一千埃居的年金，平均每人一千五百法郎；这就是你的全部家当。

圣阿尔班　我有一千五百法郎的年金？

骑　　士　最多如此。

圣阿尔班　啊，苏菲！您不用再住阁楼了！您不用再吃苦了。我有一千五百法郎的年金！

骑　　士　但是你可以从你父亲那儿继承两万五千法郎，从我这儿得到的还能翻倍。圣阿尔班，一个人可以做荒唐事；但是不要为此倾家荡产。

圣阿尔班　倘若没有意中人跟我分享，财产又算得了什么？

骑　　士　鬼迷心窍的家伙！

圣阿尔班　我知道。如果爱一位贤良美丽的年轻女子胜过一切，人家就会这样说他；我很荣幸身居这群疯子之首。

骑　　士　你在自找倒霉。

圣阿尔班　在她身边，我就是啃面包、喝白水都幸福。

骑　　士　你在自找倒霉。

圣阿尔班　我有一千五百法郎的年金。

骑　　士　你想干什么？

圣阿尔班　她会有饭吃，有地方住，有衣服穿，我们要共同生活。

骑　士　活得像要饭的。

圣阿尔班　那又怎样？

骑　士　她还有父母、兄弟、姐妹；你等于娶回一大家子。

圣阿尔班　我心意已决。

骑　士　有了孩子你怎么办。

圣阿尔班　我会去拜访每个有同情心的人。他们会见到我，见到陪我艰难度日的伴侣。我会说出自己的身份，我会找到资助的。

骑　士　你倒是挺懂得人的！

圣阿尔班　你认为人性本恶。

骑　士　我错了吗？

圣阿尔班　无论对错，我还有两座靠山，有了它们，一切我都不放在眼里，这就是爱情与高傲，前者使我进取，后者教我承受……我们在世上听到这么多抱怨，只是因为穷人没有胆量……富人缺乏人性……

骑　士　我明白了……那好！娶她吧，你的苏菲；践踏你父亲的意愿，践踏情理规矩和你的身份体面吧。破财吧，堕落吧，在泥潭里打滚吧，我不再反对了。凡是堵住耳朵不听道理、急不可耐地订下不光彩的婚约、让父母苦恼、让姓氏蒙羞的孩子，你就是他们的前车之鉴。你会得到她，你的苏菲，既然你想要她；但是你养不活她，也养不活你的孩子，他们以后都得上门来求我。

圣阿尔班　您担心的就是这个。

骑　　士　难道我不可怜吗？……四十年来我节衣缩食；我本来可以结婚，可是我没接受这份慰藉。我跟家人断了联系①，过来投奔这帮人：这就是我的回报！……在这世上还能说什么？……将来会这个样子，我再也不敢见人了；万一我在哪儿出现，有人问："这个愁眉苦脸的老家伙是谁？"人家会轻声回答："这是多维勒骑士……他外甥就是那个年轻疯子，娶了……是啊……"然后人家会交头接耳，瞟着我；我会感到羞愧、气恼；我会站起身，拿起拐杖走掉……不，为了我拥有的一切，我宁愿你在爬圣菲利普堡垒围墙的时候，被某个英国人一刺刀掀到壕沟里，跟其他人一起死在那里。人家会说："可惜，这是条好汉。"而我就能请求国王给你妹妹赐婚……不，简直难以置信，家里竟出现这种婚事。

圣阿尔班　这会是第一例。

骑　　士　难道我会允许？

圣阿尔班　求您了。

骑　　士　你以为我会答应？

圣阿尔班　一定会。

---

① 他在外省的亲戚，参见第三幕，第四场。

骑　士　行，咱们走着瞧。

圣阿尔班　不必再谈了。

第九场

圣阿尔班，苏菲，艾贝尔夫人

［圣阿尔班仿佛独自一人继续说话，此时苏菲和好夫人走上前，在圣阿尔班独白的间隙说话。

圣阿尔班（稍停片刻，一边沉思一边踱步）是的，不必再谈了……他们密谋对付我……我感觉到了……

苏　菲（语调温柔而哀怨）人家要他……行啦，好夫人。

圣阿尔班　我父亲跟狠心的舅舅意见一致，这还是头一回。

苏　菲（叹息）啊！难熬的时刻！

艾贝尔夫人　的确如此，我的孩子。

苏　菲　我心里很乱。

圣阿尔班　别浪费时间，一定要去找到她。

苏　菲　他就在那儿，好夫人，是他。

圣阿尔班　是的，苏菲，是的，是我，我是塞尔吉。

苏　菲（呜咽）不，您不是他……（她转身朝向艾贝尔夫人）我真不幸啊！我宁愿死了。啊！好夫人，我真是惹火烧身啊！我跟他说什么呢？他会怎么样？可怜可怜我……您告诉他。

圣阿尔班　苏菲，什么都别怕。过去塞尔吉爱您；现在圣阿尔班爱慕您，你眼前是最诚恳的男人，最深情的恋人。

苏　菲　（深深叹息）唉！

圣阿尔班　请您相信，塞尔吉只能为您活着，只愿为您活着。

苏　菲　我相信；可是有什么用呢？

圣阿尔班　您说一句话。

苏　菲　什么话？

圣阿尔班　说您爱我。苏菲，您爱我吗？

苏　菲　（深深叹息）啊！我岂能不爱您！

圣阿尔班　那么把手伸给我；握住我的手，我在此对天发誓，对这个充当您母亲的善良女人发誓，我永远只属于您。

苏　菲　唉！您知道，只有在圣坛前良家女子才会接受誓言，许下誓言……将来您领到圣坛前的不会是我……啊！塞尔吉！现在我才感到您和我之间有天壤之别。

圣阿尔班　（激动地）苏菲，您也这样说？

苏　菲　抛弃我吧，这是我的命。让爱您的父亲恢复宁静吧。

圣阿尔班　这不是您的话，是他。我听出来了，这个冷酷无情的人。

苏　菲　他绝非无情。他爱您。

圣阿尔班　他诅咒我，把我赶出家门；就差利用您来要我的命了。

苏　菲　好好活着，塞尔吉。

圣阿尔班　那您发誓，无论他怎样，您都属于我。

苏　菲　我，塞尔吉？从父亲手中抢走儿子！……嫁入一个嫌弃我的家庭！

圣阿尔班　要是您爱我，那么我父亲、我舅舅、我妹妹和我全家对您来说又算得了什么？

苏　菲　您有个妹妹？

圣阿尔班　是的，苏菲。

苏　菲　她多幸运！

圣阿尔班　您让我希望破灭了。

苏　菲　我听从您家人的安排。但愿有一天，老天赐给您一位般配的妻子，她像苏菲一样爱您！

圣阿尔班　您希望如此？

苏　菲　我应该希望。

圣阿尔班　该死，认识您之后，失去您还怎能幸福！

苏　菲　您会幸福的；您会享受天伦之乐，孩子恭顺父母，都是有福之人。我会带着您父亲的祝福，独自回去受苦，您会记得我的。

圣阿尔班　我会痛苦死的，如您所愿……（他伤心地看着她）苏菲……

苏　菲　我明白自己给您带来多少痛苦。

圣阿尔班　（仍然看着她）苏菲……

苏　菲　（一边抽泣一边对艾贝尔夫人）哦，好夫人，他的眼泪让我好心痛！……塞尔吉，别给我脆弱的心增加压力……我的痛苦已经够多了……（她双手捂住眼睛）别了，塞尔吉。

圣阿尔班　您抛弃我了？

苏　菲　我永远不会忘记您为我做的一切。您真心爱过我：不是降尊纡贵的爱，对我贫穷困苦的尊重才是您爱的表现。我会时常想起初遇您的地方……啊！塞尔吉！

圣阿尔班　您是在要我的命。

苏　菲　是我啊，该可怜的是我啊。

圣阿尔班　苏菲，您去哪儿？

苏　菲　我顺从天命，去替我的姐姐们分担苦难，在我母亲怀中倾诉痛苦。我是她的小女儿，她爱我；我要把一切都告诉她，她会抚慰我的。

圣阿尔班　您爱我却要抛弃我？

苏　菲　我为什么认识了您呢？……啊！……

　　　　　〔她往外走。

圣阿尔班　不，不……我不能……艾贝尔夫人，拦住她……可怜可怜我们吧。

艾贝尔夫人　可怜的塞尔吉！

圣阿尔班　（对苏菲）您不会离开……我要去……我要跟着您……苏菲，站住……我恳求您，不是为了您，也不是为了我……您已经下决心使我不幸也使您自己不幸……我以这些狠心的家人的名义求您……若是我失去您，我既不会见他们，也不会听他们的话，更与他们水火不容……您想让我恨他们吗？

苏　菲　爱您的家人，听他们的话，忘了我吧。

圣阿尔班（扑到她脚下，抓着她衣服喊道）苏菲，听着……您不了解圣阿尔班。

苏　菲（对哭泣着的艾贝尔夫人）好夫人，快来，快来；带我离开这儿。

圣阿尔班（站起身）他什么都敢干；您把他推下深渊……是的，您把他推下深渊……

〔他走来走去，抱怨着，绝望着。他间或喊出苏菲的名字。随后他靠着一张扶手椅背上，双手捂住眼睛。

第十场

圣阿尔班，塞西尔，热尔梅耶

〔在他这副模样时，塞西尔和热尔梅耶走进来。

热尔梅耶（在舞台深处站住，忧伤地看着圣阿尔班，对塞西尔）他在那儿，可怜的家伙！他被压垮了，他还不知道就在此时……我多么同情他！……小姐，跟他谈谈吧。

塞西尔　圣阿尔班……

圣阿尔班（没看见他们,但听到他们走近。他不看他们,喊道)不管你们是谁,去找派你们来的野蛮人吧。请回吧。

塞西尔　哥哥,是我;是了解你痛苦的塞西尔,我来看看你。

圣阿尔班（保持同样状态）请回吧。

塞西尔　如果我让你难过,我就走。

圣阿尔班　你让我难过。(塞西尔走开;但是她哥哥用虚弱而痛苦的声音喊住她)塞西尔!

塞西尔（走近她哥哥）哥哥?

圣阿尔班（伸手抓住她,但没有改变态度,也没有看她）她是爱我的!他们把她夺走了;她躲着我。

热尔梅耶（自言自语）老天保佑!

圣阿尔班　我失去了一切……啊!

塞西尔　你还有妹妹,还有朋友。

圣阿尔班（猛然振作）热尔梅耶在哪里?

塞西尔　他在那儿。

圣阿尔班（沉默地踱了一会儿）妹妹,让我们单独待会儿。

第十一场

圣阿尔班,热尔梅耶

圣阿尔班（来回走了好几趟）是的……我就剩这个办法了……

我下决心了……热尔梅耶，没人听见咱们的话吧？

热尔梅耶　您想跟我说什么？

圣阿尔班　我爱苏菲，她也爱我；您爱塞西尔，塞西尔也爱您。

热尔梅耶　我！您妹妹！

圣阿尔班　您，我妹妹！他们对我的迫害也会落到您头上；假如您有胆量，苏菲、塞西尔、您和我，咱们去寻找幸福，远离周围这些束缚我们的人。

热尔梅耶　我听到了什么？……就差这番心腹话了么……您都敢提些什么，您都敢建议些什么呀？从我出世开始，您父亲就对我恩重如山，难道我就这样报答他？为了回报他的关怀，我一边带给他满腔痛苦，把他送进坟墓，一边诅咒他收养我的日子！

圣阿尔班　您有顾虑；咱们别再提了。

热尔梅耶　您劝我做的事，还有您自己决定做的事，全都罪不可恕……（激动地）圣阿尔班，放弃您的计划……您将失宠于您的父亲，您会咎由自取，惹得众人谴责，理法难容；您的心上人会伤心绝望……您在给自己酿造苦酒！……您让我心慌意乱啊！……

圣阿尔班　要是不能指望您拔刀相助，您也别跟我念叨了。

热尔梅耶　您昏了头。

圣阿尔班　命数已定。

热尔梅耶　您让我不知如何是好，不知如何是好……假如您父亲向我诉苦，我跟他怎么说？……跟您舅舅怎么说？……舅舅狠心！外甥更无情！……您非得把计划告诉我吗？……您不知道……我来这儿干什么呢？……我为什么见您呢？……

圣阿尔班　别了，热尔梅耶，拥抱我吧，我相信您会谨言慎行。

热尔梅耶　您跑哪儿去？

圣阿尔班　保住我唯一珍惜的财富，永远离开这儿。

第十二场

热尔梅耶，独自一人

热尔梅耶　命运跟我过不去啊！他决心带爱人一走了之，殊不知此时他舅舅正想办法让人把她关起来……我一步步变成他的心腹与同谋……我的处境真尴尬！我既不能讲话，也不能沉默，既不能有所行动，也不能按兵不动……倘若人家怀疑我替舅舅办事，那么在外甥眼里我就是叛徒，在他父亲心里我也信誉扫地……倘若我对他父亲敞开心扉……可是他们要求保密……我不能也不该说漏嘴……骑士来找我这个他讨厌的人去执行他促成的毫无道理的命令时，早就心里有数……他把财产和外甥女许给我，以为我抵御不住两个诱饵，目的是将我卷进一场阴谋，把我毁掉……他自以为大功告成，正暗自窃喜……倘若外甥抢先一步，会有其他风险：他会以为自己被耍了，会勃然大怒，大发雷霆……不过塞西尔都知情；她知道我是清白的……唉！要是全家人都在愤怒地叫喊，她的证词又有何用？……人们只会理解她；我难免还要被当成绑架的同谋……外甥冒失，舅舅恶毒，他们把我逼得进退两难！……而您，可怜的无辜女子，没人在乎您的利益，两个粗鲁的男人都决心伤害您，谁来救您呢？一个想让我毁了她，另一个对她紧追不舍；我只有片刻时间……别耽误了。先把国王封印信搞到手……然后……走一步看一步吧。

第三幕

第一场

热尔梅耶,塞西尔

热尔梅耶(恳求的语气)小姐!

塞西尔 别烦我。

热尔梅耶 小姐!

塞西尔 你竟敢要我做什么?收留我哥哥的情妇!在我家!在我的房间!在我父亲的宅子里!别烦我,我跟您说,我不想听您说话。

热尔梅耶 这是她唯一的避难所,唯一她能接受的避难所。

塞西尔 不,不,不。

热尔梅耶 我只求您容我片刻,让我看看四周,定定神。

塞西尔 不,不……一个陌生女人!

热尔梅耶 一个可怜女人,您要是见到她,就无法不同情她。

塞西尔 我父亲会怎么说?

热尔梅耶 难道我对他的敬意比不上您吗?我就不担心冒犯他?

塞西尔 那骑士呢?

热尔梅耶　这个人没有底线。

塞西尔　一旦要起诉或者诽谤，他可有一群狐朋狗党。

热尔梅耶　他会说我耍花招；或者您的哥哥以为自己遭到背叛。我会百口莫辩……可对您而言，这有什么要紧？

塞西尔　我所有的烦恼都是您造成的。

热尔梅耶　在目前的困境下，请您仔细观察您的哥哥和舅舅；别让他们俩干出蠢事。

塞西尔　我哥哥的情妇！一个陌生女人！……不，先生；我的心告诉我，这不是好事；我的心从来不骗我。不要再说了，我担心有人听见。

热尔梅耶　什么都别担心；您父亲沉浸在痛苦中；骑士和您哥哥各有打算；人都被支开了。我料到您会反对……

塞西尔　您做了什么？

热尔梅耶　我觉得这个时间很有利，就把她带来了。她在那儿。把她赶回去吧，小姐。

塞西尔　热尔梅耶，您做的什么事儿啊！

第二场

苏菲，热尔梅耶，塞西尔，克莱海小姐

〔苏菲神色恍惚地走上台。她什么也看不见，什么也听不见。她不知自己身在何处。塞西尔那边则是极度不安。

苏　菲　我不知道自己在哪里……我不知道要去哪儿……我好像走进一片黑暗……难道我一个带路人也遇不到吗？……哦老天！不要抛弃我！

热尔梅耶　（呼唤她）小姐，小姐！

苏　菲　谁在叫我？

热尔梅耶　是我，小姐，是我。

苏　菲　您是哪位？您在哪儿？不管您是谁，帮帮我……救救我……

热尔梅耶　（过去伸手拉住她）来吧……我的孩子……从这儿走。

苏　菲　（走了几步，双膝跪倒在地）我不行……我浑身无力……我撑不住了……

塞西尔　哦，天呐！（对热尔梅耶）快叫……嘿！不，别叫了。

苏　菲　（双眸紧闭，仿佛昏迷后的呓语）残忍的家伙！我怎么得罪他们了？

　　〔她环顾四周，神色惊恐。

热尔梅耶　您放心，我是圣阿尔班的朋友，这位小姐是他的妹妹。

苏　菲　（沉默片刻之后）小姐，怎么跟您说呢？看看我受的苦，我无力承受了……我就跪在您脚下；要么我死在这里，要么我欠您的大恩……我是个不幸的女子，在寻找庇护……我要躲开您舅舅和您哥哥……我并不认识您舅舅，也没得罪过他；您哥哥……啊！我没料到他会伤我的心！……要是您不管我，我会怎么样？……他们会对我下手的……帮帮我，救救我……救我逃脱魔爪，救我摆脱情伤。他们不知道，一个担心受辱、沦落到憎恨生活的女人什么都敢干……我的不幸并非咎由自取，我没什么可自责的……我做工，我有面包吃，我生活得很平静……痛苦的日子来临了：是您的家人带给我的；我将终生以泪洗面，就因为他们认识了我。

塞西尔 我真替她难过！……哦！那些折磨她的人太坏了！

　　〔这时塞西尔心中的慌乱转为同情。她趴在苏菲身边的靠椅背上，苏菲继续往下说：

苏　菲 我有个爱我的母亲……我怎样才能与她重逢？……小姐，倘若您母亲还在世，我便以您母亲的名义祈求您，为了这个姑娘的母亲收留她吧……我离开母亲时，她说"天使们啊，保佑这个孩子，指引她吧"。如果您的心拒绝怜悯，那就是上天根本没听见她的祈祷；而她会因此痛苦死的……向遭受欺凌的人伸出援手吧，她会一辈子对您感恩戴德……我什么也做不了，但是上帝无所不能，在他面前，可怜的造物们还有救……小姐！

塞西尔 （靠近她，伸出手）站起来……

热尔梅耶 （对塞西尔）您眼泪汪汪；她的苦难感动了您。

塞西尔 （对热尔梅耶）您都干了什么？

苏　菲　感谢上帝，不是每个人都铁石心肠。

塞西尔　我了解自己的心，我本来不想见到您，也不想听您说话……可爱又可怜的孩子，您叫什么名字？

苏　菲　苏菲。

塞西尔　（拥抱她）苏菲，来吧。（热尔梅耶扑过去抱住塞西尔的双膝，抓住她的一只手吻着，一言不发）您还要我做什么？您的要求我不是都照办了吗？

　　　　〔塞西尔带着苏菲走向客厅深处，把苏菲交给贴身女仆。

热尔梅耶　（站起来）冒失鬼……我刚才想对她说什么？……

克莱海小姐　我明白，小姐；您靠在我身上。

第三场
热尔梅耶，塞西尔

塞西尔　（沉默片刻，伤感地）拜您所赐，我的把柄被下人抓到了。

热尔梅耶　我只求您暂且收容她。倘若不带来任何麻烦，行善又有什么意义呢？

塞西尔　男人多么危险！为了自己的幸福，不能离他们太近……男人，离我远点……您要走了，是吗？

热尔梅耶　听您的吩咐。

塞西尔　很好。让我落得进退两难，剩下就是丢下我不管了。走吧，先生，走吧。

热尔梅耶　我真不幸！

塞西尔　您在抱怨，是吗？

热尔梅耶　我不会做任何惹您不快的事。

塞西尔　您让我烦躁……想想我陷入的麻烦，后面会怎样，该如何防范，我一点也不知道。我怎么敢在父亲面前抬起眼睛？倘若他发觉我的尴尬，询问起来，我是不会撒谎的。您可知道，只要一句话不周全，骑士这样的人就会醒悟过来？……而我哥哥！……我能预见他百般痛苦的场景。如果再也找不到苏菲，他会怎样呢？……先生，如果您不想彻底暴露，就一刻也别离开我……可是有人来了：走吧……留下……不，您回去吧……天呐！我真是进退两难啊！

第四场

塞西尔，骑士

骑　士　（以他特有的方式）塞西尔，你自己在这儿？

塞西尔 （嗓音喑哑）是的，亲爱的舅舅，我喜欢一个人。

骑　士　我以为你和那位朋友在一起。

塞西尔　哪位朋友？

骑　士　呃！热尔梅耶。

塞西尔　他刚出去。

骑　士　他对你说了什么？你对他说了什么？

塞西尔　说些不高兴的事，这是他的习惯。

骑　士　我不理解你们；你们就不能和谐相处一会儿；真让我恼火。他聪明，有才华，见多识广，品德高尚，这些我都很看重；他一文不名，但是出身高贵。我尊重他；我建议他考虑考虑你。

塞西尔　所谓考虑我是指什么？

骑　士　这还不明白；显然你没打算当一辈子姑娘吧？

塞西尔　请原谅，先生，我正有此意。

骑　士　塞西尔，你要我打开天窗说亮话吗？我完全不在乎你哥哥了。这个人心肠硬，脾气犟；刚才他还用卑鄙的方式冒犯了我，我一辈子都不会原谅他……现在他可以随便追求那个让他神魂颠倒的女人，我不操心了……我算是做够好人了……我现在只关心你，亲爱的外甥女……要是你想得到一点幸福，想让你父亲和我开心一点……

塞西尔　您应当猜得出来。

骑　士　你就不问我该做些什么。

塞西尔　您不会不告诉我的。

骑　士　说得对。那好！你一定要接近热尔梅耶。你知道你父亲对这桩婚事会很反感，他不会同意的。不过我会跟他谈，我会扫清障碍。你要是愿意的话，我来想办法。

塞西尔　您劝我考虑一个我父亲不会选择的人？

骑　士　他没有钱。问题都出在这儿。不过我对你说过，我不在乎你哥哥了；我保证把所有财产都给你。塞西尔，这值得好好考虑。

塞西尔　我，让我剥夺哥哥的财产！

骑　士　什么叫剥夺？我不欠你们的。我的财产属于我；它对我很重要，要按我的意思分配。

塞西尔　舅舅，亲戚们对自己的财产掌控到什么程度，他们能不能把财产公平地转到自己乐意的地方，这些我都不考虑。我知道自己不会问心无愧地接受您的财产；对我来说这就够了。

骑　士　你以为圣阿尔班对妹妹也会这样？

塞西尔　我了解我哥哥；如果他在这儿，我们俩只会异口同声地说。

骑　士　说什么？

塞西尔　骑士先生，别逼我；我不会撒谎。

骑　士　那最好。说呀。我喜欢听真话。你要说什么？

塞西尔　我要说，我父亲瞒着您资助了一些生活困窘的外省亲戚，您侵吞了他们亟需的属于他们的一笔财产，这样做真是绝无仅有，丧尽天良，这笔钱于情于法都该归还人家，我哥哥和我都不想要。

骑　士　那好！你们谁也得不到。我把你们都甩了。这个家里事事违背常理，孩子们粗鲁无比，家长愚蠢低能，我要离开这儿。我要享受生活，再不替一些没良心的东西操心了。

塞西尔　亲爱的舅舅，您请便。

骑　士　小姐，你的态度实在过分；我劝你讲话注意点。我知道你心里在想什么；你无动于衷的样子骗不了我，你的小秘密隐藏得也不像你以为的那样好。不过只需……我就明白了。

第五场

塞西尔，骑士，一家之主，圣阿尔班

［一家之主第一个进来。他的儿子跟在后面。

圣阿尔班　（自始至终激动、难过、狂乱）她们不在了……不知道她们怎样了……她们失踪了。

骑　士　（旁白）好！我的命令执行了。

圣阿尔班　父亲，听听一个绝望儿子的祈求吧。把苏菲还给他。他活着不能没有她。您为周围的一切创造幸福；难道单单让您的儿子痛苦？……她不在那儿了……她们失踪了……我该怎么办？……我的人生会怎样？

骑　　士　（旁白）他下手挺快。

圣阿尔班　我的父亲！

一家之主　她们失踪跟我没有任何关系。我告诉你了。相信我。

〔说完，一家之主缓慢地踱着步，低下头，神色忧愁。

圣阿尔班　（转身向舞台深处呼喊）苏菲，您在哪儿？您怎么样了？……啊！……

塞西尔　（旁白）我就料到会这样。

骑　　士　（旁白）咱们把这事儿了结了吧。好了。（用同情的语气对外甥）圣阿尔班。

圣阿尔班　先生，别管我。我真后悔当初听了您的话……我要是跟着她……我就会打动她……而我失去她了！

骑　　士　圣阿尔班。

圣阿尔班　别管我。

骑　　士　我造成了你的痛苦，我很懊恼。

圣阿尔班　我真不幸啊！

骑　　士　热尔梅耶都告诉我了。不过也是，谁能料到，这么一个普通姑娘，您会迷成这副模样。

圣阿尔班　（惊恐地）您说热尔梅耶什么？

骑　　士　我说……没什么……

圣阿尔班　短短一天，难道我要失去一切？厄运追着我不放，难道还要夺走我的朋友？……骑士先生，把话说完。

骑　　士　热尔梅耶和我……我不敢向你承认……你永远不会原谅我们……

一家之主　你们做了什么？怎么可能？……舅兄，您解释清楚。

骑　　士　塞西尔……热尔梅耶都告诉你了吧？……你替我说吧。

圣阿尔班（对骑士）您想要我的命吗？

一家之主（神色严厉）塞西尔，你神色不安。

圣阿尔班　我妹妹！

一家之主（仍神色严厉地看着女儿）塞西尔……不会，这个计划太卑鄙……我女儿和热尔梅耶做不出这种事。

圣阿尔班　我惊惶不安……浑身颤栗……哦，天呐！我受到了什么威胁！

一家之主（神色严厉）骑士先生，您解释清楚，我告诉您；别再折磨我，不要在我身边所有人身上散播怀疑。

　　　〔一家之主走来走去；他愤怒了。虚伪的骑士故作羞愧，闭口不言。塞西尔神色愕然。圣阿尔班盯着骑士，惶恐地等待他解释。

一家之主（对骑士）这种残忍的沉默，您一定要保持很久吗？

骑　士　（对外甥女）既然你不开口，我只好说话了……（对圣阿尔班）你的情妇……

圣阿尔班　苏菲……

骑　士　被关起来了。

圣阿尔班　老天爷！

骑　士　我搞到了国王封印信，其他事都是热尔梅耶经手的。

一家之主　热尔梅耶！

圣阿尔班　他！

塞西尔　哥哥，他跟此事无关。

圣阿尔班　（仰面倒在一张靠椅上，浑身充满绝望）苏菲……竟是热尔梅耶！

一家之主　（对骑士）您把这个可怜姑娘怎么了，她已经很可怜了，您还要她失去名誉和自由？您有什么权力这样待她？

骑　士　我们是正经人家。

圣阿尔班　我看到她了……我看到她的泪水。我听到她的呼喊，而我还在苟活……（对骑士说）狼心狗肺的家伙，把您卑鄙的同伙叫来。两个人都过来；行行好，杀了我吧……苏菲！……我的父亲，帮帮我。把我从绝境中救出来。

〔他扑到父亲怀里。

一家之主　平静点，可怜的孩子。

圣阿尔班　（在父亲的怀抱中，语气抱怨而痛苦）热尔梅耶！……他！……他！……

骑　士　他只不过做了该做的事，换作别人也会如此。

圣阿尔班（一直在父亲怀中，语气不变）他还自称是朋友！阴险的家伙！

一家之主　往后还能信任谁呢？

骑　士　他本来不愿意；但是我许诺把财产和外甥女都给他。

塞西尔　父亲，热尔梅耶既不卑鄙也不阴险。

一家之主　那他是什么样的人？

圣阿尔班　听听吧，认清他吧……啊！叛徒！……您对我大发雷霆，无情的舅舅把我激怒，苏菲又弃我于不顾……

一家之主　怎么样呢？

圣阿尔班　我灰心绝望，跑到天涯海角也要抓住他，打败他……不，人绝不能如此屈辱地被耍弄……他来找我……我对他敞开心扉……我把他当成好友，跟他说知心话……他责备我……他劝说我……他阻止我，到头来却是为了背叛我，揭发我，毁掉我！……我要让他拿命来还。

第六场

一家之主，骑士，塞西尔，圣阿尔班，热尔梅耶

塞西尔（第一个瞧见热尔梅耶，向他跑过去，喊道）热尔梅耶，您去哪儿？

圣阿尔班 （朝他走去，怒气冲冲地对他喊道）叛徒，她在哪儿？把她还给我，想法保住您的小命吧。

一家之主 （跑在圣阿尔班身后）我的儿子！

塞西尔 我的哥哥……住手……我要死了……

〔她倒在一张靠椅上。

骑　士 （对一家之主）她很上心哪！您怎么看？

一家之主 热尔梅耶，您回去。

热尔梅耶 先生，请准许我留下。

圣阿尔班 您对苏菲做了什么？我哪里对不住您，竟要背叛我？

一家之主 （仍然对热尔梅耶）您做了一件很卑鄙的事。

圣阿尔班 倘若您爱我妹妹，想娶她，这岂非再好不过的事？……我早就跟您提过……可是您宁愿通过背叛来得到她……卑鄙小人，您错了……您不了解塞西尔，也不了解我父亲，更不了解这位拖您下水的骑士，他正在享受您的窘态……您一句话也不答……您在沉默。

热尔梅耶 （冷淡而坚定）我听着呢，我看到一个人用一生时间赢来的尊重瞬间就被剥夺殆尽。还有什么，我等着。

一家之主 背信弃义之外，不要再虚情假意了。您回去吧。

热尔梅耶 我没有虚情假意，也没有背信弃义。

圣阿尔班 真是不见棺材不落泪！

骑　士 我的朋友，不用再隐瞒了。我都承认了。

热尔梅耶 先生，我明白了，我谢谢您。

骑　士 你什么意思？我答应把财产和外甥女给您。这是咱们的约定，它还有效。

圣阿尔班（对骑士）至少，多亏您的恶毒言行，她只能嫁给我了。

热尔梅耶（对骑士）我没那么爱财，竟愿意以名誉为代价；您外甥女也不该是背信弃义的酬劳……这是您的国王封印信。

骑　士（拿回信）我的封印信！瞧瞧，瞧瞧。

热尔梅耶 要是我用了它，这封信就该在别人手里了。

圣阿尔班 我听见了什么？苏菲自由了！

热尔梅耶 圣阿尔班，学会不要轻信表象，还一位正人君子公道吧。骑士先生，向您致敬。

　　〔他走了出去。

一家之主（后悔地）我结论下得太早。我冒犯了他。

骑　士（目瞪口呆，看着那封国王封印信）怎么着……他把我耍了。

一家之主 您是自取其辱。

骑　士 很好，您就鼓励他们冒犯我吧；他们还不够格呢。

圣阿尔班 无论她在哪里，她的女仆都该回来了……我要过去。我会见到她的女仆；我会认错；我会抱住她的双膝；我会哭泣；我会感动她；我要揭开秘密。

〔他出去。

塞西尔（跟着他）哥哥

圣阿尔班（对塞西尔）别管我。咱俩关心的事情不一样。

〔他出去。

第七场

一家之主，骑士

骑　士　您听见了吗？

一家之主　是的，舅兄。

骑　士　您知道他去哪儿吗？

一家之主　我知道。

骑　士　您还不拦住他？

一家之主　不。

骑　士　要是他把那个姑娘找回来呢？

一家之主　我对她很信任。她是个孩子，家世清白的孩子；在这种情况下，她会比您和我做得都好。

骑　士　异想天开！

一家之主　我儿子这个年纪，讲道理不起作用。

骑　士　这么说，他只能堕落了？气死我了。您还是一家之主吗？您？

一家之主　您能不能告诉我应该怎么做？

骑　　士　应该怎么做？要当家作主，首先得表现得像个男人，然后才是父亲，如果他们还配有父亲的话。

一家之主　那么请问我应该对付谁呢？

骑　　士　对付谁？问得好！对付所有人。您要对付那个热尔梅耶，他帮您儿子干荒唐事，想办法把那个女人搞到家里，就是为了给自己开方便之门，我要把他从我家赶走。您要对付那个丫头，她一天比一天更蛮横，她对我无礼，很快也要冒犯您，我要把她关进修道院去。您要对付一个没羞没臊的儿子，他会让我们成为笑料，丢尽脸，我要让他吃尽苦头，要不了多久他就会对我俯首帖耳。至于那个诱惑他到她家的老太婆，还有那个让他鬼迷心窍的姑娘，我早就该把她们都除掉。我本该从这里下手的；我要是您，脸都臊红了，还让别人先想点子……不过，绝不能手软；咱们就是意志不坚。

一家之主　我明白了。一个人刚离开摇篮就被我抱养，当作儿子养育。从懂事以来，他就专心替我赚钱，在我身边度过最美好的年华。假如我抛弃他，他就没有任何经济来源，我的友情若是对他没用了，就一定带给他不幸。而您的意思是，借口这个人反对我儿子的计划，给我儿子出了坏点子，借口他帮助了一位也许素未谋面的女子；或者甚至因为他不想被人当作工具恶意利用，我就要把他赶出家门。

我要把我女儿关进修道院,我要恶意揣测她的言行或性格,我要亲自损坏她的清誉;这是因为她有时可能对骑士先生施加了报复,因为伤心愤怒时她会发火,脱口而出一句过分的话。

我要让儿子认为我卑鄙,我要熄灭他内心对我的情感,我要点燃他暴躁的个性,让他在入世之初闹出几件身败名裂之事;这是因为他遇到了一位既迷人又贤淑的可怜女子,因为他心地纯良,但年轻冲动,用情至深,给我带来烦恼。

您不为自己的建议感到害臊吗?您本该和我一起保护孩子们,可您却对他们横加指责;您对他们百般挑刺,夸大他们的缺点,若是挑不出毛病就一肚子火。

骑　士　我很少这么恼火。

一家之主　那些女人呢,您不是搞到一份国王封印信来对付她们?

骑　士　您现在连她们都维护起来了。行了,行了。

一家之主　我错了;有些事情别想让您有所领悟,我的舅兄。不过这件事与我密切相关,请您不要插手。

骑　士　是我错了,您是常有理。

一家之主　不,骑士先生,您不会把我变成不讲理的狠心父亲,也不会把我变成忘恩负义的坏人。我不会因为粗暴对我有利就去施暴;我不会因为突如其来的阻碍而放弃希望；我也不会因为家里发生了让我俩不快之事，就把家弄得冷冷清清。

骑　士　这下就清楚了。得嘞！留着您的宝贝闺女；好好疼您的宝贝儿子；放过那些勾引他的女人；这样做太明智了，谁都没法反对。不过说到您的热尔梅耶，我可提醒您，我跟他再也不能住在同一个屋檐下……没有商量余地；今天他必须离开，否则我明天就走。

一家之主　骑士先生，您自己做主。

骑　士　我就料到了。您巴不得我走，对不对？可我偏要留下来；对，我要留下来，就是为了让您瞧瞧自己有多蠢，让您羞愧。我倒想看看一切会怎么发展。

第四幕

第一场

圣阿尔班,独自一人

圣阿尔班 (怒气冲冲)一切都明白了;叛徒被揭露了。该死的家伙!该死的家伙!是他把苏菲带走了;一定要让他栽在我手上……(叫道)菲利浦!

第二场

圣阿尔班,菲利浦

菲利浦 先生?
圣阿尔班 (交给他一封信)把这个送去。
菲利浦 给谁,先生?
圣阿尔班 给热尔梅耶……我要把他揪出来;我要把剑刺进他胸口;我要让他认罪,招供他为何躲藏,然后我要怀着找到她的希望,走遍天涯海角……(他瞥见菲利浦,他还待在那儿）你还没走，回来了？

菲利浦 先生……

圣阿尔班 怎么了？

菲利浦 这封信的内容，没有什么会惹您父亲生气吧？

圣阿尔班 快去。

第三场

圣阿尔班，塞西尔

圣阿尔班 我对他事事关照！……为了保护他，我无数次跟骑士对着干！……为了他……（瞧见了他妹妹）倒霉丫头，你爱上了个什么男人！……

塞西尔 您说什么？您怎么了？我的哥哥，您吓着我了。

圣阿尔班 那个阴险的家伙！那个叛徒！……她相信他要带她上这儿来……他盗用了你的名字……

塞西尔 热尔梅耶是清白的。

圣阿尔班 他肯定看到了她们的泪水；听到了她们的呼喊；把她俩硬生生分开！野蛮的家伙！

塞西尔 他根本不野蛮；他是您的朋友。

圣阿尔班 我的朋友！我本来以为……曾经只愿与他同甘共苦……前往，他和我，你和苏菲……

塞西尔 我听见了什么？……您竟然向他提议？……他，你，我，你妹妹？……

圣阿尔班 他对我费尽唇舌！他想方设法阻止我！多么虚情假意！……

塞西尔 他是个君子；是的，圣阿尔班，你的指责使我恍然大悟。

圣阿尔班 你竟敢说什么？……颤抖吧，颤抖吧……你捍卫他等于给我火上浇油……你走开吧。

塞西尔 不，哥哥，你要听我说；你会看到塞西尔跪在你膝前……热尔梅耶……还他公道吧……难道你不认识他了？难道一会儿的工夫他就变了？……你竟然谴责他！你！……不讲道理的人！

圣阿尔班 倘若你还余情未了，那真是不幸！……我哭了……你马上也会哭的。

塞西尔（惊恐，声音颤抖）你打算干吗？

圣阿尔班 出于对你自己的同情，不要问我了。

塞西尔 你恨我。

圣阿尔班 我同情你。

塞西尔 你在等父亲。

圣阿尔班 你躲着他；我躲着整个世界。

塞西尔 我懂了，您想杀掉热尔梅耶……你想杀掉我……那好吧！杀掉我们吧……告诉父亲……

圣阿尔班　我跟他没话可讲了……他什么都知道。

塞西尔　哦，天呐！

第四场

圣阿尔班，塞西尔，一家之主

〔看到父亲走近，圣阿尔班先是表现出烦躁，然后站着不动。

一家之主　你躲着我，我却无法放弃你！……我不再有儿子了，而你永远有父亲！……圣阿尔班，你为何躲着我？……我来的目的不是增加你的烦恼，也不是展示我的威严，再次使你不屑……我的儿子，我的朋友，你不希望我伤心死吧……我们都很孤独。这是你父亲，那是你妹妹；她在哭泣，而我的泪水期待加入你的泪水……你若愿意，这该是多么美好的时刻！

你失去了心上人，因为亲密朋友的背信弃义，你才会失去她。

圣阿尔班　（双眼愤怒地望着天）啊！

一家之主　战胜你也战胜他；克服使你失控的情绪；让人看看你配当我儿子……圣阿尔班，把我的儿子还给我。（圣阿尔班走开；他想对父亲的情感有所回应，却做不到。他的父亲误解了他的动作,跟在他后面)上帝!他就这样对待父亲!他回避我……没良心的孩子,无情的孩子!啊!你去哪儿我不会跟着?……你去哪儿我跟到哪儿;到哪儿我都会向你讨要我的儿子……(圣阿尔班还在往远处走,他父亲跟着他,大声喊道)还我的儿子……还我的儿子。(圣阿尔班背靠着墙,举起双手,双臂抱住头;他父亲继续说道)他一声不吭;我的声音再也进入不了他的心:荒唐的激情把他的心封闭了,把一切都毁了。他变得愚蠢而残忍。(他仰倒在一张靠椅上)哦不幸的父亲!上天在打击我。这是我的软肋,它以此惩罚了我……这会让我死掉的……狠心的孩子们!这是我的愿望……也是你们的愿望……

塞西尔 (抽泣着靠近她父亲)啊!……啊!……

一家之主 你放宽心……我的悲伤不会让你们看太久……我会避世隐居……既然我活着是你们的负担,我会去一个没人知道的地方等死。

塞西尔 (痛苦地抓住父亲的双手)您要是离开自己的孩子,他们会变成什么样子?

一家之主 (沉默片刻)塞西尔,我曾经对你有所安排……热尔梅耶……看着你们俩,我原本觉得,他就是那个让我女儿幸福的人……她会重振我故友的家业。

塞西尔 (感到意外)我听见了什么!

圣阿尔班 （愤怒地转过身）他原本要娶我妹妹！我差点叫他兄弟！他！

一家之主 一时间的巨变把我压垮了……这件事以后不必再想。

第五场

圣阿尔班，塞西尔，一家之主，热尔梅耶

圣阿尔班 他来了，他来了；出去，你们都出去。

塞西尔 （跑到热尔梅耶面前）热尔梅耶，站住；别过来。站住。

一家之主 （抱住儿子的腰，把他拖出大厅）圣阿尔班……我的儿子……

　　〔然而热尔梅耶迈着坚定而平稳的步伐往前走，在出去之前圣阿尔班转头向热尔梅耶示意。

塞西尔 我太不幸了！

　　〔一家之主回来，在客厅深处遇到了骑士。

第六场

塞西尔，热尔梅耶，一家之主，骑士

一家之主 我的舅兄，我过一会儿再跟您谈。

骑　士　就是说，这件事您不需要我。来人。

第七场

塞西尔，热尔梅耶，一家之主

一家之主（对热尔梅耶）我的家四分五裂，混乱不堪，你是罪魁祸首……热尔梅耶，我很生气。我不想为我替你所做的一切责怪您；或许您希望如此吧；但是，不往远里说，今天我对你表达出那样的信任，我原本期待从你那里得到其他回应……我儿子筹划私奔，他告诉了你，你却瞒着我。骑士想出另一个卑鄙计划，他告诉了你，你又瞒着我。

热尔梅耶　他们要求我保守秘密。

一家之主　你应该答应了？……而这姑娘失踪了；证实是你把人带走的……她怎么样了？……你的沉默预示着什么？……我不催你回答。你的行为有些地方令人费解，我无法看破。无论如何，我关心这个姑娘，希望把她找回来。

塞西尔，我本来希望从你那里获得慰藉，我也不再指望了。我预感到自己将会晚景凄凉；我免除你陪我熬日子的痛苦。我相信自己没有忽略任何与你的幸福相关的东西，我快乐地祝愿自己的孩子们幸福。

第八场

塞西尔，热尔梅耶

〔塞西尔扑到一张靠椅上，忧伤地垂下头，靠在双手上。

热尔梅耶 我明白您担心什么；您怪我吧。

塞西尔 我感到绝望……我哥哥想要您的命。

热尔梅耶 他的挑战没有意义：他以为自己受到了伤害，但我是清白的，内心平静。

塞西尔 我为什么相信了您？我为什么不听从自己的预感！……您听到我父亲的话了。

热尔梅耶 您父亲为人公平，我一点也不担心。

塞西尔 原本他爱您，尊重您。

热尔梅耶 倘若他有过这种情感，将来他还会这样想。

塞西尔 您本该让他女儿幸福……塞西尔本该重振他故友的家业。

热尔梅耶 天呐！这可能吗？

塞西尔 （自言自语）我不敢向他敞开心扉……哥哥的怒气已然使他痛心，我怕加重他的痛苦……我可否认为，尽管骑士反对、敌视……啊！热尔梅耶！他还是把我许配给了您。

热尔梅耶　而且您爱我！……啊！……可我做了该做的事……无论后续如何，我都不后悔自己的立场……小姐，您一定要知道所有事。

塞西尔　还发生了什么？

热尔梅耶　这个女人……

塞西尔　谁？

热尔梅耶　苏菲的女仆。

塞西尔　怎样呢？

热尔梅耶　正坐在家门口；她身边围满了人；她要求进来，有话要说。

塞西尔（急忙起身往外跑）啊上帝！……我赶快去……

热尔梅耶　去哪儿？

塞西尔　跪在我父亲脚下。

热尔梅耶　站住，想想……

塞西尔　不，先生。

热尔梅耶　听我说。

塞西尔　我不听。

热尔梅耶　塞西尔……小姐……

塞西尔　您要我做什么？

热尔梅耶　我已经采取了措施，派人拦住这个女人，她进不来的；人家带她进来的时候，如果没带她去见骑士，她会跟其他人抖出多少隐情啊？

塞西尔　不，先生，我不想继续冒险了。我父亲会知道一切的；我父亲人很好，他会明白我是清白的；他会了解您的动机，我会得到宽恕，您也一样。

热尔梅耶　那您答应庇护的那个可怜姑娘呢？……您已经收留了她，不征询她的意见就轻举妄动吗？

塞西尔　我父亲人很好。

热尔梅耶　您哥哥来了。

第九场

塞西尔，热尔梅耶，圣阿尔班

〔圣阿尔班慢慢走进来；他神色阴郁冷漠，低着头，双臂合抱，帽子压在眼睛上。

塞西尔　（冲到热尔梅耶和他之间，喊道）圣阿尔班！……热尔梅耶！

圣阿尔班　（对热尔梅耶）我以为您一个人。

塞西尔　热尔梅耶，这是您的朋友；这是我哥哥。

热尔梅耶　小姐，我不会忘的。

〔他坐在一张靠椅上。

圣阿尔班　（投入另一张靠椅）出去，或者在这里，我不会再放您走。

塞西尔 （对圣阿尔班）鬼迷心窍的家伙！……没良心的家伙！……你想干什么？……你不知道……

圣阿尔班 我知道得太多了！

塞西尔 你受骗了。

圣阿尔班 （站起来）别管我。别管我们……（手放在佩剑上冲着热尔梅耶说）热尔梅耶……

〔热尔梅耶猛然起身。

塞西尔 （转身面向她哥哥，对他喊道）哦上帝！……住手……告诉你……苏菲……

圣阿尔班 怎么！苏菲？

塞西尔 我怎么对他说？

圣阿尔班 他对苏菲干了什么？说，说。

塞西尔 他干了什么？他帮她躲开你的盛怒……帮她躲开骑士的追捕……他把她带到这里……我必须收留她……她在这儿，不管我愿不愿意，她都在这儿……（哽咽，哭泣）去吧，现在；快去用剑刺穿他的胸膛吧。

圣阿尔班 哦天呐！我能相信吗！苏菲在这儿！……是他？……是你？……啊，我的妹妹！啊，我的朋友！……我是个混蛋。我真是疯了。

热尔梅耶 您在热恋。

圣阿尔班 塞西尔，热尔梅耶，你们对我恩重如山……你们原谅我吗？对，你们是公正的；你们也在相爱；你们会将心比心，你们会原谅我的……可是她知道了我的计划；她哭泣，她绝望，她藐视我，她恨我……塞西尔，你想复仇吗？你想让我搬起石头砸自己的脚吗？好人做到底吧……让我见见她……让我见她一下……

塞西尔 你竟敢要求我什么？

圣阿尔班 我的妹妹，我必须见到她；必须。

塞西尔 你这样想？

热尔梅耶 只有这样他才会恢复理智。

圣阿尔班 塞西尔！

塞西尔 可我父亲呢？还有骑士呢？

圣阿尔班 那有什么要紧？……我必须见到她，我要跑去见她。

热尔梅耶 站住。

圣阿尔班 热尔梅耶！

热尔梅耶 小姐，一定要叫人来。

塞西尔 哦，残酷的生活！

〔热尔梅耶出去叫人，带着克莱海小姐一同回来。塞西尔走向舞台深处。

圣阿尔班（经过时抓住她的手，深情地吻了吻，接着他转向热尔梅耶，拥抱他的同时对他说）我要见她！

塞西尔（对克莱海小姐低声交待几句，随后提高声音，语调伤感）把她带来。当心点。

热尔梅耶　盯住骑士。

圣阿尔班　我又要见到苏菲了!（他走上前,听着苏菲应该过来的方向）我听见了她的脚步声……她走近了……我在发抖……我浑身战栗……我的心好像要跳出胸膛,我害怕走到她面前。我不敢抬起双眼……我永远开不了口。

第十场

　　塞西尔,热尔梅耶,圣阿尔班,苏菲,克莱海小姐

　　［在大厅入口,门厅里。

苏　菲　（瞧见圣阿尔班,惊惶失措地跑到塞西尔怀里,喊道）小姐!

圣阿尔班　（跟着她）苏菲!

　　［塞西尔拥抱苏菲,温柔地抱紧她。

热尔梅耶　（叫人）克莱海小姐?

克莱海小姐　（在里面应道）我在。

塞西尔　（对苏菲）什么也别怕。您放心。坐下吧。

　　［苏菲坐下。塞西尔和热尔梅耶退到舞台深处,观看苏菲和圣阿尔班之间发生的事情。热尔梅耶神色严肃,面带沉思。有时他忧郁地看看塞西尔,塞西尔则显得伤感,不时流露出担忧。

圣阿尔班（对双目低垂、神态严肃的苏菲）是您；是您，我又找到了您……苏菲……哦天呐！太严肃了！一声不吭！苏菲，别抗拒，看我一眼……我吃了多少苦！……跟这个可怜人说一句话吧。

苏　菲（并不看他）您配吗？

圣阿尔班　您去问问他们。

苏　菲　他们能告诉我什么？我知道得还不够吗？我在哪儿？我在这里做什么？谁把我带到了这里？谁收留了我？……先生，您打算怎么处置我？

圣阿尔班　我要爱您，拥有您，不管整个世界怎么看，不管您是否愿意。

苏　菲　您充分展示了人们对穷人的轻蔑态度。人们不把他们当回事，自认为可以为所欲为。可是，先生，我也是有父母的。

圣阿尔班　我要认识他们；我会去拜访；我会抱住他们的膝盖；我会求他们把您许配给我。

苏　菲　别指望了。他们人穷志不短……先生，把我还给我父母；让我做回我自己；送我回去。

圣阿尔班　您不如要我的命；它是您的。

苏　菲　哦上帝！我会怎样呢？（用悲痛而祈求的语气对塞西尔和热尔梅耶）先生……小姐……（她又转向圣阿尔班）先生，送我回去……送我回去……狠心人，难道非要我跪在您脚下？我这就跪下。

　　〔她跪到圣阿尔班脚下。

圣阿尔班（跪在她脚下）您，跪在我脚下！应该是我跪下，死在您脚下。

苏　菲（站起身）您真是铁石心肠……是的，铁石心肠……卑鄙的绑架者，我哪里得罪您了？您对我有什么权力？……我要走……谁敢拦我？您爱我？……您爱过我？……您？

圣阿尔班　让他们告诉您。

苏　菲　您决心毁了我……是的，您下了决心，您会做到的……啊！塞尔吉！

　　〔她痛苦地说出这些话，倒在一张靠椅上；她的脸转向别处，不再看圣阿尔班，开始哭泣。

圣阿尔班　你的双眸不再看我……您在哭泣。啊！我真该死……我是个混蛋！我想干什么？我说了什么？我竟然做了什么？我做了什么？

苏　菲（自言自语）可怜的苏菲，老天给你安排的什么命啊！……苦难使我离开母亲的怀抱……我跟一个哥哥来到这里……我们来寻找同情，却只遭遇了鄙视与无情……因为我们穷，人家不认我们，把我们推开……哥哥丢下了我……我孤独一人……一位好心女士看我年轻，可怜我被遗弃……然而命运之星想让我痛苦，领来这个男人追求我，让他与我一起毁灭……我哭也没用……他们想毁掉我，他们会毁掉我……如果不是他，就是他舅舅……（她站起身）唉！那个舅舅想把我怎样？……他为何对我苦苦相逼？……他外甥难道是我叫来的？……他在这儿；让他说，让他自己认罪……骗人的家伙，破坏我安宁的敌人，说吧。

圣阿尔班 我的心是清白的。苏菲，可怜我吧……原谅我。

苏 菲 谁会不相信他呢？……他看上去那么亲切善良！……我原来觉得他很温柔……

圣阿尔班 苏菲，原谅我。

苏 菲 让我原谅您！

圣阿尔班 苏菲！

〔他想握住她的手。

苏 菲 您回去吧；我不爱您了，也不敬重您了。不了。

圣阿尔班 哦上帝！我会怎么样啊！……我的妹妹，热尔梅耶，说话呀；为我说话呀……苏菲，原谅我。

苏 菲 不。

〔塞西尔和热尔梅耶走上前来。

塞西尔 我的孩子。

热尔梅耶 这个男人对您一往情深。

苏 菲 那好！让他证明给我看。让他当着他舅舅的面保护我；让他把我送还给父母；让他送我回家，我就原谅他。

第十一场

热尔梅耶,塞西尔,圣阿尔班,苏菲,克莱海小姐

克莱海小姐(对塞西尔)小姐,有人来了,有人来了。
热尔梅耶 大家都出去。

〔塞西尔又把苏菲交到克莱海小姐手中。他们从各个方向走出客厅。

第十二场

骑士,艾贝尔夫人,德尚

〔骑士突然进来。艾贝尔夫人和德尚跟在他身后。

艾贝尔夫人(指着德尚)是的,先生,就是他;陪那个坏蛋把她绑走的就是他。我一下子把他认出来了。
骑　士 无赖!我怎么没派人叫警察来,好让你明白协从犯罪会得到什么下场?
德　尚 先生,您别害我;您答应过我。
骑　士 那好!这么说她在这里喽!
德　尚 是的,先生。
骑　士(旁白)她在这里,哦,骑士,您却没猜到!(对德尚)

而且在我外甥女的房间？

德　尚　是的，先生。

骑　士　跟着那辆马车的无赖是你？

德　尚　是的，先生。

骑　士　那另一个呢，车里面那个，是热尔梅耶？

德　尚　是的，先生。

骑　士　热尔梅耶？

艾贝尔夫人　他已经告诉您了。

骑　士　（旁白）哦！这下我可逮着他们了。

艾贝尔夫人　先生，他们把她带走的时候，她向我伸出双臂，对我说：永别了，好夫人，我再也见不到您了；为我祈祷吧。先生，让我见她，让我跟她说话，让我安慰她吧！

骑　士　竟然如此……重大发现啊！

艾贝尔夫人　他母亲和哥哥把她托付给了我。他们向我要人的时候，我可怎么回答呀？先生，让人把她还给我，否则就把我和她关在一起。

骑　士　（自言自语）等会儿会这么办的，我希望。（对艾贝尔夫人）不过这会儿，走吧，快走；千万别再出现了；要是人家瞧见您，我可不负任何责任。

艾贝尔夫人　可他们会把她还给我的，这话算数吗？

骑　士　是的，是的，算数，走吧。

德　尚　（看着她走出去）该死的老太婆，还有放她进来的门房！

骑　士　（对德尚）嘿你，无赖……去……把这女人带回她家去……想好了，要是人家发现她跟我说过话……或者要是她又出现在这里，我就要你的命。

第十三场

骑士，独自一人

骑　士　我外甥的情妇在我外甥女的房间里！……始料未及！我就猜到男仆们会掺和一脚。他们来来去去，挤眉弄眼，窃窃私语；一会儿跟着我，一会儿躲着我……那儿有个女仆跟我跟得比影子还紧……所有这些举动让我莫名其妙，原来根源在此……骑士，你要学会了，不要忽略任何蛛丝马迹。他们闹出动静的地方，肯定有事情可挖……他们不放这个老太婆进来自有道理……这些无赖！……我正巧走到那儿撞见……现在，让我们看看，观察剩下还能做点什么……首先，装聋作哑，绝不打草惊蛇……要是直接去找那家伙呢？……不。这有什么用呢？多维勒，这儿一定要展示你知道的事儿……不过我有国王封印信！……他们把它还给我了！……它在这儿……是的……它在这儿。我太走运了！……这次它派上用场了。等会儿我撞破他们，我要抓住那个姑娘；我要把策划这一切的无赖赶走……一次阻止两件婚事……我的外甥女，我粗鲁的外甥女会终生难忘，但愿如此……那个家伙呢，我会跟他算账的……我要报复父亲、儿子、女儿和她的朋友……哦骑士！这天对你可是意义重大啊！

第五幕

第一场

塞西尔,克莱海小姐

塞西尔 我愁死了,担心死了……德尚回来了吗?

克莱海小姐 没有,小姐。

塞西尔 他能去哪儿呢?

克莱海小姐 我没打听到。

塞西尔 出什么事儿了?

克莱海小姐 先是闹腾了一阵,动静很大。我不知道他们有多少人;他们走来走去。突然,动静和吵闹声都停止了。于是我踮着脚走过去,竖起耳朵听;可是传到耳朵里的只有断断续续几个字。我只听到骑士先生用威胁的语气喊道:警察!

塞西尔 有人瞧见她了吗?

克莱海小姐 没有,小姐。

塞西尔 德尚说话了吗?

克莱海小姐 说的是其他事。他一闪身就出门了。

塞西尔 那我舅舅呢?

克莱海小姐 我看见他了。他指手划脚;自言自语;他手舞足蹈,露出那种邪恶的快乐,您是知道的。

塞西尔 他在哪儿?

克莱海小姐 他自个儿出门了,步行。

塞西尔 去……跑着去……等我舅舅回来……盯住他……一定要找到德尚……一定要知道他说了什么。(克莱海小姐往外走,塞西尔叫住她)热尔梅耶一回来就告诉他我在这里。

第二场

塞西尔,圣阿尔班

塞西尔 我落到了什么地步!……啊!热尔梅耶!……我心烦意乱……好像每件事都不对劲……每件事都让我担惊受怕……(圣阿尔班进来,塞西尔朝他走去)我的哥哥,德尚失踪了。我们不知道他说了什么,也不知道他情况如何。骑士偷偷出门了,而且是一个人……他在酝酿一场风波。我能看出来,也能感觉出来;我不想坐以待毙。

圣阿尔班 你为我做了这些之后,又要抛弃我吗?

塞西尔 我做错了……我做错了……这个孩子不想再待下去；必须让她走。父亲已经看出我忐忑不安。他沉浸在痛苦中，被孩子们弃之不顾，他一定以为，孩子言行不慎，心生愧意，所以刻意回避开他，无视他的痛苦，此外你还希望他怎么想呢？……必须跟他亲近起来。热尔梅耶简直昏了头；热尔梅耶，他决定……我的哥哥，你为人慷慨；别再继续连累你的朋友、妹妹还有父亲的宁静时光了。

圣阿尔班 不，我注定得不到片刻安宁。

塞西尔 倘若那个女人进来过！……倘若骑士知道了！……一想到这个我就发抖……他会怎样煞有介事，占尽先机地谴责我们！他会怎样歪曲我们的为人！而这一切正赶上父亲内心最为轻信的时候。

圣阿尔班 热尔梅耶在哪儿？

塞西尔 他替你担心；替我担心；他去那个女人家了……

第三场

塞西尔，圣阿尔班，克莱海小姐

克莱海小姐（出现在舞台深处，对他们喊道）骑士回来了。

第四场

塞西尔,圣阿尔班,热尔梅耶

热尔梅耶 骑士全都知道了。

塞西尔和圣阿尔班(惊恐地)骑士全都知道了!

热尔梅耶 那个女人进来过;她认出了德尚。骑士威胁他,他被吓住,全都招认了。

塞西尔 哦,天呐!

圣阿尔班 我会怎么样啊?

塞西尔 我父亲会怎么说啊?

热尔梅耶 时间紧迫,没工夫抱怨。他随时会行动,如果我们无法躲避也无法预防,起码要让他看到,我们团结一致,做好对付他的准备。

塞西尔 啊!热尔梅耶,您都做了什么啊!

热尔梅耶 我还不够倒霉吗?

第五场

塞西尔,圣阿尔班,热尔梅耶,克莱海小姐

克莱海小姐(出现在舞台深处,对他们喊道)骑士到了!

热尔梅耶 我们必须离开。

塞西尔 不,我要等父亲。

圣阿尔班 天哪,你想干什么!

热尔梅耶 咱们走吧,我的朋友。

圣阿尔班 咱们去救苏菲。

塞西尔 你们丢下我不管了!

第六场

塞西尔,独自一人

塞西尔(走来走去)我不知道会怎么样……(她转身朝舞台深处喊道)热尔梅耶……圣阿尔班……哦,我的父亲,我该怎么回答您!……我对舅舅怎么说?……他来了……我们坐下……拿起我的活计……这样我起码不用看着他。

〔骑士进来;塞西尔起身致意,双目低垂。

第七场

塞西尔,骑士

骑 士(转过身,看着舞台深处)我的外甥女,你的女仆真够警觉……我简直一步都躲不开她……可你在这儿，你，若有所思，孤零零的……这里好像一切都开始恢复常态了。

塞西尔（结结巴巴）是的……我相信……那个……啊！

骑　士（挂着拐杖站在她面前）声音和双手都在发抖……焦虑折磨人啊……我觉得你哥哥有点恢复正常了……他们个个都是这副德性。刚开始他们灰心丧气，恨不得跳河或是上吊。一转眼的工夫，不是那么回事儿了……我要是没弄错的话，你跟他们可不一样。你只要心动了一下，就会无法忘怀。

塞西尔（冲着活计）又来了！

骑　士（挖苦地）你的活计做得不顺啊。

塞西尔（忧伤地）相当不顺。

骑　士　热尔梅耶和你哥哥现在怎么样？好像相当不错？……事情看来清楚了……最后一切都会清楚的……然后人们会为自己的丑行羞愧万分！……这些你都不懂，你一向都那么矜持、谨慎。

塞西尔（旁白）我支持不住了。（她站起身）我觉得，我听见父亲的声音了。

骑　士　不，你什么也没听见……你父亲是个怪人；总是很忙，不知道在忙什么。没人像他那样，善于对一切视而不见……还是聊聊热尔梅耶这位朋友吧……他不在身边的时候，你并不太反感人家谈起他……关于他，我的想法没变，起码。

塞西尔　我的舅舅……

骑　士　你也没变，对不对？……我每天都能发现他的某个优点；我从来没有这样了解他……这个小伙子挺出人意料……（塞西尔又站起身）你有急事？

塞西尔　确实如此。

骑　士　什么事火急火燎的？

塞西尔　我在等我父亲。他迟迟不来，我很担心。

第八场

骑士，独自一人

骑　士　担心，我劝你是要担担心。你不知道什么在等着你……你再哭，再诉苦，再唉声叹气，都是白费劲；你非得跟好朋友热尔梅耶分手不可……只要在修道院里过上一两年……不过我犯了个错儿。这个克莱海的名字怎么写在了国王封印信上，这个应该不妨事……可那家伙还不来……我没事可做，开始有些无聊……（他转过身，看见一家之主来了）可算到了，我的兄弟，可算到了。

第九场

骑士，一家之主

一家之主 您有什么事，这么着急告诉我？

骑　士 您会知道的……不过稍等片刻。(他轻轻走向舞台深处，突然捉住窥探他们的女仆) 小姐，靠近点……别客气，这样您听得更清楚。

一家之主 怎么回事？您在跟谁说话？

骑　士 我跟您女儿的贴身女仆说话，她在偷听。

一家之主 您在自己和孩子们之间播下了怀疑的种子，这就是后果。您让他们疏远我，又逼得他们跟仆人混在一起。

骑　士 不，我的兄弟，让他们疏远您的可不是我；要是离您太近，他们担心行动会暴露。如果照您的话说，他们跟仆人混在一起，那是因为他们需要有人为虎作伥。您明白吗，我的兄弟？……您不知道周围都在发生什么。在您踏踏实实睡大觉的时候，在您毫无意义地唉声叹气的时候，您家里已经乱七八糟了。仆人、孩子们，还有他们周围，全都乱套了……这里从来没有过长幼尊卑；礼仪、品行也都不复存在啦。

一家之主 品行不端！

骑　士 品行不端！

一家之主　骑士先生，您解释清楚……哦，不，放过我吧。

骑　士　我没这打算。

一家之主　这一连串的打击，我快承受不住了。

骑　士　我知道您性格懦弱，没指望您产生强烈深刻的不满，那才像个父亲的样子。无所谓；我做了该做的事儿；后果还得您自个儿担着。

一家之主　您吓到我了。他们到底干了什么？

骑　士　他们干了什么？干的好事儿。您听好了，您听好了。

一家之主　洗耳恭听。

骑　士　那个小丫头，让您非常头痛的那个……

一家之主　怎样了？

骑　士　您以为她在哪儿呢？

一家之主　我不知道。

骑　士　您不知道？……要知道她就在您家。

一家之主　在我家！

骑　士　在您家。对，在您家……您以为是谁把她带来的？

一家之主　热尔梅耶？

骑　士　谁收留了她？

一家之主　我的兄弟，别说了……塞西尔……我的女儿……

骑　士　是的，塞西尔；是的，您女儿把她哥哥的情妇收留在家。这事儿做得地道；您怎么看？

一家之主　啊！

骑　　士　　这个热尔梅耶用奇怪的方式履行了对您的义务。

一家之主　　啊！塞西尔，塞西尔！你母亲教你的道德准则都去哪儿了？

骑　　士　　您儿子的情妇就在您家，在您女儿的房间！您评评理，评评理。

一家之主　　啊！热尔梅耶！……啊！我的儿子！我太不幸了！

骑　　士　　您的不幸都是自找的。对您说句公道话。

一家之主　　我瞬间失去了一切：我的儿子，我的女儿，一位朋友。

骑　　士　　您咎由自取。

一家之主　　就剩一位狠心的舅兄，忙着让我痛上加痛……狠心人，您走吧。替我把孩子们叫来；我要见我的孩子们。

骑　　士　　您的孩子们？您的孩子们各忙各的好事，谁愿意听您诉苦。您儿子的情妇……在他身边……在您女儿房间……您以为他们闲得无聊？

一家之主　　残忍的舅兄啊，住口……不，别再把我逼上绝路。

骑　　士　　既然从前您不让我防患于未然，现在就得把这杯苦酒喝下。

一家之主　　哦，我的希望破灭了！

骑　　士　　您任由他们滋生缺点；倘若人家指给您看，您就转移视线。您亲自教他们藐视您的权威；他们胆大妄为，因为不会受到惩罚。

一家之主　我的余生会怎样度过？我晚年的痛苦谁来缓解？谁来抚慰我？

骑　士　我告诉过您："盯着您的女儿，您的儿子不安分，您家里有个无赖。"那时候我是狠心人、坏蛋、讨厌鬼。

一家之主　我要死了，我要死了。身边还能找谁呢？……啊！……啊！……

〔他哭起来。

骑　士　我的建议您不当一回事；您还为此取笑我。哭吧，现在哭吧。

一家之主　我养了孩子，我吃了多少苦，我还要孤零零地死去！……当父亲到底有什么用？啊！……

骑　士　哭吧。

一家之主　狠心人！别再说了。您嘴里说的每句话都在打击我，把我的心都击碎了……但是没有，我的孩子没有像您指责的那样误入歧途。他们是清白的；我绝对不相信他们堕落了，不相信他们把我忘得干干净净……圣阿尔班！……塞西尔！……热尔梅耶！……他们在哪儿？……即便失去我他们还能活，失去他们我却活不下去……我曾想离开他们……我，离开他们！……叫他们过来……叫他们都来跪在我脚下。

骑　士　懦夫，您就不羞愧吗？

一家之主　叫他们过来……叫他们认错……叫他们忏悔……

骑　士　不；我希望他们正躲在什么地方，希望他们听到你的话。

一家之主　他们听到的话里，难道还有他们不知道的？

骑　士　没有他们不滥用的。

一家之主　我必须见到他们，原谅他们，或者恨他们……

骑　士　那好！见他们吧；原谅他们吧。爱他们吧，让他们成为您一辈子的苦恼和耻辱。我要远走高飞，再也听不到人家说起他们和您。

第十场

骑士，一家之主，艾贝尔夫人，勒彭先生，德尚

骑　士　（瞧见了艾贝尔夫人）该死的女人！（对德尚）你，无赖，你在这儿干吗？

艾贝尔夫人、勒彭先生和德尚　（对骑士）先生！

骑　士　（对艾贝尔夫人）您来找什么？回去吧。我明白自己答应了您什么，我不会食言。

艾贝尔夫人　先生……您看我多开心……苏菲……

骑　士　走吧，我跟您说。

勒彭先生　先生，先生，您听她说。

艾贝尔夫人　我的苏菲……我的孩子……跟他们想得不一

样……勒彭先生……您说吧……我不行。

骑　　士　（对勒彭先生）您不了解这些女人吗，不知道她们会胡诌吗？……勒彭先生，您这把年纪了，还会搅合进去？

艾贝尔夫人　（对一家之主）先生，她在您家里。

一家之主　（痛苦的旁白）那么是真的！

艾贝尔夫人　我不求您信任我……只求您让人带她过来。

骑　　士　这大概是热尔梅耶的什么亲戚，穷得没饭吃了吧……

〔这时从里面传来吵闹声、喧哗声、模糊的叫喊声。

一家之主　我听见有动静。

骑　　士　没啥动静。

塞西尔　（在里面）菲利浦、菲利浦，叫我父亲来。

一家之主　是我女儿的声音。

艾贝尔夫人　（对一家之主）先生，让他们把我的孩子带过来。

圣阿尔班　（在里面）别过来！否则要你们的命，别过来。

艾贝尔夫人和勒彭先生　（对一家之主）先生，您快去。

骑　　士　（对一家之主）没什么事儿，我跟您说。

第十一场

骑士，一家之主，艾贝尔夫人，勒彭先生，德尚，克莱海小姐

克莱海小姐　（惊慌失措，对一家之主）剑，骑兵士官，卫兵！

先生，快来啊，要是您不想出事。

第十二场

一家之主，骑士，艾贝尔夫人，勒彭先生，德尚，克莱海小姐，塞西尔，苏菲，圣阿尔班，热尔梅耶，一位衙差，菲利浦，仆人们，全家人

　　〔塞西尔、骑兵士官、圣阿尔班和菲利浦吵嚷着走进来；圣阿尔班剑已出鞘，热尔梅耶拦住他。

塞西尔（进来的同时喊道）父亲！

苏　菲（跑向一家之主，喊道）先生！

骑　士（对骑兵士官）士官先生，履行职责。

苏菲和艾贝尔夫人（朝着一家之主，苏菲扑在他的膝前）先生！

圣阿尔班（一直被热尔梅耶拦着）动手之前，必须先杀了我。热尔梅耶，放开我。

骑　士（对骑兵士官）履行职责。

一家之主、圣阿尔班、艾贝尔夫人、勒彭先生（对骑兵士官）住手！

艾贝尔夫人和勒彭先生（把跪在那里的苏菲转过来，对骑士）先生，您看看她。

骑　士（没有看她）以国王的名义，士官先生，履行职责。

圣阿尔班（大喊）住手！

艾贝尔夫人和勒彭先生（与圣阿尔班同时对骑士大喊）您看看她。

苏　菲（对骑士）先生！

骑　士（转过身，看着她，惊愕地喊道）啊！

艾贝尔夫人和勒彭先生　是的，先生，是她。她是您侄女。

圣阿尔班、塞西尔、热尔梅耶、克莱海小姐　苏菲，骑士的侄女！

苏　菲（一直跪着，对骑士）我亲爱的叔叔。

骑　士（粗鲁地）您在这儿干吗？

苏　菲（颤抖着）别伤害我。

骑　士　您怎么不待在您的外省？我派人叫您回去，您为什么不回去？

苏　菲　亲爱的叔叔，我会走的，我会回去的；别伤害我。

一家之主　过来，我的孩子，站起来。

艾贝尔夫人　啊！苏菲！

苏　菲　啊！我的好夫人！

艾贝尔夫人　我抱抱您。

苏　菲（异口同声）我又见到您了。

塞西尔（扑在父亲的脚下）我的父亲，听到我解释之前，不要责备女儿。事情表面上是这样，但塞西尔没犯任何错；她来不及考虑太多，也无法问您的意见……

一家之主（神色略为严肃，但受到感动）我的女儿，这件事你做得太冒失了。

塞西尔 我的父亲！

一家之主（温柔地）起来吧。

圣阿尔班 我的父亲，您哭了。

一家之主 这是为你，也是为你妹妹。我的孩子们，你们为何疏远我？瞧瞧看，只要离开我，你们就会误入歧途。

圣阿尔班和塞西尔（吻着他的手）啊，我的父亲！

〔骑士神情狼狈。

一家之主（抹去泪水，露出威严的神情，对骑士）骑士先生，您忘了这是在我家。

骑兵士官 这位先生并非家主？

一家之主（对骑兵士官）您进来之前就该把这件事弄清楚。走吧，先生，一切由我负责。

〔骑兵士官出去。

圣阿尔班 我的父亲！

一家之主（温柔地）我理解你。

圣阿尔班（指着苏菲，对骑士）我的舅舅！

苏　菲（对背过身去的骑士）别把您兄弟的孩子赶走。

骑　士（没有看她）是的，那个没头脑的败家子，他本来比我有钱，却挥霍一空，让你沦落到这步田地。

苏　菲　我记得小时候，那会儿您愿意抱着我。您说过您疼我。要是如今我使您苦恼，我会走的，我会回家去。我要回到母亲身边，我可怜的母亲，她把一切希望都寄托在了您身上……

圣阿尔班　我的舅舅！

骑　士　我不想见到你，也不想听到你说话。

一家之主、圣阿尔班、勒彭先生　（围到他身边）我的舅兄……骑士先生……我的舅舅。

一家之主　这是您的侄女。

骑　士　她来这儿干什么？

一家之主　这是您的血亲。

骑　士　我对此够恼火了。

一家之主　他们姓您的姓。

骑　士　让我生气的就是这点。

一家之主　（指着苏菲）看看她，哪个亲戚会无动于衷？

骑　士　她一无所有；我提醒您。

圣阿尔班　她什么都有！

一家之主　他们两情相悦。

骑　士　（对一家之主）您想认她作女儿？

一家之主　他们两情相悦。

骑　士　（对圣阿尔班）你想娶她为妻？

圣阿尔班　我当然想！

骑　士　娶她吧，我同意。就算我不同意也无济于事……（对一家之主）不过有个条件。

圣阿尔班（对苏菲）啊！苏菲！我们再也不分开了。

一家之主　我的舅兄，好事做到底。不要提条件。

骑　士　不。关于您女儿和这个男人，您一定得还我公道。

圣阿尔班　公道！什么公道？他们做什么了？父亲，我求您本人说说。

一家之主　塞西尔有头脑，有感情。她有一颗高尚的心；那一刻她该如何表现，她会想清楚。我就不增加她的心理负担了。

热尔梅耶……我原谅你……我保留对你的尊重与友情；我永远对你心存善念；不过……

〔热尔梅耶忧伤地走了，塞西尔注视他离去。

骑　士　又放走一个。

克莱海小姐　该轮到我了。咱去收拾行李吧。

〔她出去。

圣阿尔班（对父亲）父亲，您听我说……热尔梅耶，留步……是他替您保全了儿子……如果没有他，您就失去儿子了。我会怎么样呢？……是他替我保全了苏菲……她遭到我的威胁，遭到舅舅的威胁，是热尔梅耶，是我妹妹救了她……他们没时间多想……她只有一处可以避难……他们帮她摆脱了我的粗暴……我犯的错，您却要惩罚他们?……塞西尔,过来。一定要说动咱们最慈爱的父亲。

〔他把妹妹领到父亲身边,和她一起跪在父亲脚下。

一家之主 我的女儿,我原谅你了;你想要什么?

圣阿尔班 从此确保她的幸福,我的幸福和您的幸福。塞西尔……热尔梅耶……他们两情相悦……我的父亲,大发慈悲吧。让今天成为我们一生最美好的日子吧。

〔他跑向热尔梅耶,他呼唤苏菲:

热尔梅耶,苏菲……过来,过来……咱们都跪在父亲脚下吧。

苏 菲（扑在一家之主脚下,直到结束她的手都抱着他的脚）先生!

一家之主（俯下身,把他们扶起来）孩子们……孩子们!……塞西尔,你爱热尔梅耶吗?

骑 士 我不是提醒过您吗?

塞西尔 我的父亲,原谅我。

一家之主 为何瞒着我?我的孩子们!你们不了解你们的父亲……热尔梅耶,靠近些。你的含蓄使我苦恼;但我一直把你看作第二个儿子。我早就想把女儿许配给你。希望她跟着你,成为世上最幸福的女人。

骑 士 真够妙的。这可过分了!这件荒唐事,我眼见着它变成现实;不过就算我反对也没用;上帝保佑,这件事成真了。大家都开心吧,咱们再也别见了。

一家之主　您错了,骑士先生。

圣阿尔班　我的舅舅!

骑　士　你走开吧。我对你妹妹恨入骨髓;而你,你就算生一百个孩子,我也一个都不会搭理。永别了。

　　　　　〔他出去。

一家之主　好了,孩子们。看看咱们谁最懂得弥补他造成的伤害吧。

圣阿尔班　我的父亲,我的妹妹,我的朋友,我让你们操碎了心。但你们看看她吧,要是还能责怪我,那再骂我也不迟。

一家之主　好了,孩子们。勒彭先生,把我的孩子们带来。艾贝尔夫人,我会照顾您的。咱们都高高兴兴的。(对苏菲说)我的女儿,从今往后您的幸福就是我儿子最甜蜜的任务。他脾气太暴躁,您要教他如何平息怒火。要让他明白,倘若一个人由着自己的性子,是不会幸福的。但愿您的温良恭顺,您的耐心,今天您让我们看到的一切美德,都永远是他行动的榜样,是他温柔敬重的对象……

圣阿尔班　(激动地)啊!是的,父亲。

一家之主　(对热尔梅耶)儿子,我亲爱的儿子!很久以来我就想这样称呼你。(说到此处,塞西尔亲吻父亲的手)你会给我女儿带来幸福生活。我希望你和她没有一天不幸福……如果我能做到,我会让每个人都幸福……苏菲,一定请您母亲和兄弟都到这儿来。我的孩子们,你们要在圣坛前发誓永远相爱。你们不需要太多证婚人。靠近些,我的孩子们……过来,热尔梅耶,过来,苏菲。(他宣布四个孩子的结合)一位美丽女子,一位绅士君子,这是世间最动人的两种人。同一天时间,大家两次看到这个场面……我的孩子们,但愿上天保佑你们,正如我对你们的祝福!(他双手伸向他们,他们低头接受他的祝福)你们结合之日会是一生中最庄严的日子。但愿它也是你们最幸运的日子!……来吧,我的孩子们……

哦!当父亲多么不容易……多么甜蜜!

〔一家之主挽着两个女儿走出客厅;圣阿尔班双臂搂着好友热尔梅耶;勒彭先生把手伸给艾贝尔夫人;其他人跟在后面,不分先后;大家都喜笑颜开。

他是好人？还是恶人？

余中先/译

人物

舍皮太太，马尔弗太太的女友

韦尔蒂亚克太太，舍皮太太的女友

韦尔蒂亚克小姐

贝特朗太太，一位海军上校的遗孀

博利厄小姐，舍皮太太的女仆

阿尔图安先生，舍皮太太的朋友

列那尔多先生，律师，下诺曼底人

克朗塞先生，韦尔蒂亚克小姐的情人

普尔蒂埃先生，海军部次官

絮尔蒙先生，诗人，阿尔图安先生的朋友

图尔韦尔侯爵，阿尔图安先生的熟人

班班，贝特朗太太的儿子

仆人若干

儿童若干

地点在马尔弗太太家中。

第一幕

第一场

舍皮太太，她的女仆博利厄小姐，仆人皮卡尔和弗拉芒

舍皮太太 听着，皮卡尔，一个礼拜里头不许回家见你老婆。

皮卡尔 一个礼拜哪！真够长的。

舍皮太太 要我说，真该再打发他去要饭，好像还真缺你这么一位！

皮卡尔 （旁白）连跟老婆亲热一下的甜头都被剥夺了，还有什么能安慰我们这些遭主人虐待的人呢？

舍皮太太 还有你，弗拉芒，记住我要说的话……小姐，再过八天不正是圣约翰日了吗？

博利厄小姐 不，太太，是再过四天。

舍皮太太 天哪！我连一分钟的空都没有了……这短短的四天中，你的脚要是踏进酒馆的门，我就把你赶出去。我要你们全都乖乖地在我手下待着。我不用抬一步腿、发一句话就能找到你们。上礼拜五的事情，绝不能重演了。那天我和马尔弗太太听完歌剧，没看芭蕾舞就离开包厢下了楼。

唉，可等我们到了前厅时，任凭我们喊破了嗓子叫了天，连半个鬼影子都不来。一个溜得无踪影，一个烂醉如泥，根本就没有一辆车；要不是正巧碰上了图尔韦尔侯爵，对我们大发慈悲，这事情还不知道怎么了结呢。

皮卡尔　太太，您的话说完了吗？

舍皮太太　你，皮卡尔，你马上到装幕工、布景工、乐师那儿跑一趟，快去快回，把这帮人都给我叫来。你，弗拉芒……现在几点了？

弗拉芒　正中午。

舍皮太太　正中午？他还没起床？到他家去……快去。

弗拉芒　他家，谁家呢？

舍皮太太　噢！瞧我糊涂的！……阿尔图安先生家呗。让他过来，让他马上来，就说我正等着他呢，有要紧事。

第二场
舍皮太太，博利厄小姐

舍皮太太　博利厄，随便问一下，你能读书吗？

博利厄小姐　能，太太。

舍皮太太　演过喜剧吗？

博利厄小姐　演过好多次，那是我家乡人们的癖好。

舍皮太太　那么，朗诵几段怎么样？

博利厄小姐　好吧。

第三场

舍皮太太，韦尔蒂亚克太太，博利厄小姐

舍皮太太　是您啊！您来得再及时不过了，我这正要请您去呢。

韦尔蒂亚克太太　我又能为您派什么用场？

舍皮太太　先让我们亲亲吧……再亲亲……小姐，端把椅子来，让我们俩说会儿话。你待会儿把笔墨纸张带来，让他到来后瞧瞧一切都已准备就绪。

第四场

舍皮太太，韦尔蒂亚克太太（一身行装），博利厄小姐（在这一场未上场，带着笔墨纸张，一个男仆扛一张桌子跟在她身后）

韦尔蒂亚克太太　我刚下车，打听到您的住所后就赶来了。我都累得散了架。恶劣的天气，糟糕的道路，蛮横无理的驿站长，狰狞可怕的马匹，还有那马车夫，说来倒是文质彬彬的，但动作实在是慢得要命。"快点儿，车夫，走啊，我们干吗不往前赶呢；你打算让我们什么时候到啊？……"可他们装聋作哑，他们懒洋洋地不肯挥一下鞭子，十五个钟头的路，我们却整整耗了三天，见鬼的三个整天。

舍皮太太 恕我冒昧，您在此刻赶来，想必有什么要紧事吧？但愿您没遇到什么不顺心的事情。

韦尔蒂亚克太太 我在躲避一个情人。

舍皮太太 一个躲避情人的人抱怨的可不是车夫的慢吞劲儿。

韦尔蒂亚克太太 若是说我自己的情人，您这话就对了；可我躲避的是我女儿的情人。

舍皮太太 令爱正值待嫁出阁的芳龄，这个知情达理的孩子不会选错人的。

韦尔蒂亚克太太 她那个情人真是可爱动人，相貌堂堂，出身高贵，家境富有，受人尊重，品行端正。我的朋友，品行端正啊！

舍皮太太 喜欢得发狂的倒不是令爱了？

韦尔蒂亚克太太 对。

舍皮太太 那么是您啰？

韦尔蒂亚克太太 或许。

舍皮太太 我可不可以知道，是什么东西在跟这门亲事作对？

韦尔蒂亚克太太 那小伙子的家。但愿有人今晚上替我把这整个讨厌的、不知礼义的、昏庸晦暗的家族，把克朗塞家的那帮家伙都埋葬了，明天一早我好嫁闺女。

舍皮太太 我不很了解克朗塞家的人。不过他们都被看作世界上最佳的正人君子。

韦尔蒂亚克太太 有谁跟他们争辩这个？我老了，能和善良的人们一起闲度余生就聊以自慰了。命运却捉弄我，让我听一个老祖父啰里啰嗦地回忆那些战役和围困；听一个老太婆唠唠叨叨地诉说她当年绵绵的相思情，可怜的单相思；这还不算，从早到晚，两个虔诚的姐姐为宗教的分歧互相仇恨，互相谩骂，恨不能把对方的眼珠子都抠出来，其实对那宗教，她们比她们的狗也更明白不了多少；还有一个为官的糊涂虫，盛气凌人，自以为人模狗样，总是一边使劲揪衣角的花边和袖口，一边使劲抖动小舌头，讲那些城市和宫廷的故事，可说实在的，我对那些比对他本人更不感兴趣。你想，我能受得了他当军人的兄弟那随便而挖苦的语气吗？我是那样的女人吗？根本就没有聚会，连舞会也没有。我担保，整整一年里他们连一沓纸牌都玩不坏。我的朋友，单是想起这种生活和这帮人，就叫我恶心作呕。

舍皮太太 不过，此事有关令爱的幸福。

韦尔蒂亚克太太 请别见怪，也关系到我的幸福。

舍皮太太 您以为令爱到这里就会情断意绝了？

韦尔蒂亚克太太 我估摸他们还会写信，还会起誓忠贞不渝，这种山盟海誓通过邮车往返传递，一个月，两个月，就算一年吧。可是爱情敌不住久离别，或早或迟，总会出现另外一个可爱的人儿，一开始可能会遭到我女儿的拒绝，不过只要我中意，最终保管会使她满意的。

舍皮太太 这会给她带来不幸的。

韦尔蒂亚克太太 不是这一个不幸，就是那一个不幸。又有什么关系？

舍皮太太 若是她的错引起的，自然没关系，可若是您的错引起的，就大有关系了。

韦尔蒂亚克太太 好啦好啦，我们有的是时间好好谈谈这件事。现在我只求您别让我女儿头脑发昏；我了解您，对付这区区小事，您可是十拿九稳的呀。唉，您可曾见到我的小阿尔图安吗？

舍皮太太 很少见。

韦尔蒂亚克太太 他干些什么呢？

舍皮太太 不值一提。他周游世界；他同时追三四个女人；他吃喝玩乐，他赌钱负债；他拜访大人物，比起大多数文人墨客来，他也许更愉快地浪费青春和才华。

韦尔蒂亚克太太 他住在哪儿？

舍皮太太 您对他还感兴趣？

韦尔蒂亚克太太 恐怕是吧。我希望他现在即便功名未就，至少也应该循规蹈矩。

舍皮太太 您要是想见他，他一会儿就来这里，而且，我想，他会待上一整天的。

韦尔蒂亚克太太 太好了,我要和他谈一桩让我牵肠挂肚的事。他不是认识那个侯爵,那个瘦高个儿的侯爵吗?就是那个走路总弯着背,低着头,胳膊底下夹着一大本《日课经》的人,活像成年累月都在苦思冥想,就差一副虔诚的滑稽样了……

舍皮太太 您是说图尔韦尔侯爵?

韦尔蒂亚克太太 正是他。

舍皮太太 我不知道。

　　　　　[这时博利厄小姐和仆人上场。

韦尔蒂亚克太太 我太累了,得先歇会儿,然后我更衣再来。您会给我介绍您的时装师和美发师的,是吧?您像玫瑰花一样鲜嫩,过两天,希望您能把您永葆青春的秘诀传授给我。再见到您我非常愉快……噢,您不是说,我能对您派点儿用场吗?什么事?

舍皮太太 您会知道的,一会儿早点儿来啊!

第五场

舍皮太太,博利厄小姐

舍皮太太 她有点疯狂,不过表演得妙不可言。对了,你呢?你演过哪些戏?

博利厄小姐　演过《贵人迷》《孤女》《不知身是哲学家》《塞妮》《结了婚的哲学家》。①

舍皮太太　在最后那一出戏里,你演谁?

博利厄小姐　菲内特。

舍皮太太　你记得有一出……菲内特颂扬妇女的那一出吗?

博利厄小姐　记得。

舍皮太太　背诵一下。

博利厄小姐（背诵）

　　……算了。我们虽这般模样,

　　有种种缺陷,男人却是咱手下败将,

　　哪怕你高官厚禄,我们是暗礁险滩,

　　你纵然才高气盛,也不免舟倾船翻。

　　你们能对付人的,不过是破烂武器,

　　就算你们有理智,怎敌咱无限魅力。

　　性格粗暴的哲人,成天价愁眉苦脸,

　　任凭你狂妄叫嚣,对咱也一筹莫展;

　　他的满脸愠色,他的皱纹,他的呼求,

　　无法从咱们杀人的秋波中将他拯救。

　　依靠他们的科学,依靠他们的思索,

---

① 《贵人迷》(1670年)是莫里哀的戏剧;《孤女》(1734年)是法冈的喜剧;《不知身是哲学家》(1765年)是塞代纳的正剧;《塞妮》(1750年)是格拉菲尼夫人的正剧;《结了婚的哲学家》(1727年)是德图什的戏剧。

自以为就能躲避我们女人的诱惑。

美人一露面，一挑逗，莞尔一笑，

咔嚓……轻而易举的一击，她就得胜回朝。

舍皮太太　不错，很不错。

博利厄小姐　太太想排一出剧吗？

舍皮太太　正是。

博利厄小姐　敢问剧名是什么？

舍皮太太　剧名？我不知道。还没写出来呢。

博利厄小姐　那么该是有人在写了？

舍皮太太　不，我还在找作者呢。

博利厄小姐　只怕太太连挑都挑不过来；您身边就有五六个作家呢。

舍皮太太　你要知道，这些畜生真是劣性难移，每一个都会弄出一个不可收拾的烂摊子。

博利厄小姐　但我听人说过，写剧本是一桩苦差。

舍皮太太　可不，从古到今历来如此。

第六场

舍皮太太，博利厄小姐，皮卡尔（一瘸一拐地上）

舍皮太太　你倒是回来了。人怎么没带来？

皮卡尔　（抱着腿）哎哟！哎哟！

舍皮太太　（也学着一瘸一拐地）哎哟！哎哟！还真像是那么回事。我要的工人呢？

皮卡尔　一个都没见到。那个见鬼的装幕工家门前有四级台阶；我想一步跨上去，谁知道反倒把脚给扭了。哎哟！哎哟！

舍皮太太　该死的蠢货，活该扭伤！让人把瓦尔达儒叫来看看你的脚。

第七场

舍皮太太，博利厄小姐

舍皮太太　倒霉事全冲我一个人来了。怎么偏偏今天扭伤，怎么不等四天再把腿摔断呢！真不是时候。

博利厄小姐　既然太太手头没有剧本，而且还不知道会不会有，依我看……

舍皮太太　依你看！依你看！依我看，你最好闭上嘴；我不喜欢别人跟我摆道理，我做的事我自己心里有数。

博利厄小姐　（旁白）您说的话也自己有数。

第八场

舍皮太太，博利厄小姐，弗拉芒（醉醺醺地，一条手帕包着脑袋）

弗拉芒 太太，我来了……我想是从，从阿尔图安家……对，从阿尔图安家……那儿，街角上……他住得真他妈的高，楼梯真他妈的难爬；又窄又陡……（摇摇晃晃像个醉鬼）迈一步不是撞上墙就是碰上栏杆……我真以为永远到不了头……好在终于还是走到了……"请问小姐，这间房子里是不是住着一位先生……一位先生？"——"什么先生，"一个小个子女邻居回答，她长得漂亮，没错，非常漂亮，"一位写诗的先生？对，写诗的。敲门吧，不过要敲得响一点，他回来很晚，我想他可能还睡着……"

舍皮太太 见鬼的畜生，小畜生，有完没完了？他到底来还是不来？

弗拉芒 太太，可是他还没醒，我得叫醒他不是……我想在门上狠狠踢一脚……谁知脑袋倒先撞了上去；门往里一甩，我弗拉芒就仰面倒下，写诗的先生只穿着衬衣从床上跳起冲过来，狂怒得口吐唾沫。他骂着，咒骂得那么雅致！真不失君子风度；他把我扶起来。"朋友，没磕破吧？让我瞧瞧你的脑袋。"

舍皮太太 快，快说！他对你说什么了？你又对他说什么了？

弗拉芒 太太有问题不能一个接一个地提吗？这么多问题一齐

来，都快把我搅成一锅粥了。

舍皮太太　我受不了啦。

弗拉芒　我对他说太太……太太……我提您的名字……就如同您称呼您自己那样……

舍皮太太　滚出去，醉鬼！

弗拉芒　什么？我弗拉芒是醉鬼！……因为我碰到一个朋友，他抱着我老婆最小的儿子……是，我老婆的……真是她的……后来又碰上另一个朋友，名叫篱笆墙的那个……我怎么敌得住两个朋友呢？两个朋友啊！

舍皮太太　我要把他们统统赶走，就这么定了。

弗拉芒　太太要是这般苛刻，她可一个仆人也留不住。

舍皮太太　一个瘸了腿，一个醉醺醺地磕破了头。可惜我眼下还少不了他们。

第九场

舍皮太太，博利厄小姐，弗拉芒，阿尔图安先生

弗拉芒　哎！太太，他来了……我认出来了，正是他……先生……诗人先生，不是吗？真幸运！……

舍皮太太　小姐，发个慈悲把他扶走，要不然他可是走不了啦。

阿尔图安先生　我那道门要是顶住不开的话，他就死了。

弗拉芒　走吧，小姐，听主人的吩咐，把胳膊伸给我……瞧它有多么圆润！……多么结实！

阿尔图安先生　他的脑袋真硬，心肠也真软。

弗拉芒　太太，既然小姐照您的吩咐做了……

舍皮太太　拉走，拉走，冒失鬼。

第十场

舍皮太太，阿尔图安先生，博利厄小姐（坐在舞台深处干着活儿）

阿尔图安先生　那家伙是从您这儿来的？

舍皮太太　是的。

阿尔图安先生　我猜到这一点也不是因为他。因为他既不知道在跟谁说话，也不知道自己是打哪儿来的，更不知道自己想干什么。

舍皮太太　竟信任这群粗野货！

阿尔图安先生　他把我害得好苦。我正睡得香甜，我真是困得要死！我度过那腻味而疲劳的一天回到家时都快凌晨五点了。您想想，读了一部拙劣的剧本，如今那些正剧全都是这等货色；出席了一次最乏味的聚会；吃了一顿糟糕的没完没了的晚餐；打了一通要命的牌，把我的老本都输光了，还得忍受那些赢家的怒气冲冲的脸色，每一盘他们都嫌赢得不够多。

舍皮太太 活该。谁让您不来这儿的？

阿尔图安先生 这不是来了嘛。如果我对您还有点什么用处的话，一切不快就会忘得干干净净。请问是什么事？

舍皮太太 帮个忙。您认识马尔弗太太吗？

阿尔图安先生 没有私人交往。不过外界一致评论，说她思维敏锐，性情开朗，趣味正派，精通艺术，谙于世故，有精确敏感的判断力。

舍皮太太 众人眼中的这些品质我固然看重，但我更赏识她作为朋友所具有的品质。

阿尔图安先生 我也听人说起过，她不但是个慈母、贤妻，还是个挚友。

舍皮太太 我们认识有六七年了。我应该把自己最幸福的时光归功于她。每当我有什么事，总是向她求教，并总能得到明智的建议；她常安慰我，我的痛苦常使她忘记了自己的痛苦。这种满足是多么美妙，使人感到她将自己的欢乐时刻传给那些善于聆听她的人。很快就是她的主保圣人瞻礼日了。

阿尔图安先生 您需要演出一套小节目，一出格言剧，一出小喜剧？

舍皮太太 正是，我亲爱的阿尔图安。

阿尔图安先生 十分抱歉，我恐怕只能断然回绝，断然回绝。

首先因为我疲惫不堪，头脑空空如也，其次因为我有幸——或者说不幸——长了一颗不肯从命的脑袋。我十分愿意为您服务，不过我不能够。

舍皮太太 他们难道没有说，我要您写出一部杰作来？

阿尔图安先生 无论如何，您要我做的事能使您高兴，而我却以为这事儿不易，您要使那个您想为之庆贺瞻礼日的夫人高兴，可是这实在很难。您要取悦社交圈，不过她们早就见惯了美好的事物；最后，这件事还得取悦我，可是我几乎从来就不满自己的作品。

舍皮太太 这只是懒惰的幽灵在作怪，或者只是您心无诚意的借口。您也许想让我相信，您很担心我的判断力？我要告诉您，我的女友有精妙的鉴赏力和灵敏的感觉，但她是公正的：一出糟糕的戏会使她不快，然而一个恰当的词更会使她感动；即使她发现您有些平庸，又能如何？您要是惧怕我们的才智那就错了，只要提起您的大名就足以让我们缓和批评。至于先生您，那可就是另一回事了。在多次不满意自己之后，您只需要再错一次。

阿尔图安先生 另外，太太，我没有这个精力。您认识塞尔万太太吗？我想，她是您的女友。

舍皮太太 我在社交界见过她，在她家里见过她，我们彼此并不太喜欢，不过我们还是互相拥抱。

阿尔图安先生 她轻率的善举曾导致一场可笑的官司，您当然知道可笑意味着什么，尤其是对于她。她难道没有发现我早已跟她的对手结了盟吗？难道不是绝对需要把她从中拉出来？我甚至冒昧地决定和那人在此会面。

舍皮太太　喂，亲爱的阿尔图安，让每个人各行其是吧；律师的使命是打好官司，您的使命是写出迷人的作品。您想知道什么后果在等着您吗？您会和您作为中间人的太太闹翻，和她的对手闹翻，如果您拒绝我，还会和我闹翻。

阿尔图安先生　就为这鸡毛蒜皮的事？说什么我都不信。

舍皮太太　只有我才能断定这到底是不是鸡毛蒜皮；一切取决于我对此的兴趣。

阿尔图安先生　就是说，您要是愿意，就可以放上十倍、百倍的兴趣……

舍皮太太　我也许不尽合理，您却更冒犯人。好吧，亲爱的，答应我，不然我就要寻您最好的女友的麻烦了。

阿尔图安先生　哪个女友？无论她是谁，我不想为您干的事，也绝对不会为她干。

舍皮太太　您起誓。

阿尔图安先生　不会干。

舍皮太太　您写剧本。

阿尔图安先生　真的，我不会干的。

舍皮太太　我可不是常开口求人的，我的耐心也是有限的；小心，我会发火的。

阿尔图安先生　不，太太，您不会发火的。

舍皮太太　先生，我对您说，我发火了，非常光火。您对我做的举动，连对那神气活现的外省胖女人都做不出来，若是对方长得年轻漂亮，您那无礼的做派还勉强可以容忍。还有那摆出万般媚态把一切弄得一团糟的人，没有一个动作不矫揉造作，没有一句话不装腔作势，总是目中无人，只瞧得上自己；还有那长着满头神经的风雅女才子，不，不是神经，而是纤维，是头发，令人吃惊地从嘴里吐出一串串她从学究大人、冬烘先生那里捡来的漂亮词句，像一只不成腔调的鹦鹉一样瞎模仿一气；还有这位小姐，对，这位站着的，帮我梳妆时偶尔说几句俏皮话的小姐，我承认我有时也被冒犯了，不过我还是忍不住笑。对这些人，您对他们都做不出对我所做的举动。

博利厄小姐　我吗？太太！

舍皮太太　是的，你。别以为我这是在侮辱你，提到你是你莫大的荣誉。

阿尔图安先生　真的，太太，我觉得小姐非常正直，非常得体，非常高雅。

舍皮太太　非常可爱。

阿尔图安先生　是非常可爱，为什么不？任何社会阶层的人都有权得到我这玩笑般对她说的赞扬，不过我还是相当尊重她的，不至于故作认真而冒犯她。

舍皮太太（讥讽地）小姐，我求你了，请你代我向阿尔图安先生求求情。

第十一场

阿尔图安先生，博利厄小姐

阿尔图安先生 她是不会食言的；我这下可有得受了。她刚才诋毁的那帮女子都跟她半斤八两，我这样说毫不贬低她。您希望我把剧本写出来吗？

博利厄小姐 如果我竟认为能让您去做如此坚决地拒绝过太太的事，那真是异想天开了。

阿尔图安先生 请说清楚，这样做您会高兴吗？

博利厄小姐 我不太知道。但太太会觉得受了侮辱，谁知道这样会不会砸掉我的饭碗？也许不是明天，而是慢慢地，可爱的博利厄会逐步地变得笨手笨脚、呆头呆脑、令人讨厌了；我不会一直听别人念叨这些个的，我会自己离开。我不会不怀着遗憾的心情离开；尽管太太很凶，她的心是好的，我很爱慕她；更何况您的好意本来就保不住密，只会招惹他人的口舌。好了，先生，您最好还是坚持您的拒绝，要不，您就在太太面前让步吧。

阿尔图安先生 两个建议中，只有前一个适合我。我现在是骑虎难下，进退维谷。既要考虑自身的利益，又要考虑别人的利益，简直没有一刻安宁。要是有人敲门，我就不敢去开；要出门，我就得把帽子压低，遮住眼睛；要是有人上门死乞白赖地强求我，我就吓得脸色苍白。他们这一大批人期待着一出喜剧的成功，而我则应为法兰西人把这出喜剧写出来，这样做岂不是要比把时间浪费在社交场合的废话中强得多吗？可是现在，不是写得不好，没有必要写，就是即便写得过得去，也让演员的拙劣演技糟蹋得平淡无奇了。

博利厄小姐 阿尔图安先生似乎小看了我们的才能。

阿尔图安先生 小姐，说实在的，我见过社交圈名气最响的演员。真可怜，他们中的佼佼者也进不了外省的剧团，至多也只能在尼科莱剧团①中充充角色。

博利厄小姐 这一下，我也不好受了。您可知道我参与演戏了。

阿尔图安先生 算了，小姐，闭嘴吧。

博利厄小姐 您不是说过，要是我愿意的话，您就写戏吗？我不知道一个诗人是不是正直的人，可是人们总是说，一个正直的人是说话算数的。我要您相信，作家常常指责演员，而他应该指责的正是他自己。我希望您听到别人冲您发出的嘘声，也听到对我们的热烈掌声。

---

① Nicolet，创立于一七六〇年的巡回演出的剧团，一七七二年获"国王的舞蹈家剧团"称号，二十年后更名为"快乐剧团"。

阿尔图安先生　小姐既然下了战书,我敢不应战吗?我答应就是了,我一定把它写出来。

第十二场

阿尔图安先生,博利厄小姐,舍皮太太

舍皮太太　喂,小姐,你可总算成功了?我相信我给你留了足够的时间和方便。

阿尔图安先生　是的,太太,她成功了。戏会写出来的。

舍皮太太　小姐,我不胜感激,深表谢意。

第十三场

阿尔图安先生,博利厄小姐

博利厄小姐　您瞧,她伤心了。我确信我在这儿待不了一个月了。但愿什么瞻礼日,什么戏剧,什么诗人的统统被扔到河里去喂鱼。

　　〔幕间阿尔图安留在舞台上,他来回踱步,他坐下写作。音乐起,伴随着哑剧表演,诗人在写作,一会儿眉飞色舞,一会儿愁眉苦脸……

第二幕

第一场

阿尔图安先生,独自一人

阿尔图安先生 我幻想,我激动,我苦恼,全都无济于事,什么都不来。再想一想……这一点倒很有意思,不过早就用滥了……啊!即便莫里哀返世,以他无与伦比的天才,也得花多少力气才能赢得公众的喝彩啊,今天的观众可真难对付啊!……其他人都写过了……要我写那样一出在王宫和波旁宫演出过无数次的闹剧,简直就等于在对我说,快点儿,快点儿,像洛戎那样思路畅达,落笔流水,像科莱①那样一腔激情,独出心裁!我能挤出来的东西,就这么一点点……再没有了……我是一个笨蛋;无论活到多老,永远是一个笨蛋,发热的头脑使我像傻瓜那样轻易受骗……但可不可以……不,这不合情境……假若把这个小故事搬上舞台会怎么样?更不行,那早已是妇孺皆知了;

---

① Charles Collé(1709—1789),法国剧作家。

造一个全新的故事吧,又会不合人们的口味。况且,算来我只有两三天时间了,又要写,又要分角色抄台词,又要背,还不等排练就要演了……有的人会说,写一场戏就跟吹一个肥皂泡那样省事……看来,上帝才知道那是怎么回事。

第二场

阿尔图安先生,一个仆人(在前一场中间已上场)

仆人 先生,有一个人找您,他弯腰驼背,两胳膊两腿呈月牙形,活像是个裁缝,再像不过了。

阿尔图安先生 见鬼!

仆人 还有另一位,他脸色阴沉,嘴里嘟嘟囔囔,像是个没收回钱来的债主。

阿尔图安先生 见鬼!

仆人 还有第三个,又干又瘦,两眼不停滴溜溜地转着瞅房间的四角,好像要把家具全都搬干净似的。

阿尔图安先生 见鬼!真见鬼!

仆人 还有……

阿尔图安先生 还有鬼来逮你走……木桩子一样钉在这里做什么呢?你也要跟他们串通起来把我逼疯吗?

仆人 还有从塞尔万太太那里来的人,她求您别忘了她的事。

阿尔图安先生　我记着呢!

仆人　还有一个女人……

阿尔图安先生　(换成一副开心的笑脸)一个女人!

仆人　围着足足有二十来尺长的围巾,我担保是个寡妇。

阿尔图安先生　漂亮吗?

仆人　一脸愁云,不过安慰一下还好。

阿尔图安先生　多大岁数?

仆人　二十多了,不到三十。

阿尔图安先生　让那寡妇进来。

仆人　还有两个古怪的人,一个穿着长筒靴,手里提一条驿车马鞭……

阿尔图安先生　那是克朗塞。让那寡妇进来。

仆人　另一位穿着黄袜子、黑裤子、灰色的条格麻纱上装。他们已去了您家,有人告诉他们您在这里。

阿尔图安先生　那是我的下诺曼底律师。告诉他们等着,要不就别来了……让那寡妇进来。

第三场

阿尔图安先生,贝特朗太太

贝特朗太太　先生,请允许我坐下。我累得筋疲力尽;今天我走遍了整个巴黎城，我想，恐怕每个角落我都看到了。

阿尔图安先生　坐吧，太太……（旁白）她长得还真不赖……（高声）太太，不认识您真是我没福气。不过，今天是哪阵风把您给吹来了。太太，您没弄错人吧，我叫阿尔图安。

贝特朗太太　我找的正是您。

阿尔图安先生　我很高兴……（旁白）小巧的脚，还有玲珑的手……（高声）太太，坐这把高扶手椅吧，那样您能更舒服些。

贝特朗太太　我这样很好。先生，您是否有时间有耐心听我讲呢？

阿尔图安先生　说吧，太太，说吧。

贝特朗太太　在您面前的是世界上最不幸的女人。

阿尔图安先生　您的命运不该这样，以您拥有的种种优点，还有什么样的厄运不能中止？

贝特朗太太　听我慢慢说来，您就知道了。您或许听说过贝特朗上校？

阿尔图安先生　就是那位把军舰上的所有水兵都送上救生艇，自己却跟军舰共葬海底的"神龙号"舰长吗？

贝特朗太太　正是亡夫，他在军队服役了二十三年。

阿尔图安先生　是个勇敢的人，再没有比他的遗孀更值得关怀的人了。我能为您做些什么？

贝特朗太太 许多事。

阿尔图安先生 我怀疑。不过我希望如此。

贝特朗太太 他什么财产也没有留下,只留下一个孩子。我申请了一份人们没脸拒绝的抚恤金。

阿尔图安先生 您觉得它太微薄了是不是,太太?国家如今是负债累累啊。

贝特朗太太 我倒很满足,不过我希望这份抚恤金能转到我儿子的名下。

阿尔图安先生 实话跟您说,您的请求和海军部的回绝,在我看来同样公正。

贝特朗太太 如果我死了,可怜的孩子怎么办?

阿尔图安先生 太太,您还年轻,风华正茂……

贝特朗太太 这一切今天还有,明天指不定就没了。一切可用来保护我利益的法子都使了,找谁都没用:亲王、公爵、主教、神父、大主教、贵妇人……

阿尔图安先生 别人也许对您更有用。

贝特朗太太 要对您说实话吗?我倒是没有轻视过他们。

阿尔图安先生 因为这些人都不知道怎么求人。

贝特朗太太 您却知道,您?

阿尔图安先生 非常内行。这里头有几条法则,首先,求人的人必须对事情本身有强烈的兴趣。

贝特朗太太 您对我的事有兴趣吗?

阿尔图安先生　为什么不？太太，再没有更自然的了。他们那些人的心是铜做的，要懂得软化他们的心。

贝特朗太太　这种本事谁有？

阿尔图安先生　您自己就有，太太。

贝特朗太太　谁愿意为别人施展这本领？

阿尔图安先生　（来回踱步，沉思）我愿意……

贝特朗太太　敢问您在想什么？

阿尔图安先生　想您的事儿如何成功。

贝特朗太太　您有一副多么好的热心肠啊！

阿尔图安先生　重要的一点，关键的一点，基本的一点……

贝特朗太太　是什么？……（旁白）他会对我说什么呢？他也和别人一样吗？他会欺骗我吗？

阿尔图安先生　是……是使恳求变成一种私人间的交道，是的，私人间的交道。若不为自己说情，即便朋友也不愿意听。

贝特朗太太　我的事就取决于您的朋友了。

阿尔图安先生　嗳，您说得对。他叫普尔蒂埃，我甚至敢说他会发慈悲帮助您的。

贝特朗太太　您真心找他谈？

阿尔图安先生　当然。

贝特朗太太　感谢上帝。人们说得对，您是所有不幸者的朋友。

阿尔图安先生　今天或是过几天,就是这里女主人的主保圣人瞻礼日。普尔蒂埃是她丈夫的好友,现在在巴黎。除非有紧急事务,他到时候一定会来这儿。

贝特朗太太　您会替我求情吗?您会把我的事变成私人间的交道吗?

阿尔图安先生　只有在这个条件下,我才肯担此重任。别忘了,我提醒过您,您也同意了……您不是说过,您有个孩子。

贝特朗太太　头一个,也是唯一的一个。

阿尔图安先生　多大了?

贝特朗太太　快六岁了。

阿尔图安先生　按理说也不会更大。

贝特朗太太　要是在半年前,别人也许会相信,可是这半年来我哭过多少次,那么疲惫,那么痛苦,我已经大大变了模样!

阿尔图安先生　这可看不出来。

贝特朗太太　他从中国回来……中国牢牢留在我的脑子中。

阿尔图安先生　让我们把它赶出去。

贝特朗太太　我可以信赖您吗?

阿尔图安先生　可以,不过想明白了,以我说的为条件,不然我概不负责。

贝特朗太太　您是个高尚的人,一言为定。您就按您的意愿去做、去说吧。

第四场

阿尔图安先生,列那尔多先生(一位吉索尔的律师,在贝特朗太太下场的同时上场)

阿尔图安先生　还是写一个剧本吧,在这一切当中抽点空儿……万分抱歉,亲爱的列那尔多,让您久等了。

列那尔多先生　情有可原,因为,我的老天,她真够迷人的啊!

阿尔图安先生　您还是有眼力。

列那尔多先生　就剩下这个了。我听您的话过来了,悉听吩咐,不知有何事?

阿尔图安先生　我都不知道怎么笑了,我深深地陷于悲哀之中。

列那尔多先生　您的剧本搞砸了?

阿尔图安先生　比这更糟。

列那尔多先生　什么,真见鬼!

阿尔图安先生　我有一个姐姐,我曾十分爱她。她有点笃信宗教,不过,除此之外,真算得上天下第一好人,人间难找的好姐姐。可是她死了。

列那尔多先生　于是有人跟您争夺遗产。

阿尔图安先生　比这更糟。

列那尔多先生　什么，真见鬼！

阿尔图安先生　他们未经我同意就任意处置遗产。我姐姐生前跟一个女友住一块；这个女友习惯在家中像主人那样发号施令，竟然就把一切占为己有，爱送的送走，爱卖的卖掉。床啊，镜子啊，衣服啊，餐具啊，家具啊，厨具啊，银器啊，结果呢，给我剩下的财产，除您见到的我的双手之外，一无所有。

列那尔多先生　这一切数量大吗？

阿尔图安先生　足够大的，我不知道如何是好。丢掉这么大一笔财产，我狠不下这个心，尤其因为她的事务并不比我更顺利；控告姐姐的老朋友，又非君子所为，您说我该怎么办呢？

列那尔多先生　我的建议嘛，不作理会。

阿尔图安先生　说得倒轻巧。

列那尔多先生　我劝你好好休息吧。您知道这桩官司是怎么回事吗？与您的老朋友塞尔万太太的官司一模一样。那场官司已经打了十年，还可能再打上十年，为它我跑了五十趟巴黎，还可能再跑上五十趟；它花费了我二百路易的意外开支，还可能要再耗费二百路易；而那场官司，全依太太的强大后盾，可能永远也审理不了啦，或者，即使我争得了审理权，宣判后我可能连预付款额一半的一半都捞不回来。

阿尔图安先生　所以您绝对不愿我提出诉讼。

列那尔多先生　不愿。以魔鬼的名义，让您的朋友塞尔万太太和您的姐姐的朋友都见鬼去吧！

阿尔图安先生　如果重来一遍，您也不提出诉讼？

列那尔多先生　不……您在想什么？

阿尔图安先生　如果可能的话，我愿意帮您的忙；我不喜欢对朋友的利益无动于衷。有主意了……

列那尔多先生　什么主意？

阿尔图安先生　您劝阻了我打那场官司，我已不再想它了。作为报答，我也该为您效劳，让我碰碰运气把您的官司结束怎么样？您知道吗，这对我并非不可能？

列那尔多先生　我同意，百分之百地同意。要不要给您立一份委托书，委您全权结束官司，准您无条件地任意行动？请给我准备笔墨纸张，我马上立文书签名。

阿尔图安先生　桌子上一应俱全……（阻止他）我亲爱的列那尔多，且慢，我自然会尽力而为，这一点您不必怀疑。不过凡事皆有万一，到时候别指责我就是了。

列那尔多先生　别担心。

阿尔图安先生　谁知道？（列那尔多立文书）啊！啊！啊！（旁白）要是下诺曼底律师知道我的衣兜里还有一份太太的委

任书呢？……（大声）太好了；可是我答应写的剧本怎么办呢？……算了，车到山前必有路，船到桥头自然直，我们走着瞧吧。我老是答应那些我不会去做的事，而时不时地做一些我不会答应的事。

列那尔多先生　好啦，我签了名：伊萨卡·德·列那尔多……

阿尔图安先生　我不怀疑，这事将圆满成功。

列那尔多先生　不过，还请读一下文书，你得按它行事呢！这是规矩。我签了名：伊萨卡……

阿尔图安先生　我又什么时候守过规矩？

列那尔多先生　可你也没因此而更聪明。规矩，我的朋友；规矩是世上的女王。另外，我只求能付清我的诉讼费用，用这笔钱我可以给那座小房子配上像样的家具。那座面临小河与树林的房子能让您写出最优美的诗句，十年来您就该拥有它，可您一直没有。塞尔万太太该给我、我老婆、我孩子和他们的继承人的，我都免了。对了，我在她的院子里见过一顶轿子，那是我已故的亲戚德福尔热太太留下的唯一东西，她死前很久就不能行走了。再定上轿子吧，我老婆的腿脚开始不便了，这轿子对她可是一件好礼物，别忘了轿子。

阿尔图安先生　忘不了。

列那尔多先生　您心不在焉。

阿尔图安先生　我的朋友，我对这个该死的地方厌烦透了。生活虚无缥缈，人们见利忘义。我决定到吉索尔去，活在那儿，死在那儿。

列那尔多先生 您要到吉索尔去生活？

阿尔图安先生 到吉索尔去。光荣、安宁和幸福在那儿等待着我。

列那尔多先生 您将在吉索尔度过一生？

阿尔图安先生 在吉索尔。

列那尔多先生 我告诉您，您这种头脑的人行事从来不顾及后果，您要去那儿真是鬼迷了心窍。快打消这念头吧。

阿尔图安先生 真的，我的打算一个都没能站住脚，哪怕最好的也销声匿迹了。不过我还是作打算，这是免不了的，就像坐在不稳的椅子上总归要摇晃一样。

列那尔多先生 那么太太呢？您什么时候见她？

阿尔图安先生 今天。

列那尔多先生 她很细心，小心她看透了您的鬼点子。

阿尔图安先生 这一点，您一个律师，一个下诺曼底律师，您想代替她吗？

列那尔多先生 也许，我也很敏锐。什么时候我再见您呢？

阿尔图安先生 今天吧。

列那尔多先生 在哪儿？

阿尔图安先生 这儿。你还住在飞箭街的小阁楼上吗？

列那尔多先生 还在那儿。您别诉讼了，听见没有？尽可能地利用塞尔万太太。我有三个孩子,她只有一个女儿,这个老疯子可是又丑又凶,就像一只得病的猴子,另外还聋得厉害,不过她很富,而我却穷得要命。再见。

阿尔图安先生　再见。

列那尔多先生（走到台边了）还有轿子。

阿尔图安先生　还有轿子……这下总算清静了,我可以幻想了。

第五场

阿尔图安先生,克朗塞先生

克朗塞先生（脚蹬皮靴,手执马鞭）见您一面真不容易,简直比见部长、见次官还难;要知道我在前厅足足发了两个钟头的火。收到我的信了?

阿尔图安先生　收到了。您呢,收到回信了?

克朗塞先生　没有。

阿尔图安先生　瞧您这个样子,谁都会把您当成车夫。

克朗塞先生　我已经是车夫了。四天来,我着实学了一手。

阿尔图安先生　怪我迟钝,不明白您的意思。

克朗塞先生　我相信,我告诉过您,韦尔蒂亚克太太看得起我,喜欢我,可是拒绝把她那位爱着我的女儿嫁给我,荒谬地打算割断这段情缘……

阿尔图安先生 （讥讽地）只要您还活着，她女儿还活着，这情缘就没有完结的时候。

克朗塞先生 当然……她就把女儿带到巴黎来了。

阿尔图安先生 后来呢？

克朗塞先生 啊！您好像从来没有恋爱过似的，连后来的事都猜不出来。

阿尔图安先生 您先跑了出来，当了她们的车夫。

克朗塞先生 正是如此。

阿尔图安先生 她女儿认出您了？

克朗塞先生 毫无疑问。不过她的惊奇险些坏了大事。当时她一声惊叫；她母亲突然转过身来问："什么事，我的女儿？你碰伤了？"——"没有，妈妈，没什么。"……啊！我的朋友，费了多少脑筋，我才没有露出马脚来！尽管那老太婆心急火燎地催促，我还是拖延了不少路程！趁那老太婆睡觉时，我骑在马上，她在车子里面，我们来回传递了多少个飞吻！多少次我们抬起眼睛，把双臂伸向天空！多少次山盟海誓！我把手伸给她扶她上下车时，是多么愉快！我们多少次痛哭！我们流了多少眼泪！

阿尔图安先生 这顶压低的大帽子就遮住了她母亲的视线？现在您想干什么？

克朗塞先生 一切能想出来的荒唐事。

第六场

阿尔图安先生,克朗塞先生,韦尔蒂亚克太太和小姐

阿尔图安先生 她们来了!快走。

克朗塞先生 不,我留着,让这个女人看看我,见识见识我的行为,我的能耐。

韦尔蒂亚克太太 (训斥着她的女儿)小姐,要想我带你出来见世面,就别这样总哭丧着个脸了。

韦尔蒂亚克小姐 (发现克朗塞)啊!老天!我不舒服了。

韦尔蒂亚克太太 您好,我亲爱的阿尔图安……怎么了?见到老朋友就这副脸色吗?您这般张皇失措,没想到我的到来吧。

阿尔图安先生 请原谅,太太,我知道您在巴黎。

韦尔蒂亚克太太 是我预先告诉您的?

阿尔图安先生 我事务忙得透不过气来。

韦尔蒂亚克太太 这人是谁啊?像是我们的车夫。朋友,你嫌给的钱少了吗?说啊,你要多少?再给一个埃居怎么样?去对我的仆人说让他给你……(克朗塞把压低的帽子往上抬)原来是他!是那个跟我纠缠不休的人!讨厌鬼,追踪我没完了?……先生,您真的当了我们的车夫吗?

克朗塞先生　太太，整个旅途中，我一直有此殊荣。

韦尔蒂亚克太太　（对女儿）你知道吗？

韦尔蒂亚克小姐　当然知道啦，妈妈。

韦尔蒂亚克太太　你知道，居然对我只字未提！

阿尔图安先生　换作您，您又该如何呢？

韦尔蒂亚克太太　怪不得马车走得这么慢，真气死我了！他们合着伙要把我逼疯。（对阿尔图安先生）您还笑……要不要再回到外省的家里去？

阿尔图安先生　不！倒是应该让他们在巴黎成亲，越快越好。

韦尔蒂亚克太太　先生，这样做可不地道。

克朗塞先生　（跪在韦尔蒂亚克太太面前）太太，请原谅，实在请原谅。爱情……

韦尔蒂亚克太太　爱情，爱情是疯子。

阿尔图安先生　太太，谁比我们更清楚呢？

韦尔蒂亚克太太　（对克朗塞）滚开，我不愿意听见您，看见您。您在这儿存心折磨我，就像在外省折磨了我三年那样。好好给我听着，一个字也别忘了，您爱我女儿，不管用什么形式，只要您走近我的住所，只要您在剧场中，在散步时，在走访时纠缠我们，只要您引起我一点点麻烦，我就把她关进修道院，直到我再也无法控制住她为止。再会……再会，我的朋友。

第七场

阿尔图安先生，克朗塞先生

克朗塞先生 这个怪僻而又残忍的母亲既不知道我这样的情人敢做出什么来，也不知道她那股谁都不该忍受的严厉劲会把女儿逼到什么地步。似乎只有亲身经历才能给她以忠告；因为总归……韦尔蒂亚克太太，您当心，我将做出辉煌的奇举；一切指责都将落到您头上，我先告诉您，人们将说……朋友，我请您把我刚才的话忠实地转告韦尔蒂亚克太太。

阿尔图安先生 请节制一下，悠着点。冷静地想想有没有办法可想。

克朗塞先生 她好像对您有那么点意思，看起来，甚至一大批后来者都没有使她把您忘记。求她吧，恳请她，然后命令她，因为，对女人我们总是有这种权力的。让我的命运就这样一下子定了吧，不然我什么也不回答。

阿尔图安先生 应该想想……我想想。我越想，越觉得这事儿难办。

克朗塞先生 什么？您这智多星，满肚计策曾给您带来了多大的荣誉……

阿尔图安先生 也招致多少怨恨。

克朗塞先生 为朋友就不能略施一计吗？

阿尔图安先生 我现在是胆子小、顾虑多啊。

克朗塞先生 我知道是怎么回事了，您在打韦尔蒂亚克太太的主意，她也可能对您有意，但您害怕……

阿尔图安先生 我怕自己的良心谴责，还有你们的；我变胆怯了，我不认识自己了。啊，要是我仍像过去那样多好啊！另外，我见的尽是那些想打狐狸又怕沾一身臊的人。

克朗塞先生 我可不是那种人。

阿尔图安先生 您肯给我以全权吗？

克朗塞先生 没说的。

阿尔图安先生 不来盘问我吗？

克朗塞先生 盘问您？好好瞧瞧我！事关结束我未婚妻的痛苦。难道还要我签一份契约吗？我时刻准备着。

阿尔图安先生 还不到这个地步。不过答应我，第一个条件，不要好奇。

克朗塞先生 我不会的。

阿尔图安先生 第二个条件，温顺听话。

克朗塞先生 您要做什么？

阿尔图安先生 忘掉她们的住所，让她们安静。装作满不在乎的样子。

克朗塞先生 我！装作满不在乎！这我做不到，力不能及；这等于招来那母亲的蔑视，等于让她女儿痛苦而死。我做不到,做不到。

阿尔图安先生 您忘了韦尔蒂亚克太太的威胁了?

克朗塞先生 记得清清楚楚,修道院!我会打破它的门,穿透它的墙。先生,爱情的力量胜过地狱。

阿尔图安先生 忍着吧。

克朗塞先生 (坐立不安,努力遏制)我忍着,好吧,我忍着。

阿尔图安先生 我要让韦尔蒂亚克太太,您听见没有,让韦尔蒂亚克太太双手作揖请求您娶她的女儿为妻,这下您总该称心如意了吧?

克朗塞先生 求我?

阿尔图安先生 对,求您。毫不吹牛,我相信能够做到这一点。

克朗塞先生 可是还得回避!还得装作满不在乎!我的朋友,您能不能让我扮演个更合理、更自然的角色呢?

阿尔图安先生 疯狂的人啊!我能要求您什么呢?在我没来叫您之前,不要离开房门一步。

克朗塞先生 这得囚禁多久?

阿尔图安先生 也许一天吧。

克朗塞先生 一天不见她的面!我还从未这样做过。整整该死的一天!她会怎么想呢?您真是个暴君。好吧,我同意等一天,不过一分钟也不能再多了。我说,您还不知道我在赶马车时头脑中闪过的一个念头:只要我的未婚妻做一个小小的手势,我就把她俩都劫走。

阿尔图安先生 对那位母亲您能做什么呢？

克朗塞先生 不知道，也许意外的奇遇会引起激烈的争吵，她也许不得不同意我娶她女儿。我的未婚妻不愿这么做，恐怕她现在后悔了。

阿尔图安先生 您就这么不择手段？

克朗塞先生 毫无顾忌。

阿尔图安先生 怎么！您差不多配得上做我的心腹了。快躲起来。要想出来，非得等着我的命令。

克朗塞先生 今天就能接到命令吗？

阿尔图安先生 今天。

克朗塞先生 我将多么痛苦、多么烦恼啊！我干些什么好呢？我读她的情书，我给她写情书，我吻她的肖像，我……

阿尔图安先生 再见！再见了！……好一个情人！要爱就得这样爱，不然就别瞎掺和。

第八场

阿尔图安先生，一个仆人

阿尔图安先生 不。我看这是上天、大地和地狱合谋跟这出戏作对……障碍接踵而来……一场官司要了结，一笔抚恤金要恳求，一个母亲要说服，还有，这当中要排一场戏……

这不可能……我这脑瓜干不了……（他躺倒在扶手椅上，对仆人）喂！什么事？又有谁来了？

仆人　这一位不知是谁。他突然闯进来；我问他有何贵干，他不搭理；我揪住他的衣袖，他瞅我一眼，继续踱着步；他的眼神中显出野性；他有时自言自语，有时哈哈大笑。除此之外，他还算有礼貌，若不是个疯子，准是个诗人。

阿尔图安先生　我受不了啦。列那尔多，尽管你有言在先，还是到吉索尔去见我吧。

仆人　让他进来吗？

阿尔图安先生　也许他是一个前来求救的青年作家，也许是从圣雅各门或皮克皮斯街来的，说不定他是个衣食不济的才华之士，这种事是常有的。阿尔图安，想想当年你住在圣梅达尔时写一个剧本只拿二十四个苏，想想一个上午就这样完蛋了……让他进来。

第九场

阿尔图安先生，絮尔蒙先生

阿尔图安先生　啊！是您啊，老朋友？

絮尔蒙先生　请问您在这儿干吗？

阿尔图安先生　您呢，您来干吗？

絮尔蒙先生 我不知道，有人叫我快来，我就跑来了。

阿尔图安先生 感谢上帝！我的剧就算是写成了。您不知道他们要您来干什么吗？我来告诉您吧，过几天是一位女友的主保圣人瞻礼日，他们打算庆贺一番，就请您写一出戏，聚会时好演出。您会写出来的，对不？

絮尔蒙先生 为什么不是您写呢？

阿尔图安先生 为什么？理由千千万万。最主要的，因为依我看，女主人的朋友舍皮太太对您并非无情无意，我想，如果剥夺您一次追逐她的极好机会，我真是太不够意思了。

絮尔蒙先生 您这是要成全我……

阿尔图安先生 也许，就这么定了。作为回报，您得写戏剧，至于是格言剧或是滑稽戏，就随您喜爱好了。

絮尔蒙先生 这些我都不怎么懂行。

阿尔图安先生 这更好。要是让我来写的话，什么都像，而您写的，将什么都不像。

絮尔蒙先生 有风流才子，当然就有凡夫俗子，我倒愿意隐姓埋名。

阿尔图安先生 随您的便，如果您成功了，成绩自然归于您；万一砸了锅，黑锅由我来背就是了。

絮尔蒙先生 不胜感激。

阿尔图安先生 树起信心来，报答我的好心。舍皮太太虽说有些任性，有些粗暴，有些心血来潮，但还是很可爱的，您说是不?

絮尔蒙先生 只要您喜欢,我什么都同意;即使您苛求,我也会感谢您的。

阿尔图安先生 我什么都不苛求,我给人好处,毫不炫耀,也不谋私利。好了,您快走吧。

絮尔蒙先生 我会见到舍皮太太吗?

阿尔图安先生 如果您希望隐姓埋名,您就不会。不过给她写一张让她高兴的得体的字条吧。她越是料不到这一爱的表示,就将越受感动。写吧……喜剧、格言剧、滑稽剧、即兴剧,您愿怎么办就怎么办,只要气氛快乐,毫无做作之感就成。

絮尔蒙先生（一边写着）还需要了解一下瞻礼日的女主角。

阿尔图安先生 赞扬,赞扬吧,赞扬总是受欢迎的。

絮尔蒙先生 她年轻吗?

阿尔图安先生 不。

絮尔蒙先生 老吗?

阿尔图安先生 不。她风韵犹存,岁月还来不及夺走她的魅力。您可以向丑恶和可笑猛烈进攻,但不能冒犯我们。您可以长篇大论地从容赞美崇高的思想和美好的心灵,但不能有道德败坏的词语。应该着重强调她的处世之道,坦率真诚、仁慈、谨慎、知礼得体、庄重自尊,如此……

絮尔蒙先生 也许我认识她,也许碰巧是在舍皮太太生病时我在她家看到过一两回的那个女人。她是不是叫作……

阿尔图安先生　是她还是另一个,有什么要紧?把字条给我,我会让人转交,您走吧。

第十场

阿尔图安先生,一个仆人

阿尔图安先生(对仆人)把这张字条交给舍皮太太,然后马上回来……啊!我松了一口气,这下一块大石头落了地,我像小鸟一样轻松,我可以愉快地应付那个下诺曼底律师的事了。这一件,我把它看作基本完成。而上校寡妇的那桩事儿也许有些麻烦,不过走着瞧吧;我的朋友普尔蒂埃是个多好的人!韦尔蒂亚克太太会让我吃点苦头。若是另一位母亲,稍稍通情达理些,那就好了;对她这个疯狂暴躁的人,我的计策很可能适得其反。万一如此,我的朋友克朗塞过一会儿就是最不幸的人了。而我,只会被骂得狗血喷头。不过我早就习以为常了。二十年来我走过的这条路,何处没有友人的抱怨,何处没有内心的责备……定下计策吧。该如此了……先写一封给克朗塞的信……(他写)好了……还要有克朗塞的回信……(他写)也好了……(读信)"我的朋友,我自己做主了,我是正直的人，而最正直的人言必信，行必果……"太好了，这封回信很有分寸，讨我喜欢……不过，必须用另一种笔迹……在开始那一刻的慌乱之中，我自然会支配韦尔蒂亚克太太，这我不怀疑，不过她是个常出尔反尔的人。我应该要她签一份违约赔偿书……像样的违约赔偿书……可是这一行我一窍不通……

第十一场

阿尔图安先生，仆人

仆人 先生，我回来了。

阿尔图安先生 听着，这信，就这封信，你坐到那张桌子前，亮出你最漂亮的字体将它抄一遍。然后你跑到飞箭街列那尔多先生的家，告诉他，我在这儿等他有事；他会以为是他的事。你告诉他让他立马就来……另外，若是找不到他，我们就自行订约，有可能以内容的力量来填补形式的缺陷……啊！假如我愿意的话，我相信自己会成为一匹害群之马……既然海军部次官现在还没有来，那么就必须派人去他家……不，最好还是我亲自走一趟。

第十二场
仆人

仆人　多么潦草的笔画啊!这家伙什么都懂,也许唯独不会写字……瞧我的。不要出错;多一点少一画都足以使他火冒三丈……不过这,这是什么意思?……他给自己写的信回信!阿尔图安先生,您又在干什么见不得人的事了,您的手也伸得太长了;有您瞧的……

　　〔仆人留在台上,继续抄写信件,对自己漂亮的字体洋洋得意,然后气恼,又涂又擦,撕了又抄。这时音乐起,配着哑剧表演。

第三幕

第一场

阿尔图安先生,他的仆人(把信的抄件给他)

阿尔图安先生 很好,快去列那尔多家……这些人全都没处找。听人说普尔蒂埃在这儿,希望能见到他。

第二场

阿尔图安先生,博利厄小姐(手捧一束花,腰边还夹着一束)

博利厄小姐 我早跟您说了,太太是个火爆脾气,我想这一回给她梳妆都不成了。您呢?先生,事儿怎样了?

阿尔图安先生 行了。

博利厄小姐 太好了。我正从她那儿来辞退您,来告诉您,她什么都不需要您了。

阿尔图安先生 为什么?

博利厄小姐 也许因为她改变了主意。您知道她的心肠虽然好，却是墙头草随风倒；也许她依赖上了另一个，这么说似乎更可信。还要我把话说完吗？

阿尔图安先生 不要吞吞吐吐。

博利厄小姐 我奉命告诉您。她再找一个同样糟糕的诗人毫不费力，找一个更殷勤的更不费力。

阿尔图安先生 小姐，请转告她，我本会十分高兴地顺从她最后的决定，但为时已晚；不过，要烧掉一个剧本比写一个自然是容易得多……（博利厄小姐笑了）您笑了……是不是还有什么事要说？

博利厄小姐 是的。

阿尔图安先生 什么事？

博利厄小姐 既然我有时默不作声，那么有时也会开开玩笑的。说真的，戏写出来了？

阿尔图安先生 没有，正在写着呢。这一束是什么？真美啊。不过所有这些玫瑰也抵不上一束百合花或是一个含苞欲放的花蕾。

博利厄小姐 要有人唱赞歌，也要有人献花篮。我们在普尔蒂埃的花圃里扫荡了一番。您知道他的时间老不由他自己支配，马尔弗太太的主保圣人瞻礼日那天，他有些公务要去马赛，所以他今天提前来庆贺了。

阿尔图安先生 他在这里？

博利厄小姐 我听见他下来了。

第三场

阿尔图安先生，普尔蒂埃先生

阿尔图安先生（走向后台）普尔蒂埃先生，普尔蒂埃先生，我是阿尔图安，是我在叫您，有句话要跟您说。

普尔蒂埃先生 您这忘恩负义的家伙，我真不该见到您。您答应来和我们一起吃饭足足有两年了不是？人们说得对，就凭这一点，什么都不能信您；不过，君子不记小人过，请问有何贵干？

阿尔图安先生 能不能占用您一刻钟时间？

普尔蒂埃先生（掏出怀表）好吧，一刻钟。不能再多了，我是公务在身。

阿尔图安先生（对着前厅）不管谁来，都说我不在，不管是谁，听见没有？

普尔蒂埃先生 像是要宣布一件严重的事。

阿尔图安先生 很严重。您永远待我友好吗？

普尔蒂埃先生 当然啦，没良心的。尽管您有那么古怪的脾气，能不能说快点？

阿尔图安先生 我要是跪在您面前，恳求您在我生命最关键的时刻伸手拉我一把，您会欣然同意吗？

普尔蒂埃先生　您缺钱花？

阿尔图安先生　不。

普尔蒂埃先生　还在打官司？

阿尔图安先生　不。

普尔蒂埃先生　说呀，开口呀，请相信，哪怕只有一丝希望，事情总归会成的。

阿尔图安先生　从何说起呢？

普尔蒂埃先生　您跟我还绕什么弯子！直说吧。

阿尔图安先生　您认识贝特朗太太吗？

普尔蒂埃先生　那个半年来跑遍城市和宫廷到处追逼我们的见鬼的寡妇吗？她一天之内给我们树立的敌人，比十个请愿的人十年里树立的还多！再有三四个这样的主顾，我们海军部就得关门。她想要什么？一笔抚恤金？给了她啦。您要什么？给她增加吗？那就给她增加好了。

阿尔图安先生　不是这个；即使减少抚恤金她也同意，只是她想把钱从她的名下转到她儿子的名下。

普尔蒂埃先生　这不行，这可不行。以前没有这样做过，现在不该这样做，将来也不会这样做的。我的朋友，您是有头脑的，看看这样施恩会有什么后果。您是不是想让成百上千的寡妇都踏着贝特朗太太这块跳板，过来找我们的麻烦？还应该让我们的政府没完没了地背债度日吗？您知不知道我们的债务几乎达到日常开支数了？我们要清偿债务，您这样做可不是办法啊！不过请问您对这个女人到底有什么兴趣，竟至于能对国家的利益视若无睹？

阿尔图安先生　什么兴趣？最大的兴趣。您有没有仔细看过贝特朗太太？

普尔蒂埃先生　她长得很美，这我同意。

阿尔图安先生　如果我十年来一直注意到这点呢？

普尔蒂埃先生　您会厌烦的。

阿尔图安先生　别开玩笑了。您这位风流雅士不会损害一个妇女的声誉，也不会让一个朋友痛苦不堪。这些吃海上饭的人真不讨人爱，他们长期出门在外。

普尔蒂埃先生　如果他们的老婆爱他们的话，长年独守空房真不是个滋味。

阿尔图安先生　贝特朗太太十分尊重勇敢的贝特朗上校，不过她也不是没有头脑，这个她为之恳求抚恤金的孩子，这个孩子……

普尔蒂埃先生　您是他父亲？

阿尔图安先生　我猜想。①

普尔蒂埃先生　见鬼！为什么和她生一个孩子？

阿尔图安先生　是她愿意的。

普尔蒂埃先生　不过这一来，事情就两样了。

---

① 这是一个双关语。法语动词 supposer 有"猜想"的意思，也有"假冒"、"伪造"的意思。这句话又有"把非亲生子女冒称为亲生子女"的含义。

阿尔图安先生 我并不富有。您了解我的思维感觉方式,告诉我,如果这个女人死了,您以为我能负担得起一个孩子的教育费用吗?我能忍心忘掉他,抛弃他吗?换作您,您会这样做吗?

普尔蒂埃先生 不。但是难道要国家来弥补个人所干的荒唐事吗?

阿尔图安先生 啊!要是国家没做过,也不做其他不公正的事,只是采纳了我对您的建议,那有多好!如果人们只把抚恤金给了、或只准备给那些丈夫为了荣誉和海洋的法则而葬身大海的寡妇,您认为国库竟会因此而空虚吗?请允许我对您说,朋友,您廉洁得过分了,您竟害怕往大海里多加一滴水。假如这种恩典是开天辟地头一回,我就不会来求您了。

普尔蒂埃先生 您会的。

阿尔图安先生 可是,一帮妓女、皮条客、歌女、舞女、江湖骗子、胆小鬼、无赖、流氓、恶棍将挖空国库金银,将耗尽民脂民膏,而一个勇敢的军人的妻子……

普尔蒂埃先生 像贝特朗上校那样受人尊敬、抛下贫穷的孤儿寡母的人不知有多少。

阿尔图安先生 这些人跟我又有什么关系?这些孩子又不是我的,我又没有为这些寡妇来求你。

普尔蒂埃先生 应该再看看。

阿尔图安先生 我以为一切都看得清清楚楚，您不答应就别离开这儿。

普尔蒂埃先生 我答应了又有什么用！不是还要部长批准吗？但他不是很看重您，待您很不错吗？

阿尔图安先生 您可以委托他……

普尔蒂埃先生 自然应该如此。我想，那件事把您吓住了是不是？

阿尔图安先生 有一点。这秘密不是我的，而是另一个人的，而这另一个是个女子。

普尔蒂埃先生 她的丈夫已经不在了。您真是个孩子……您知道这事会有什么结果？我会说出一切经过，他会笑笑。我会建议把抚恤金转个名头，他更会同意。不仅不减少，我们还会让它增加一倍；证书将不用检查就签署，一切都将完满结束。

阿尔图安先生 您真行。您的善意使我热泪盈眶。让我来拥抱您。那证书要等很长时间吗？

普尔蒂埃先生 一个小时，或许两个小时。我要去和部长处理公务；他是大忙人，公务繁重，不过我们只是将我认为该处理的草草处理一下。您的事会头一个提出来的，一会儿工夫我就回来亲自告知您成功的消息。

阿尔图安先生 我真不知如何表达我的谢意。

普尔蒂埃先生 别太感谢我，我的良心还从未这么平静过。对一个光明正大地度过了大半辈子、有益于人们的文人，一个还从未引起政府任何重视的文人，一个受到外国女君主隆重接待的文人来说，我这样做的确是一个极好的报答……再见。我可以让您回想起您的诺言，不过我不愿意以利益关系的阴影玷污您看作善举的行为。我还到这里来找您吗？

阿尔图安先生 当然，如果我还能幸运地再见到您。（叫住欲走的普尔蒂埃先生）我的朋友？……

普尔蒂埃先生 什么事？

阿尔图安先生 对部长吐露的隐情……

普尔蒂埃先生 使您担忧了。我心中有数，但这是必不可少的。

阿尔图安先生 （微笑）您这么想？

第四场

阿尔图安先生，独自一人

阿尔图安先生 要想获得什么，就得这么干。如果对普尔蒂埃说"这女人与我毫无关系，我昨天才认识她，我闲逛时偶然在关怀她的人家中碰到她。他们知道我认识您，认为我能为她做些什么。我答应跟您说说，我就跟您说了。我要说的就是这些。至于其他,您瞧着办吧,我既不连累您,也不打扰您"。这样,普尔蒂埃只会冷冷地回答:"这不行……"然后我们转个话题……不过,贝特朗太太会同意我的手段吗?万一她多虑了呢?……确实,我为她尽了力,不过,方法也许不合她意……不过,这还不好解释吗?我不是已经提过我的原则,不是问过她了吗?她不是允许我打私人交道吗?我又多掺和了些什么呢?……如果普尔蒂埃能在寡妇回来之前把证书送来……我真是着了魔!我来这儿是为了写剧本,舍皮太太已经计划把我关上一整天,或许还要关一个晚上;她选的正是好时候!……对了,我还得派人去找絮尔蒙,看他写得怎样了,我不希望庆贺聚会开不起来。

第五场

阿尔图安先生,一个仆人

仆人 列那尔多先生到一个大官家里去了,不过他一会儿就会回来,您会见到他的。

阿尔图安先生 你到絮尔蒙先生家去,告诉他我今天在这儿等着他答应我的事,如果博利厄小姐的角色写好了,叫他给她送去,因为她记性不太好。

仆人（旁白）上絮尔蒙先生家！跑十里路！他拿我当一匹驿马来使了。

阿尔图安先生　记清楚了吗？

仆人　一清二楚。

阿尔图安先生　重复一遍。

仆人　到絮尔蒙先生家，告诉他您在家里等着他心里清楚的那件东西，如果博利厄小姐的角色写好了，就给您送来……马上给她送去。

阿尔图安先生　给您，给她，到底送给谁？

仆人　给您送来。

阿尔图安先生　不对，蠢货。是给她送去；我不是在我家，而是在这儿等着他，等他絮尔蒙。

仆人　请别见怪，先生，我相信您就是这样对我说的。

阿尔图安先生　真叫人火冒三丈。他们做了蠢事，而为了掩盖过失，又扯上另一件。我看有事还是自己写信的好……哟，寡妇太太怎么来了？她也来得太早了一点。

第六场

阿尔图安先生，贝特朗太太

贝特朗太太　先生，您可能会说那些心里只惦记着一件事的人真叫讨厌；要是我惹您烦了，您也不必为难，我换个时间来就是了。

阿尔图安先生　不，太太。对一个好行善举和情趣高雅的人来说，不幸的人和可爱的女子的到来从来不会不适时的。

贝特朗太太　对于可爱的女子，事情也许如此；至于不幸的人，我不能同意您的话。您可知道多少次在殷勤的假面具底下，我看到那些人的真面目："又是这个寡妇！她来干什么？我真受不了啦；她以为别人脑袋里只有她那一件事似的。"刚刚端给我一把椅子，他们就一股旋风似的冲到我面前，根本不是出于礼貌，而是不让我有时间向前靠。有的人把我堵在门外，在门缝里冲着我说："我记着您的事，忘不了，相信我吧……"——"可是，先生……"——"很抱歉不能留您更久，我忙得喘不过气来。"我行礼，他们也回礼。有时，我听见他们对仆人说："我早禁止这女人进门了，为什么还放她进来？她要是再来，就说我不在家，不在家。"

阿尔图安先生　那些都是瞎了眼睛、没了心肺的人。

贝特朗太太　要都是这种人，倒还算不了什么，还有更糟的，我都不敢说他们是以什么条件才答应帮忙的，想想都叫人恶心。

阿尔图安先生　尽管他们缺少分寸和礼貌，我还是不难想象。

贝特朗太太　说真的，先生，您是我碰到的唯一的好心人。

阿尔图安先生 不敢！太太，您这般夸奖，我几乎都要脸红了。

贝特朗太太 不，先生，毫不恭维。别人说您是什么样，我发现您还是什么样。

阿尔图安先生 那都是我的朋友瞎说的，友情往往导致人们不辨真假地过分吹捧。如果他们真实，如果他们了解我就像我了解自己一样，他们就会这样说："阿尔图安多情善感，给他行善的机会，是让他为难。如果有幸能为他所爱慕的女子效劳，他便会担心玷污了善举，而这种想法足以使他长久保持沉默。"

贝特朗太太 我可以问您一下吗，先生？我刚去了海军部次官的家，得知他来这儿了……

阿尔图安先生 您想知道我是不是见到他了吗？是的，太太，我见到他了。

贝特朗太太 那么这事？

阿尔图安先生 我们那桩事有些难。不过绝不是……绝不是没有希望的。

贝特朗太太 您以为……

阿尔图安先生 太太，我们等着吧，别太自信。要量力而行，不要以可能落空的期待哄骗自己，说不定会碰上好结果的。

第七场

阿尔图安先生，贝特朗太太，一位仆人

仆人 我从普尔蒂埃先生那儿来，带来他的问候。他让我把这个小盒亲自交给您，并告诉您他过一会儿就来。

第八场

阿尔图安先生，贝特朗太太

阿尔图安先生 我们的命运就在此物之中。

贝特朗太太 真叫我不寒而栗。

阿尔图安先生 我也是，我把它打开吗？

贝特朗太太 打开，快打开。

阿尔图安先生（打开，读）是部长签署的您的抚恤金的证书，有一千埃居。

贝特朗太太 比以前增加了一倍？

阿尔图安先生 是的，我不会弄错，已经转到您儿子的名下了。

贝特朗太太 我没有力气了，让我坐一会儿。先生，给我一杯水，我有点难受。

阿尔图安先生（走向后台）快拿一杯水来。（解开贝特朗太太的短斗篷，把它弄得凌乱不堪）

贝特朗太太（一直坐着）我终于有了生活的依靠！我的孩子，我可怜的孩子从此不再缺教育，缺面包！全靠您，先生，这一切全靠您！对不起，我不知道怎么说才好，我感情太冲动了，话不由己。我不说了，请您看看我判断一下。

〔这时候，贝特朗太太才注意到自己乱七八糟的衣服。

阿尔图安先生 您从来没有像现在这样动人，这样美丽。啊！现在目睹您风采的人有福了！我简直要说以前为您效劳的人该后悔了！

贝特朗太太 能允许我在这儿等待普尔蒂埃先生吗？

阿尔图安先生 应该不止做这些。您的孩子将长大，谁知道日后他会不会需要部长的栽培和次官的照应呢？我的意见，您最好把孩子找来，让他见见普尔蒂埃先生。

贝特朗太太 您说得对，先生。凭您那虑事周到的冷静头脑，不难看出助人为乐是您的家常便饭。我就去带孩子来。我多么想亲亲他！一刻钟以后我要是还赶不回来的话，那我恐怕已经快乐死了。

阿尔图安先生（把胳膊伸向她）太太，请允许我……

贝特朗太太 不用了，先生；我现在感到好多了。

阿尔图安先生（向后台）把太太一直扶上车。

第九场

阿尔图安先生,独自一人

阿尔图安先生 我,像人们说的是一个好人?根本不是。我生来就狠心、凶恶、奸诈。为这位母亲对儿子的柔情,为她的多愁善感,为她的感恩戴德,我激动得热泪盈眶,我甚至对她有了兴趣;我身不由己地施行了会伤她心的计策……阿尔图安,你干什么事都要开玩笑,哪有一丝神圣之味?你是个魔鬼……这不好,很不好……你必须改掉这坏脾气……要我放弃开玩笑吗?……噢,不行……除了它,我就什么也没了;这是我的生命。

第十场

阿尔图安先生,韦尔蒂亚克太太

阿尔图安先生 一个人吗?
韦尔蒂亚克太太 一个人。
阿尔图安先生 您把令爱怎么样了?
韦尔蒂亚克太太 我女儿?我们一会儿再谈;我先要跟您谈一件要紧的、易忘的事。你跟图尔韦尔侯爵有联系吗?

阿尔图安先生 有过，那是在格里塞尔还没有把他的头脑搞乱之前。

韦尔蒂亚克太太 现在呢？

阿尔图安先生 很少，今天我希望能见到他。

韦尔蒂亚克太太 听着，他现在握有一项有俸神职美差的授予权。

阿尔图安先生 我知道，普雷枫丹修道院院长之职。

韦尔蒂亚克太太 那么，傻乎乎的侯爵不是想把这院长的美差授给某个叫戈谢……戈夏的圣绪尔比斯修会的中坚分子，那个脸色苍白、短头发的崇高神学家吗？如果他那么忧愁，讨人腻味，什么本事都没有，他那套神学对我又有什么用？

阿尔图安先生 您说得对，这种事不可忍受。

韦尔蒂亚克太太 您要运用一切权威对侯爵施加影响，让他看上杜比松神父。我将上这个迷人的青年人的家去打一通牌，然后吃一顿丰盛的晚餐。要说神父家饭桌上菜肴精美，那都是因为他谈话逗人。没人比他更熟悉偷鸡摸狗的社会新闻，比他更善于一一讲述而不失体面。如果我不怕得罪人，我会说他是写歌的好手，也是我们女管家亲密无间的好朋友，太太总是和神父交换歌曲。

阿尔图安先生 图尔韦尔侯爵认识那个叫戈夏的还有您的杜比松吗？

韦尔蒂亚克太太 不认识。他们俩一个从来不出修道院的大门，一个教养又太好了。

阿尔图安先生　够了，现在言归正传，谈谈令爱吧。

第十一场

阿尔图安先生，韦尔蒂亚克太太，列那尔多先生（在门缝中探出脑袋）

列那尔多先生　你们有事，那我等会儿再来吧。

阿尔图安先生　不，不，你待着吧，一会儿就完了……（对韦尔蒂亚克太太）是个无话不谈的朋友。

第十二场

阿尔图安先生，韦尔蒂亚克太太

阿尔图安先生　令爱呢？

韦尔蒂亚克太太　我想那两只耳朵对于我们要说的话是多余的，就把她搁在我们的朋友舍皮太太家里了。

阿尔图安先生　可怜的孩子，我多么同情她啊！（打铃，对上场的仆人轻声说）快去告诉克朗塞先生，让他马上前往舍皮太太家找他的女朋友。

　　　〔仆人下。

韦尔蒂亚克太太 是告诉他不让人来打扰吗？

阿尔图安先生 正是。

韦尔蒂亚克太太 那么，你说的这个克朗塞怎么了？

阿尔图安先生 我说他被令爱弄得神魂颠倒，这不是什么坏事。

韦尔蒂亚克太太 跟我玩了四天的捉迷藏！我永远不能原谅女儿的这种神秘。不过，我们还是先谈我们自己，然后再谈她吧。我猜想，从我们分手的那个残酷的日子以来，您的心就变了。关于这点我什么都不问，因为您会撒谎的；请您也不要问我，因为我将会对您说实话。您的时间，还有您的才华怎么样？

阿尔图安先生 一切都献给那些相当重视它们的人了。

韦尔蒂亚克太太 就这么打发日子，既无名又无利？

阿尔图安先生 如果财利跑来找我，我自然不会拒之门外；不过我不会跟在它的屁股后追逐。至于名誉嘛，那只是一时悦耳的细语柔声，不值得为之伤脑筋，尤其在当今这个人们离开《伪君子》和《恨世者》，去追求《挑剔的热罗姆》的时代，① 高雅的趣味已丧失得一干二净了。

韦尔蒂亚克太太 您变得达观了。

阿尔图安先生 也忧愁了。

---

① 《伪君子》和《恨世者》是莫里哀的喜剧；《挑剔的热罗姆》（1781年）是罗比诺的闹剧，狄德罗写本剧时刚上演。

韦尔蒂亚克太太 忧愁！为什么？他们都说聪明为心宁之本。

阿尔图安先生 我的聪明苦恼得发疯。

韦尔蒂亚克太太 您没想到，疯子生来就是为聪明人逗乐的，应该嘲笑。

阿尔图安先生 这样人们也许会天天嘲笑朋友了。

韦尔蒂亚克太太 阿尔图安，当心。您可能是有了什么毛病，您的性格变了。

阿尔图安先生 什么，如果您不知不觉地发现自己陷入困境、痛苦折磨着您一颗母亲的心时，还能劝我只从逗乐的角度来看待事物，劝我扮演德谟克利特的角色吗？

韦尔蒂亚克太太 不，我还不到这一步。我是绝不允许您把您欠我的关怀当儿戏的。

阿尔图安先生 我见到克朗塞了。

韦尔蒂亚克太太 他对您说起我了吗？

阿尔图安先生 他有一颗最美、最天真的心。我对他百分之百地相信，假若他犯了一桩罪，我相信他也会向我承认的。

韦尔蒂亚克太太 他说起我的女儿了吗？亲爱的阿尔图安，我喜欢克朗塞，但我憎恨他的家人，我这一辈子绝不跟这帮人生活在一起。

阿尔图安先生 可惜，可惜。

韦尔蒂亚克太太 啊，难道赫拉克利特精神又让您着了魔？快别愁眉苦脸了。投身到重见您最早的女友的欢乐中来吧，她总在为您遗憾。多少年前,您那么年轻……您不说话了。要知道这种沉默、这种态度已经使我犯了愁。阿尔图安,什么都别怕,我来并不是为了让您回忆起我生活中或许也是您生活中最美好的日子。如果您许下了诺言,就该忠贞不渝,我是讲原则的。

阿尔图安先生　克朗塞给我写了信,我也回了信。

韦尔蒂亚克太太　我不熟悉他的文笔,想必一定很温柔,很激烈。您拒绝让我看吗?

阿尔图安先生　不,我期待着从您这儿得到适当的宽容和公正的裁决。喏,朋友,即使您惊呼怪叫,该发生的也不会因此不发生,一切怨怒都无济于事。

韦尔蒂亚克太太　您说什么?信!信!我要马上读它。

阿尔图安先生　我既不想冒犯您,也不打算原谅令爱。不过我要是请您回忆一下您结婚时的光景,您就会想到做父母的尽管有正统的思想、正直的心灵和良好的教育,他们不适时宜的固执、逼迫和拖延,还是会闹出乱子来的。

韦尔蒂亚克太太　天啊,我听见什么了!信!亲爱的朋友,给我信!

阿尔图安先生　信在这儿。不过有一个条件,您要以名誉起誓什么都不对克朗塞说,不对令爱说,在她面前表现出一个宽容慈爱的母亲的样子,就像令堂大人当年做的那样,然后向我征求妙计补救一切。万一您要发作,也只在我们摆脱了尴尬之后再发作,您起誓吧!

韦尔蒂亚克太太 我起誓,我不说。我有什么可对她说的呢?我失去了抱怨的权利!啊,我可怜的母亲,当年她该是多么痛苦啊!现在轮到我来体验了。(读信。信从手上落下。她倒在椅子上,哭泣,悲伤地)谁想得到一个那么羞涩、那么纯洁的孩子会这样呢?

阿尔图安先生 您当时不也这样吗?

韦尔蒂亚克太太 一个那么聪明、那么谨慎的青年也会这样?

阿尔图安先生 已故的韦尔蒂亚克先生不也不落后半分吗?

韦尔蒂亚克太太 我怎么知道事情会这样?

阿尔图安先生 令爱也不比您更清楚。

韦尔蒂亚克太太 母亲们,可怜的母亲们,看住你们的孩子!……可是他还要我签一份违约惩罚书,他疯了?现在已不是他担心遭拒绝,倒是我被他捆住了手脚。情欲一旦满足,冷淡往往随之而来,这下轮到我不寒而栗了。

阿尔图安先生 您想得不对。告诉您,克朗塞了解您的急躁,他怕失去爱人,甚至在幸福到手之后仍是如此,这样做完全是出于正直和谨慎。

韦尔蒂亚克太太 违约书在哪里?快,快让我签字,快把他们带到教堂去……我是命中注定要和克朗塞家的人一起生活了!

阿尔图安先生(对一个仆人)让列那尔多先生进来。

第十三场

阿尔图安先生,韦尔蒂亚克太太,列那尔多先生(套着硕大的假发,身穿律师袍,手拿方顶帽)

列那尔多先生 事情好像很紧急,我直接跑来了,塞尔万太太……

阿尔图安先生 坐下吧,立一份违约惩罚书,一位母亲想把女儿许配给一位前来求婚的风流雅士,不过母亲多少有理由提防年轻人的轻浮。

列那尔多先生 做得谨慎,很谨慎。请问母亲的姓名?

韦尔蒂亚克太太 玛丽-让娜·德·韦尔蒂亚克。

列那尔多先生 (起身,向她深深鞠躬)配偶健在,还是丧偶?

阿尔图安先生 丧偶。

列那尔多先生 女儿的姓名?

韦尔蒂亚克太太 昂莉埃特。

列那尔多先生 原配所生,还是续弦所生?

阿尔图安先生 原配所生,没有续弦。

列那尔多先生 成年,还是未成年?

阿尔图安先生 未成年,我想。

韦尔蒂亚克太太 是的,未成年。完了吗?

列那尔多先生 那年轻人呢?

阿尔图安先生 成年,成年。

列那尔多先生 很好。没有这个,这纸文书就像一片树叶一样不值一文。违约费呢?

韦尔蒂亚克太太 一定多算,一定多算。

列那尔多先生 太太确信不会改变主意?

韦尔蒂亚克太太 三十,四十,一百,随您说。

列那尔多先生 好。两万埃居,数目是公道的。任何情况下都不可擅自打折扣,法律一定会裁定的。现在只剩下签字了。(韦尔蒂亚克太太起身,签字)你们现在忙吧,我就不再打扰了。请允许我把制服放在这儿,一会儿见。

第十四场

阿尔图安先生,韦尔蒂亚克太太和小姐,舍皮太太,克朗塞先生

舍皮太太 好啦,我的朋友,该结束对这两个可爱的孩子的酷刑了。您这么长久地折磨他们,难道一点儿也不感到内疚吗?

韦尔蒂亚克太太 酷刑,我很难过。

舍皮太太 赞美上帝!理智又回到了您的身上。(对阿尔图安先生)您呢?阿尔图安先生,别来回踱步了,过来,让我

们分享快乐吧。(克朗塞先生和韦尔蒂亚克小姐跪在韦尔蒂亚克太太跟前)

克朗塞先生 啊！太太。

韦尔蒂亚克小姐 啊！妈妈，我慈祥的妈妈！(韦尔蒂亚克太太严肃地瞅着他们俩，一言不发)

舍皮太太 (对韦尔蒂亚克太太)在这美好的时刻，干吗还板着脸呢？

韦尔蒂亚克小姐 我受不了。

阿尔图安先生 (对韦尔蒂亚克太太)您对我以名誉起过誓。

　　〔克朗塞先生拥抱阿尔图安先生。

韦尔蒂亚克太太 (抱住舍皮太太)啊，我的朋友！孩子们！孩子们！我痛苦死了。

舍皮太太 您兴奋过度了。

韦尔蒂亚克太太 换作您，恐怕早就怒不可遏了。

舍皮太太 换成我，我将是最幸福的母亲。

韦尔蒂亚克小姐 我的母亲，我衷心地爱着克朗塞先生，我选择他作丈夫，我在上帝面前，在您面前起誓，除了他我谁也不嫁。

韦尔蒂亚克太太 你干的好事。

韦尔蒂亚克小姐 可是我一向把您的幸福看得比我自己的还高。如果您后悔了，就撤销您的同意好了。为时还不晚。

韦尔蒂亚克太太 恬不知耻！

克朗塞先生　太太，敢问我们大喜之日定在哪天？

韦尔蒂亚克太太　你自己心里再清楚不过了，越早越好。

第十五场

阿尔图安先生，克朗塞先生

克朗塞先生　朋友，让我再次拥抱您吧。没有昂莉埃特就没有我的幸福；没有幸福，活着就没有意义，您给了我比生命更宝贵的东西。告诉我，您是怎么把凡人的心灵掌握在手中的？您是神仙？您是魔鬼？

阿尔图安先生　七分像鬼三分像神。

克朗塞先生　这个韦尔蒂亚克太太。多少年来，她们一家人、我们一家人的恳求，多少亲朋好友的恳求都无济于事，您怎么一眨眼间居然马到成功呢？对我们两家的亲朋来说，这是多大的喜讯！这是多大的快乐！

阿尔图安先生　到桌子前来，念念这个。

克朗塞先生　一份违约书！什么！这个如此固执地拒绝我的人，现在竟怕我打退堂鼓吗？难道是为了防范自己的任性吗？难道经过了多年的考验后，她倒怀疑起我的诚心来了？我越想越不得其解；请允许我拿走这张宝贵的文书。

阿尔图安先生 别,您拿着不合适,让我来做它的保管人吧。

克朗塞先生 可这是我和昂莉埃特的幸福的保证,由她母亲亲自签了字的。

阿尔图安先生 您还不信任我吗?

克朗塞先生 为我的终身利益您费尽了心机,我若存半点疑心,就是忘恩负义。给您吧,把它保存好,一定保存好,千万别丢了。万一房子着火,第一要抢救的就是这份违约书。天有不测风云,谁知道我什么时候会倒霉呢?朋友,这个女人一向可是专门心血来潮的,她性格暴躁,虽然从表面看倒还受约束,谁能保证她日后不会食言呢?

阿尔图安先生 不会的。

克朗塞先生 不管发生了什么事,我都不打算行使这份违约惩罚书,不过她不会知道,不过只需要……

阿尔图安先生 不过必须最敏捷地摆脱婚礼前烦琐的小事;必须立即着手;必须……

克朗塞先生 说得对,不过首先必须去看昂莉埃特,去看韦尔蒂亚克太太。现在我是不是自由了,可以不必等候您的命令自行其是了?

阿尔图安先生 我想可以了。

克朗塞先生 朋友,我看您有些不安。

阿尔图安先生 即使事情再小,换了别人也会这样的。

克朗塞先生 您真让人迷惑不解。也许以后会真相大白的。

阿尔图安先生 我担心的正是这个。

第十六场

阿尔图安先生，图尔韦尔侯爵（胳膊下夹着《日课经》）

阿尔图安先生 侯爵先生，我向你致敬。青春的气息从未这样罕见过，人们再也找不到你了。自我们上次的晚餐以来，你都干什么去了？那一次好像是在那个初出茅庐的小姐家吧？

图尔韦尔侯爵 时代变了，我亲爱的，我曾和你一样年轻，不过我得过且过地混日子；我看到一切消遣的空虚；你也会认识到的，也会像我一样得过且过的。马尔弗太太在家吗？

阿尔图安先生 我想在吧。

图尔韦尔侯爵 我去看她，问候一下就走。今天该上爱丽舍神父[①]那儿去了。

阿尔图安先生 我有些事想对你说。

图尔韦尔侯爵 只要时间不长就行。爱丽舍神父！我的朋友，爱丽舍神父！

[①] Le Père Elisée（1726—1783），加尔默罗会修士，一七六三年到一七七〇年间红极一时。

第十七场

阿尔图安先生，独自一人

阿尔图安先生　他们三个人凑在一起了，怎么办？开始当然会沉默无言，不过那个火暴性子会憋不住的；不，绝不能相信她。开头他们对信和违约书漠然无知，然后他们会互相解释……那女孩会何等地惊讶！那母亲会何等地发怒！克朗塞将哈哈大笑；而你，阿尔图安先生，你怎么说呢？走着瞧，静待暴风雨到来吧。

第十八场

阿尔图安先生，图尔韦尔侯爵

图尔韦尔侯爵　您在梦想？

阿尔图安先生　我梦想，是的，我在做梦。您若愿意，我向您忏悔。我想到世界上一切虚假的欢乐……我对它们腻烦透了。

图尔韦尔侯爵　要不要我也向您承认呢？我总对您抱着希望，因为我注意到您的宗教感情，虽说您常误入歧途，可您总归还是尊重宗教的；勇敢些！亲爱的阿尔图安，不必羞愧，我做到的，您也将做到。讥笑挖苦将像冰雹一样向您袭来，要有思想准备；但是当上帝召唤您时，就应该义无反顾地走向他，沐浴恩泽的时机并不多，当您勇敢地下定决心时，就来找我，我将把您送到一个大人物手下。啊！何等的人物……现在我该走了，去爱丽舍神父那里，然后我要任命普雷枫丹修道院院长，为了这一职位，到处都有人来求我。

阿尔图安先生　到处都在传说，说您看中了戈夏神父，为此我很悲痛。戈夏神父是我的同学，写得一手漂亮诗，出入上流社会，玩牌赌钱，喝上等的香槟酒从不节俭，他期待这一圣职是想再捞一笔俸禄，可在我看来，这是可耻的行为。

图尔韦尔侯爵　你说的是杜比松神父。

阿尔图安先生　吓！杜比松神父是位有职业知识、有德行的正人君子。靠他的美德，建造起了他的修道院，他自己也一直住在那儿。

图尔韦尔侯爵　您在跟我说什么？

阿尔图安先生　我敢担保是一个二十岁的小信女向您推荐戈夏的。

图尔韦尔侯爵　确实是个小信女，她的热心值得怀疑。

阿尔图安先生　和她……要是您知道，戈夏是我的同乡，说不定还是我母亲家的一个什么亲戚，就不会怀疑我的举动了。我要是听从血统关系的原则，就跟您说他的好话了，但事情就是这样。穷人们财产的霸占者已经太多了，不必再增加了。穷人的财产！

图尔韦尔侯爵　穷人的财产！让我拥抱您，感谢您的重大帮助，不然我将犯下多么愚蠢的错误！我也许见不着爱丽舍神父了，不过我可以回答您，杜比松神父将得到这个圣职。再会，朋友，您要是相信我，就请聆听一下自己良心的健康运动，越早越好。

第十九场

阿尔图安先生，独自一人

阿尔图安先生（独白）我帮助罪恶，我诽谤美德……是的，只不过是可爱的罪恶和伪装的美德。在我们之中，这个戈夏是个伪君子，大大的伪君子；一切害人精中，我最恨的就是伪君子……那寡妇和孩子怎么还不来……普尔蒂埃那儿，絮尔蒙那儿，博利厄小姐那儿，什么消息都还没有……那个糊涂的仆人会把事儿办得牛头不对马嘴。还是的，我为什么不自己写呢？……走，看看这些人去。

第四幕

第一场

韦尔蒂亚克太太和小姐,克朗塞先生,舍皮太太(在这一场末尾才上)

韦尔蒂亚克小姐 妈妈,我求求您开口解释一下吧;最严厉的责骂也不比这无声的愤怒更残酷。再这么着,不仅您气闷得难受,我也非常痛苦。

韦尔蒂亚克太太 你滚开。

克朗塞先生 这是个错误,不过小姐完全是清白的。

韦尔蒂亚克太太 她兴许睡着了!她得了嗜眠症!她清醒着,您使用了暴力吗?

克朗塞先生 她不知道……

韦尔蒂亚克太太 这就是父母们保留态度的致命后果!为什么不早对我们说呢?……

克朗塞先生 对您女儿,您又能说什么把她从绝望中拯救出来?您把她从我手中夺走!我失去了她!

韦尔蒂亚克太太 而就在一条大路上!在一张旅馆的床

上！……

韦尔蒂亚克小姐　妈妈，能允许我说几句吗？

韦尔蒂亚克太太　不！闭上你的臭嘴，羞死你去吧。

克朗塞先生　太太……

韦尔蒂亚克太太　您说吧，编您的故事吧，撒谎吧，不过您记着，我会让您哑口无言的。过来，还认识这字迹吗？

克朗塞先生　是阿尔图安的笔迹。

韦尔蒂亚克太太　这封信呢？

克朗塞先生　不知是谁的笔迹。

韦尔蒂亚克太太　不是您写的吗？

克朗塞先生　不是。

韦尔蒂亚克太太　可信是以您的名义写的，还有您的签名。

克朗塞先生　真的。（旁白）这里，阿尔图安肯定搞了什么名堂。

韦尔蒂亚克太太　我的女儿，看着我，盯着我看……不幸的孩子，承认吧，承认一切，跪在我的脚下，请求饶恕吧。唉！这些阴险的毒蛇，我了解得太清楚了。对你的软弱，原谅之心在我的心里已经萌生。

韦尔蒂亚克小姐　妈妈，但愿我至少也知道您想等待一个什么样的招认。您问吧，女儿随时准备回答您。

韦尔蒂亚克太太　什么！你还嘴硬……拿去，两个人都念念吧……（当他们念时）可是她一点儿都不脸红，一点儿也不变色，他们并不张皇失措。

韦尔蒂亚克小姐　放心吧，妈妈，这是诽谤，无耻的诽谤。

韦尔蒂亚克太太　你不骗我吧？

韦尔蒂亚克小姐　不，妈妈。

韦尔蒂亚克太太　全是阿尔图安干的好事？

克朗塞先生　我想也许他在方法上稍稍有失分寸，不过他总归是我的朋友，他是为了帮助我才……

韦尔蒂亚克太太　这无赖在哪儿？他去哪儿了？不论他躲在哪儿，我都要找到他。他逃也没有用，我会到处跟着他的，什么也挡不住我。我要对全世界揭露他可耻的面目；他将无地自容，身败名裂……克朗塞先生，您不觉得这很有趣吗？……来吧我的女儿，一点点羞耻，你就臊得面红耳赤。

舍皮太太（上场）好热闹！什么事啊？令爱低下了头，克朗塞先生只想大笑，愤怒使您不能自制。一会儿工夫就出什么事了？

韦尔蒂亚克太太　阿尔图安在哪儿？

舍皮太太　我怎么知道？也许在我家，我有一个不错的女仆……

克朗塞先生　他和她在干某种狸猫换太子的鬼把戏。

韦尔蒂亚克太太　在您家？快去，快去，这个证人不可多得。

舍皮太太　她头脑发昏了？

第二场

韦尔蒂亚克太太和小姐,克朗塞先生,舍皮太太,普尔蒂埃先生

韦尔蒂亚克太太 先生,您是谁?

普尔蒂埃先生 太太有何贵干?

韦尔蒂亚克太太 您认识一个叫阿尔图安的先生吗?

普尔蒂埃先生 非常熟悉。

韦尔蒂亚克太太 活该您倒霉,这个阿尔图安,我需要他。您能不能给我把他弄到手?死活都成。

普尔蒂埃先生 我正找他呢。

韦尔蒂亚克太太 我也是,我是韦尔蒂亚克太太,如果您找到了他,就请把他送来,送到舍皮太太家。既然您不愿意替我把他给宰了,就让我去宰了他。

第三场

普尔蒂埃先生,独自一人

普尔蒂埃先生 (看着韦尔蒂亚克太太离去)真是个疯子……可他又会到哪儿去呢?

第四场

普尔蒂埃先生,阿尔图安先生

普尔蒂埃先生 啊!是您吗?您从哪儿来?

阿尔图安先生 千家万户地兜了一圈。

普尔蒂埃先生 是不是顺便到一位舍皮太太家遛了一趟?

阿尔图安先生 没有啊。

普尔蒂埃先生 有人要我把您送到那儿去。有一个女人正不耐烦地等着要杀了您,快走吧!

阿尔图安先生 这没什么……朋友,要不是我,换一个人就会感谢您了;要不是您,换另一位我也会感谢他了。不过等一会儿您就将获得对乐善好施者的真正报答,就将享受到最精彩的场面。一个迷人的女子沉浸在幸福之中,您将看到感激和快乐的泪水,打开您送来的小盒时,她像树叶一样颤抖,读到那份证书时,她连气都喘不过来;她想感谢我,又找不到表达的词语。瞧,她带着孩子来了。请允许我退避一下。

普尔蒂埃先生 为什么?

阿尔图安先生 那颤抖是柔和的,对于我却太强烈了。这一整天我都会感到不舒服。

普尔蒂埃先生　您害怕不舒服，怎么反倒喜欢跑到舍皮太太家里去，让人把您杀了？

第五场

普尔蒂埃先生，贝特朗太太，班班，阿尔图安先生（躲在两扇门中间，一半在里一半在外，严密注视着这场有趣的戏的情节展开）

贝特朗太太　（鞠躬，并让她的孩子屈膝跪在普尔蒂埃面前）先生，请……我的儿子，亲吻这位先生的膝头吧。

普尔蒂埃先生　太太，别戏弄我了……快别这么做……我可折受不起。

贝特朗太太　没有您，谁知道我和我这可怜的孩子会怎样？

普尔蒂埃先生　（坐在一把扶手椅上，把孩子抱在自己的膝盖上，盯着他看）真像他父亲，像得几乎没人会认错，谁见了这儿子就可以说见了老子。

贝特朗太太　先生，我希望这孩子能有他父亲的正直和勇敢；不过他可一点都不像他父亲。

普尔蒂埃先生　也许我们两个都没错……简直就是他的眼睛，同样的颜色，同样的形状，同样炯炯有神。

贝特朗太太　不，先生；贝特朗先生是蓝眼睛，我儿子是黑眼睛；贝特朗先生的眼睛小而深邃，我儿子的眼睛却大而深邃。

普尔蒂埃先生　可是头发呢？额头呢？皮肤呢？鼻子呢？

贝特朗太太　我丈夫有着褐色的头发，方而窄的额头，大大的嘴巴，厚厚的嘴唇，烟黑的皮肤。我儿子则完全不是这样。您瞧他，头发是浅棕色的，额头高而宽，小小的嘴巴，薄薄的嘴唇，说到鼻子，贝特朗先生长着狮子般的扁鼻子，而我儿子却是鹰钩鼻。

普尔蒂埃先生　是他那两道活泼柔和的目光。

贝特朗太太　他父亲的目光严厉而坚毅。

普尔蒂埃先生　多么异想天开啊！

贝特朗太太　托您的福，我希望他健康成长。凭他的天性，希望他能成为一个聪明人。班班，你说是不是，你要变得很聪明？

班　　班　是的，妈妈。

普尔蒂埃先生　这将令他母亲泪如雨下！多么让您悲喜交加！

贝特朗太太　真是这样吗？我的孩子？

班　　班　不，妈妈。先生，我从心底里爱妈妈，我向您保证我绝不惹她流泪。

普尔蒂埃先生　多少嫉妒者、诽谤者和敌手啊！我好像看到了他们！

贝特朗太太　嫉妒者嘛，只要他配得上，我但愿他有；至于诽谤者和敌手嘛，只要不是他应得的，即使有一些，我也不会为此而痛苦的。

普尔蒂埃先生 该有多么激动才能说出这一切本应小心翼翼地留在肚子里的话啊！

贝特朗太太 这个缺点我倒承认。这也有点像他父亲。

普尔蒂埃先生 还有，要小心密札①、巴士底狱和温森城堡。太太，我向您致敬，能为您效劳真是太高兴了。你好，小家伙，也许将来有一天，你会记起我的预言的。

第六场

普尔蒂埃先生，贝特朗太太（理着头发，抚摩着孩子），阿尔图安先生

普尔蒂埃先生（准备出门，对进来的阿尔图安先生）我很高兴又看到您，我正为您的小命提心吊胆呢。

阿尔图安先生 还不至于如此吧。您不和我们一起吃饭了？

普尔蒂埃先生 不敢从命。

阿尔图安先生 留下吧。我还要替那个狂怒的悍妇、替舍皮太太和其他许多人排解纠纷，也许您会很感兴趣。

---

① 指盖有国王封印的信，持有这种信的人可以随意监禁或放逐别人。

普尔蒂埃先生 我不怀疑。当是您做错事时,尤其能干。不过那些起义军闹得我们鸡犬不宁,我该去……

阿尔图安先生 去帕西①吗?(普尔蒂埃点了一下头)是个什么人?

普尔蒂埃先生 像人们说的,一个激进的教友派②。

第七场

贝特朗太太,阿尔图安先生

贝特朗太太 我怎么也不明白。或许他从未见过我丈夫,或许他把别人当作我丈夫了……先生,能允许我提个问题吗?

阿尔图安先生 请便。

贝特朗太太 您将错怪我。您朋友普尔蒂埃先生有颗善良的心,不过是不是头脑也正常呢?

阿尔图安先生 很正常。您怎么怀疑这个?

贝特朗太太 根据他刚才的谈话。

阿尔图安先生 也许他分了神。这是他职位的而不是他本人的过错。您想必想表示您的谢意,而他却没听,因为他对自

---

① Passy,位于巴黎十六区,传统富人区之一,美国开国元勋富兰克林一七七六年去法国时就住在那里。剧中提到的起义军指北美独立战争的起义军。
② Quakers,又称公谊会或贵格会,基督教宗派之一。富兰克林属于该派。

己做的好事不怎么看重，对这种愉快也无动于衷。

贝特朗太太 比这还稀奇。我一进门，他没顾得上瞧我一眼，没注意我是站着还是坐着，就全神贯注地打量起我的儿子来。

阿尔图安先生 那是因为他喜欢孩子，而我，我却喜欢当母亲的。

贝特朗太太 然后他马上占起了卜，预言孩子那最动乱不幸的命运，各种各样的嫉妒者、诽谤者、敌人，还有教会、宫廷、城市、官场中的种种纷争。一句话，巴士底狱和温森城堡。

阿尔图安先生 这些我都不怎么感到奇怪。

贝特朗太太 他是占星家吗？

阿尔图安先生 不，是看相算命的。

贝特朗太太 更精彩的是，他硬要我相信，这孩子跟他父亲相像得仿佛是同一个模子印出来的，而实际上，两个人的相貌相去何止十万八千里。

阿尔图安先生 太太，请原谅，这事我也有点儿纳闷。您自己评判一下，我的长相跟您儿子是不是极像。

贝特朗太太 这又能说明什么？您又不像贝特朗先生。

阿尔图安先生 怎么，您一点儿都不开窍？

贝特朗太太 难道普尔蒂埃先生竟对您在我和我儿子的利益上表现的活跃兴趣作了什么荒唐的曲解？难道他竟怀疑……

阿尔图安先生　他不怀疑,他坚信不疑。

贝特朗太太　先生,帮我解开这个谜吧。

阿尔图安先生　没有什么谜。您还记得我答应承担您的事时说过的话吗?我不是说,唯一能成功的办法,就是把事情变成一场私人交道?您不也同意了?您不是特许我行使全权吗?那么还有什么比一个父亲对孩子的关心更为激烈,更带私人化的味道?

贝特朗太太　我听到了什么?您的朋友就这样以为我……以为您……

阿尔图安先生　我承认,我稍微沾了一些光。不过,太太,这又会给您带来什么不便呢?

贝特朗太太　您这个下流坯,以为我是那么卑贱,用这样的代价就可以让我接受抚恤金了?真是瞎了您的眼;我宁肯啃面包喝凉水地挨日子,我宁肯饿肚子,也不会领您的情。我要去部长那儿,当着他的面把这份可恶的证书踩在脚下,我将要求他严惩诬陷者,我会获得恩准的。

阿尔图安先生　我觉得太太不必为了芝麻小事闹得惊天动地、满城风雨。你没想到只有普尔蒂埃、部长和他的妻子才知道这事,而且我向您保证前两位是会严守秘密的。

贝特朗太太　我碰到过那么多的恶人,眼下这个算是最恶的了。我完了!我算是身败名裂了!

阿尔图安先生 让我们作最坏的打算吧。事情既已闹出来了,再没有什么救药了。叫得越响就传得越广。悄悄地吞下苦果,难道不是比闹得满城风雨更为聪明吗?想想吧,太太,滑稽可笑可不是让大家共同分享的东西。

贝特朗太太 这冷静的家伙真让我气得发狂;我真恨不得挖了他的双眼。

阿尔图安先生 啊!太太,用这双美丽的手吗?(他想吻她的手)

第八场

阿尔图安先生,贝特朗太太(悲伤地倒在扶手椅上),列那尔多先生

列那尔多先生 怎么回事?这边一个男人一言不发,那边一个女人痛苦欲绝。朋友,她被抛弃了吗?

阿尔图安先生 不。

列那尔多先生 她真是可爱,而您也是那么年轻,她不该不满啊。

贝特朗太太(对列那尔多先生)您这个冒失鬼,大傻瓜。那人是无赖,我劝您别跟他打交道。(说罢又躺在扶手椅上)

列那尔多先生 她火气不小,我们的事怎么样了?

阿尔图安先生 结束了。

列那尔多先生 你把塞尔万太太劝得回心转意了?

阿尔图安先生 一万法郎。一切诉讼费用都付清了。

列那尔多先生 我本来可以狮子大开口。法律是确切的,那些尊重……不过一万法郎还挺公道,那么轿子呢?

阿尔图安先生 还有轿子。

列那尔多先生 太好了。在您结束我的官司时,我也忙着您的官司。我坚持最先的想法——不起诉,不过您若是决意不这么干,我想还有一个迂回的办法。

阿尔图安先生 您说的迂回办法指什么?我不明白。

列那尔多先生 您不是失去了姐姐吗?

阿尔图安先生 我!我失去了姐姐!谁胡说的?

列那尔多先生 我的老天,是您自己说的呀!

阿尔图安先生 我姐姐活得好好的。

列那尔多先生 什么,您不是对我说,她的朋友……

阿尔图安先生 废话。我跟一个下诺曼底老律师说了废话,他有时还挺灵敏的。

列那尔多先生 您这个大骗子。我敢肯定,我把委托书交给您时,您的兜里还装着塞尔万太太的委托书。

阿尔图安先生 您猜对了。

列那尔多先生 太太,我们联合起来,掐死他。

贝特朗太太 有两个人了。

列那尔多先生 我要是早知道……我失去了一万法郎，对，一万法郎……您是塞尔万太太的朋友，不是我的朋友。

阿尔图安先生 哪怕她也这么说，我也不灰心。

列那尔多先生 我们走着瞧……一方受损，他方亦损……有上诉的途径，就有撤诉的渠道。

阿尔图安先生 为了无辜者的利益。

〔列那尔多先生倒在另一把扶手椅上。

第九场

阿尔图安先生，贝特朗太太，列那尔多先生，舍皮太太

舍皮太太 既然先生在我家里接见起人来了，可不可以发发善心也算上我一个，告诉我他是否对他为朋友效劳的方法感到满意？

贝特朗太太 有三个人了。

阿尔图安先生 不完全满意，太太。这样做于事无补。不过言归正传，舍皮太太有什么可抱怨的？

舍皮太太 我抱怨，阿尔图安先生让我把他当作朋友。我生着病到巴黎待了六个星期，他却几乎不肯来问候一下；恰恰选择这个时候跑到乡下去，把灵魂和躯体变得衰弱不堪。干什么去了？也许有一个不满意的。

阿尔图安先生 也许有两个，我和另一个。

舍皮太太 并不是阿尔图安先生在找我，倒是我在追赶他。靠密使我才发现了他。我住在一位敬我若上宾的可爱太太家中，我想举办一场小小的聚会来表达对她关怀的感激之情，我求助于老朋友阿尔图安先生，他肯为另外二十个不怎么认识也没什么关系的人做的这种事，竟对我一口回绝，而且跑去向我的女仆献殷勤。先生，太太，你们对此作何感想？

列那尔多先生 就这么一点点事？要是事情像我那样关系到一万法郎呢？

贝特朗太太 要是像我那样关系到身家名誉呢？我觉得你们俩都太可笑了，一个为了她的剧本，一个为了他的一万法郎。

阿尔图安先生 不过太太，要是剧本写出来了呢？

舍皮太太 说得对，要是写出来了呢？可并没有写呀！既然现在什么都还没谱，演员们也都一塌糊涂，等到写出来时，谁知还对我有没有用呢？

阿尔图安先生 这又不是我的错。

舍皮太太 闹得我头痛心火烧的，这一切竟是我的错了？

阿尔图安先生 我相信，我生来就不是为了做一件合我心意的事，倒是为了照别人的意思办事的。我从来就没有讨得任何人的好，没有，谁都没有，连我自己也没有。

贝特朗太太 问题不在于出力效劳，而在于对每个人都要投其所好，不然就会费尽力气讨个没趣。

列那尔多先生 说得好，精辟之极。

舍皮太太 您现在也许正等待着韦尔蒂亚克太太的感激。

阿尔图安先生 为什么不呢？

舍皮太太 她来了。我先告诉您，她会感激的。

第十场

阿尔图安先生，贝特朗太太，列那尔多，韦尔蒂亚克太太和小姐，克朗塞先生，舍皮太太

韦尔蒂亚克太太（对阿尔图安先生）先生，这封信是怎么回事？还有这份您起草的、叫我签名的违约惩罚书是怎么回事？说呀，回答呀！

阿尔图安先生（对韦尔蒂亚克太太）我脑子不好，想不起来了。克朗塞先生，我没给您写信吗？您没回信吗？

韦尔蒂亚克太太 您对我着实耍了一招，没说的，恶棍们也相形见绌。规矩人能允许自己施展这般手段吗？

阿尔图安先生 人的处境和性格并不总是留给我们选择的余地。

列那尔多先生 他到底对这位太太做了什么？

贝特朗太太　再怎么，也不比对我做的更糟。我就不信了。

韦尔蒂亚克太太　他竟对我把小女说成一个不知羞耻的姑娘。

列那尔多先生　见鬼！

韦尔蒂亚克太太　他把我玩得团团转；要不就是丢失一大份家产，要不就是随着他的意思决定小女的终身。

列那尔多先生　见鬼！

韦尔蒂亚克太太　更有甚之，他侮辱我，在我胸中插上一把尖刀还不够，他还要随心所欲地把刀子捅来捅去……您滚开，快滚开，难道还想听到我羞于开口说出的事！

阿尔图安先生　事情目前就是这样，不过时间会帮我说话的。我承认给太太带来了残忍的难堪；不过我也因此结束了一个更长期、更残忍的难堪；我求助于克朗塞先生和小姐，他们是我的审判者。我使太太恢复了公正和善良的天性；不论我的方法披的是什么外衣，如果它的结果在将来给太太带去她自己的幸福、她女儿的幸福、克朗塞的幸福、两个家庭的幸福……

克朗塞先生　会这样的，朋友；太太，会这样的，不用怀疑。

阿尔图安先生　那时，太太就会看到事情还是照旧，就会想起她对我尖刻的指责。我敢说她会为此而脸红的。

舍皮太太　在这期间，先生，您忘记了您自己。

韦尔蒂亚克太太　您说了，我的朋友，以他的全部智慧才华，傻瓜才不知道他对我的心保留着统治权。

阿尔图安先生　对一个应如此温和地招认的错误，我很难有后悔之感。

舍皮太太　您疯了？您是来诅咒他个半死的，现在，您却又对他说起好话来了！

韦尔蒂亚克太太　对这样的魔鬼，我们大家能做的就是如此。

第十一场

阿尔图安先生，贝特朗太太，列那尔多，韦尔蒂亚克太太和小姐，克朗塞先生，舍皮太太，博利厄小姐（手中拿着她的角色脚本）

阿尔图安先生　瞧她的这副模样，准又是个不满意的。

博利厄小姐　先生，能不能告诉我，这是哪个肆无忌惮的家伙写的？

第十二场

阿尔图安先生，贝特朗太太，列那尔多，韦尔蒂亚克太太和小姐，克朗塞先生，舍皮太太，博利厄小姐，絮尔蒙先生（跟在博利厄小姐后面进来）

阿尔图安先生 （指着絮尔蒙先生）这一位。

絮尔蒙先生 （对阿尔图安先生）写好了,我给带来了。既欢乐又疯狂,作为聚会的演出,我希望不算太糟……看来这些人都是我们的演员了?这个剧团还真不赖。(数)一、二、三……正好是我需要的数……不过,见鬼,他们干吗一个个都沉着脸呢……各位太太,若是让你们久等了,我恳请你们多多原谅。

阿尔图安先生 好一个隐姓埋名的人!

絮尔蒙先生 哟,差点忘了……各位先生,我一刻不停地写,简直不能再快了,皮夹中的这份小玩意只不过是个草稿,我边写着别人就边抄了下来……我们首先需要两个情人,两个柔情绵绵、被乖戾的父母折磨的情人,就是他们。(对克朗塞)先生,请记住,您是个性格粗暴的情人,连《一家之主》中的圣阿尔班都比不上您……

克朗塞先生 这不费我什么。

絮尔蒙先生 其次需要一个爱发火、固执而疯狂,然而又善良的寡妇。(对韦尔蒂亚克太太)这个角色您适合吗?

韦尔蒂亚克太太 善良!对我的不幸来说,我真是太善良了。

絮尔蒙先生 (对寡妇)嗳!您这身打扮正合我意。太太,您演一个年轻漂亮的寡妇,为失去暴脾气的丈夫假装悲伤,其实您并不爱他。

贝特朗太太 您,先生,您是……让我休息一会儿。

絮尔蒙先生 （对列那尔多先生）您，先生，您将演一位老律师。

列那尔多先生 下诺曼底人，滑稽而又容易受骗？

絮尔蒙先生 对极了。我倒没想到让他扮个下诺曼底人；想法不错，就这样吧。

列那尔多先生 先生，难道您不能免除我在一天中两次扮演同一个人物？我觉得一次就已经够了。

絮尔蒙先生 又圆又粗又肥又厚；不，我找不到人代替你。（对博利厄小姐）啊，小姐，我相信您的角色一定合您胃口，因为我让您表现得狡猾和守口如瓶。

博利厄小姐 别忘了我是诚实而得体的。

絮尔蒙先生 这是剧中的人设嘛。（对阿尔图安）我的朋友，我明白，您也明白，这是您的角色；不过我先告诉你，它可不短……您怎么不回答我？说呀，我费了吃奶的劲难道就是为了写一出谁都不演的戏吗？

阿尔图安先生 我很担心。

絮尔蒙先生 真可怕，恐怖之极。

阿尔图安先生 也许戏写得不好吧？

絮尔蒙先生 不管好不好，总归写出来了；既然如此，总该有人来演，不然，我让人用您的名字印出来。

阿尔图安先生 好哇，一个个全都轮着跟我作对。

列那尔多先生 好极了。我们这儿多少人？十个，不算缺席的以及会突然来临的，没有一个人不接受他的效劳，没有一个人不跟他闹得一团糟。

第十三场

阿尔图安先生，贝特朗太太，列那尔多，韦尔蒂亚克太太和小姐，克朗塞先生，舍皮太太，博利厄小姐，絮尔蒙先生，一个仆人（仆人递给阿尔图安先生一张条子，他念后转交给列那尔多先生）

舍皮太太（对阿尔图安先生）说实话，是塞尔万太太的信，我的预言证实了，我真高兴。

列那尔多先生 我的轿子呢？

阿尔图安先生 您会有的，不过有一个条件。

列那尔多先生 什么条件？

阿尔图安先生 我的好心所得的报酬您可都看到了。我从四面八方遭到攻击，不敢还手。吉索尔的律师先生将坐在这把大扶手椅里；每个不满的人都可以向他申诉冤屈，他会替我们裁决的。

列那尔多先生 我同意，正巧，我把方顶帽和律师袍放在前厅了。

第十四场

人物同上一场

列那尔多先生（套上巨大的假发，戴上方顶帽，披上律师袍，一本正经地坐在扶手椅上，对博利厄小姐）我指定你为法庭的执达吏，传当事人到庭。

博利厄小姐　有寡妇贝特朗太太，控告阿尔图安先生。

列那尔多先生　传她出庭……您申诉什么？有什么抱怨的？

贝特朗太太　那位阿尔图安先生冒充我孩子的父亲。

列那尔多先生　他是吗？

贝特朗太太　不是。

列那尔多先生　举起手，起誓。

贝特朗太太（举手）他以这盗用的名义申请了一笔抚恤金。

列那尔多先生　获准了吗？

贝特朗太太　是的。

列那尔多先生　判决上述的贝特朗太太恢复清白。

博利厄小姐　有韦尔蒂亚克太太和小姐及克朗塞先生，控告上述阿尔图安先生。

克朗塞先生　法官大人，我没什么可抱怨的。

列那尔多先生　传韦尔蒂亚克太太和小姐出庭……你们申诉什么？有什么抱怨的？

韦尔蒂亚克太太 这是个可怕的、万恶的家伙。

列那尔多先生 禁止骂人,说实际,实际内容。

韦尔蒂亚克太太 好朋友,您来替我说吧。

舍皮太太 为了促成一件遭女方母亲反对的婚事,他假称姑娘已怀孕,并伪造信件,骗她母亲订了违约惩罚书。

列那尔多先生 知道了。立即撕碎违约惩罚书;阿尔图安先生、韦尔蒂亚克小姐和克朗塞先生都给韦尔蒂亚克太太跪下,让太太将他们扶起来,并拥抱他们。

〔他们都跪在韦尔蒂亚克太太跟前,而她却犹豫不决。

韦尔蒂亚克太太(对舍皮太太)怎么办?我的朋友?

舍皮太太 照法官命令的和您自己心里想的去做。

韦尔蒂亚克太太(扶起并拥抱她的女儿和克朗塞先生,对阿尔图安先生)您这个负心的家伙,您也该拥抱一下。

〔她拥抱他。

博利厄小姐 有舍皮太太,控告上述阿尔图安先生。

列那尔多先生 我知道,双方全都打发走,在合适的地点和时间再作道理。

博利厄小姐 有律师、法官、原告列那尔多先生,控告阿尔图安先生。

列那尔多先生 列那尔多先生原谅阿尔图安先生,不过有个条件,就是,上述阿尔图安先生必须毫不迟疑地、不带条件地让他占有一顶轿子,并到吉索尔隐居至少两个月,在那里，什么事情都不做，或者只做在他看来是行善之事。

博利厄小姐　有诗人絮尔蒙控告阿尔图安先生。

列那尔多先生　传他出庭……您申诉什么？有什么抱怨的？

絮尔蒙先生　他求我写个剧本；打算把我的功劳归于自己名下；我关了整整一天写出了剧本，当我把剧本送去交差时，他又宣称什么我写的剧本没法演出。

列那尔多先生　判决这个指使写没法演出的剧本的阿尔图安先生罚款六个路易，以买通法兰西喜剧院那些神通广大的家伙，当然不包括那帮子吹鼓手的佣金，只要让诗人絮尔蒙写的剧能有一次首场演出就行了。

博利厄小姐　有博利厄小姐，控告絮尔蒙和阿尔图安两位先生。

列那尔多先生　传她出庭……您申诉什么？有什么抱怨的？

博利厄小姐　这个可耻、下流的角色，读着每一行每一字，都让人感到羞耻。

列那尔多先生　判决不正派的诗人絮尔蒙以后严加注意，现在，让他握着小姐的手，别握紧了，把她介绍给女主人的朋友，如果这件事已涉及她的话，那么求她宽恕。

所有的人（除了贝特朗太太仍沮丧地坐在椅子上）好极了！好极了！

博利厄小姐　安静！请安静！

第十五场

人物同上一场，图尔韦尔侯爵

图尔韦尔侯爵 阿尔图安先生，我只有一言向您奉告，您跟我耍了一个花招，我不知您为什么要这样做，不过您很快就会明白，您的欺诈行为有多么可恶，您将长久地悔恨不已。

列那尔多先生 侯爵先生，请向法庭提出您的申诉吧，它将马上作出公正的裁决。

图尔韦尔侯爵 愿意遵命。

阿尔图安先生 是韦尔蒂亚克太太把名字搞混了，我才错的。

韦尔蒂亚克太太 您真搞错了？

阿尔图安先生 没二话可说。

韦尔蒂亚克太太 好啊！太有喜剧性了。明天我要给我的女管家写信，她一定会开怀大笑的。

第十六场

人物同上一场，一群孩子（躲在幕后），马尔弗太太

絮尔蒙先生 快，小姐，法官已经宣判，应该服从正义。

博利厄小姐 不，先生，不。我根本就不相信您，您会冒出几句下流话来让我脸红，并刺伤马尔弗太太，她从来听不惯

这种腔调。

絮尔蒙先生 什么都别怕,你的孩子们都在吗?

博利厄小姐 是的。

絮尔蒙先生 (对马尔弗太太)太太,您总是宽容待人,我想您今天将更加宽容,我奉告您一件新闻并恳请您的两个恩准,这新闻和第一个恩准,是请您原谅小姐对她主人隐瞒了她以前并未结过婚。

博利厄小姐 可是先生,我现在依然没有结婚。

絮尔蒙先生 您该会说,让她跟那个孩子的父亲结婚吧,要是只有一个父亲的话,早就结了,可是如今的这些小姐爱赶时髦,每生一个孩子都各有一个父亲。

博利厄小姐 先生,你胡说八道。

絮尔蒙先生 有多少孩子,就有多少父亲,一个不多,一个不少……另一个恩准,请允许我向您介绍这些孩子。一个正直的姑娘在身后带着一群孩子,确实少见。请允许孩子们进来……小姐,您怎么脸红了?……快让您的小家伙们进来吧,太太答应了。

第十七场

人物同上场,孩子们(捧着花束)

博利厄小姐 请允许无辜的人向您致以……

絮尔蒙先生　调皮的敬礼！

博利厄小姐　哎呀，瞧您弄得我晕乎乎的，我都不知所措了。

阿尔图安先生　我才不信您这么容易就会晕头转向。

絮尔蒙先生　但我已写了祝词，总得有人来念呀！

阿尔图安先生　明年吧……快，孩子们，向太太献花。

絮尔蒙先生　（对博利厄小姐轻轻地说）这些孩子中，不是有一个您特别喜欢的吗？指给我看，好让我亲亲他。

〔人们开始跳起舞蹈，唱起赞歌赞颂马尔弗太太。

第十八场

人物同上场，普尔蒂埃先生

贝特朗太太　（打断歌声）是普尔蒂埃先生！是他！……先生，我是个正经女子，要不是我那倒霉的事，我绝不会走近您那背信弃义的朋友。今天我算是看清他的面目了，他对您说的，您一个字也别信。

列那尔多先生　（旁白）活该！

普尔蒂埃先生　（对阿尔图安先生）这孩子？说话呀……这孩子？

贝特朗太太　残酷的人，他会说吗？

阿尔图安先生　这孩子？他很迷人，我没对您说他是我的，我只不过假设他是，凭良心，我应该恢复贝特朗上校做父亲的权利。

普尔蒂埃先生 好一个忘恩负义的家伙！您把我骗得好苦！

贝特朗太太 当您把班班抱在腿上时……

普尔蒂埃先生 我真是傻得可笑。不过，谁又会不出洋相呢？他眼泪汪汪的真可怜。

阿尔图安先生 吉索尔的律师，为我辩护吧！

列那尔多先生 当他为他姐姐的死而悲伤时，要是你们看到他虚伪的表情，要是你们听到他悲怆的声调！

韦尔蒂亚克太太 对这种竟敢捏造事实的人，不能再有丝毫的信任！我一想起我的绝望，想起他的冷静和冷酷的安慰，肚子里就有气！

贝特朗太太 我在您心中是恢复了名誉；可是部长呢？他的妻子呢？

阿尔图安先生 （对贝特朗太太）您真的相信秘密已传给他们了？

普尔蒂埃先生 为什么不？

阿尔图安先生 因为您根本就没有对他们说过。

普尔蒂埃先生 混蛋！无耻的混蛋！我还以为耍了他，倒是他嘲讽了我。

舍皮太太 他是好人？还是恶人？

博利厄小姐 一会儿好，一会儿恶。

韦尔蒂亚克太太　就像您，就像我，就像所有人一样。

贝特朗太太　（对普尔蒂埃先生）我没什么可脸红的了……

普尔蒂埃先生　不，不。太太……让我们来分享您的快乐，我担心会把它搅乱了。

絮尔蒙先生　我们刚才唱了几段赞歌赞颂马尔弗太太，让我们接着唱吧！

　　　　〔大家接着唱，第四幕完。

Denis Diderot
Théâtres de Diderot

All rights reserved
All adaptations are forbidden.

图书在版编目(CIP)数据

狄德罗戏剧/(法)德尼·狄德罗著;罗湉,余中先译;罗芃主编.—上海:上海译文出版社,2023.10
(狄德罗文集)
ISBN 978-7-5327-9290-0

Ⅰ.①狄… Ⅱ.①德…②罗…③余…④罗… Ⅲ.①戏剧文学—剧本—作品集—法国—近代 Ⅳ.①I565.34

中国国家版本馆 CIP 数据核字(2023)第 161238 号

狄德罗戏剧	Denis Diderot	策划编辑 李月敏
	[法]德尼·狄德罗 著	责任编辑 张 鑫
Théâtres de Diderot	罗湉 余中先 译 罗芃 主编	装帧设计 尚燕平

上海译文出版社有限公司出版、发行
网址:www.yiwen.com.cn
201101 上海市闵行区号景路159弄B座
杭州宏雄印刷有限公司印刷

开本 890×1240 1/32 印张 13 插页 6 字数 159,000
2023 年 11 月第 1 版 2023 年 11 月第 1 次印刷

ISBN 978-7-5327-9290-0/I·5786
定价: 68.00 元

本书中文简体字专有出版权归本社独家所有,非经本社同意不得转载、摘编或复制
如有质量问题,请与承印厂质量科联系,T:0571-88855463